btb

Buch

Ilana, eine unscheinbare und etwas unbeholfene junge Lehrerin, träumt vom großen Glück. Doch der Traum von einer glücklichen Zukunft zerplatzt wie eine Seifenblase, als ihr Liebhaber und ehemaliger Professor Schmuel mitsamt Familie für ein Forschungsjahr nach England verschwindet. Ilana beschließt, die Freundschaft zu Tami, der glamourösen und schönen Gefährtin ihrer Jugendtage, wieder aufleben zu lassen und fährt an einem glühend heißen Tag mit dem Bus von Haifa nach Tel Aviv. Doch der Ausflug wird zu einem Fiasko.
So wie die Heldin der Titelgeschichte sind auch die Hauptfiguren der drei weiteren Erzählungen in »Das Meer wird geschlossen« Träumer. Menschen mit nur allzu menschlichen Schwächen, die der Illusion vom Glück nachjagen. Melancholie durchweht die Geschichten, und doch besitzen Katzirs Figuren eine große innere Lebendigkeit, eine fast naive Fähigkeit, sich zu freuen, zu hoffen, zu träumen und zu lieben. Lakonisch und mit einer sinnlichen Sprache erzählt Judith Katzir von den persönlichen kleinen Tragödien. Zugleich haben ihre Erzählungen immer einen Bezug zur Geschichte und zur politischen Situation ihrer Heimat und vermitteln ein genaues Bild vom Lebensgefühl der jüngeren Generation im heutigen Israel.

Autor

Judith Katzir, 1963 in Haifa geboren, lebt heute in Tel Aviv. Die Autorin ist eine der wichtigsten neuen Stimmen aus Israel, ihre Bücher zeichnen sich durch atmosphärische Dichte und psychologisches Feingefühl aus. Zuletzt erschien in Deutschland ihr Erzählband »Leuchttürme, landeinwärts« (btb, 2001).

Judith Katzir bei btb

Matisse hat die Sonne im Bauch. Roman (72281)
Leuchttürme, landeinwärts (gebunden)

Judith Katzir

Das Meer wird geschlossen

*Aus dem Hebräischen
von Barbara Linner*

btb

Die Originalausgabe »Sogrim et hajyam« erschien 1990
bei Hakkibuz hame'uchad, Tel Aviv

Die deutschsprachige Ausgabe erschien 2000 unter dem Titel
»Fellinis Schuhe« beim Amman Verlag, Zürich

Umwelthinweis:
Alle bedruckten Materialien dieses Taschenbuches
sind chlorfrei und umweltschonend.

btb Taschenbücher erscheinen im Goldmann Verlag,
einem Unternehmen der Verlagsgruppe Random House GmbH.

1. Auflage
Genehmigte Taschenbuchausgabe April 2002
Copyright © 2000 by Ammann Verlag, Zürich
Umschlaggestaltung: Design Team München
Umschlagfoto: All over/Hendricks
Satz: IBV Satz- und Datentechnik GmbH, Berlin
KR · Herstellung: Augustin Wiesbeck
Made in Germany
ISBN 3-442-72733-2
www.btb-verlag.de

FÜR MEINE MUTTER

Schlafstunde

Einst, als die großen Ferien den ganzen Sommer lang dauerten, den Geschmack von Sand und den Geruch von Weintrauben hatten und eine rotgoldene Sonne die Gesichter mit Sommersprossen zeichnete, als nach dem Laubhüttenfest der Wind durch die Wolkenhaufen pfiff und wir im Gewitter durch das Wadi nach Hause galoppierten, der Regen Minze und Kiefer auf der Zunge prickeln ließ und die Hunde in der Nachbarschaft um die Wette bellten wie hustende alte Onkel in der Pause eines Winterkonzerts, da fiel plötzlich der Frühling ein mit Katzengeschrei und Zitronenblüte, kam der Chamsin wieder, und die Luft stand im Autobus, wir aber standen nur für Frau Bella Blum von der Post auf, die eine gefährliche Kindsräuberin war und in der Nacht, mit dem wilden grauen Haar einer gefährlichen Kindsräuberin und einer schmalen Brille auf der Nase, angespitzt wie der rote Bleistift einer gefährlichen Kindsräuberin, zu uns ans Bett kam und vertrocknete Eisesfinger nach uns ausstreckte und vor der wir uns nur irgendwie retten konnten, wenn wir ihr alle dreieckigen Briefmarken gaben oder wenn wir zu Gott beteten, der sich als Clown im ungarischen Zirkus verkleidet hatte und im Balanceakt auf einem Seil wippte, das sich unter der blauen Tuchbahn des Zeltes spannte, mit riesigen Schuhen und weiten, rotweiß karierten Hosen, sich danach als Elefant verkleidete, uns sein faltiges Hinterteil zudrehte und zum Abendessen ging.

Einst, als die Welt ganz golden schien durch die kühl glänzende Vase auf dem Wohnzimmerbüffet, die möglicherweise mitsamt den restlichen Möbeln in dem Augenblick verschwand, in dem wir aus dem Zimmer gingen, und wir durchs Schlüsselloch spähten, um zu überprüfen, ob sie noch da waren, sie jedoch vielleicht merkten, daß wir hineinspähten, und ganz schnell zurückkamen, da verbarg sich in der Garage unter dem Supermarkt eine schreckliche Verbrecherbande, die nur Emil und du entlarven konnten, denn es war klar, du würdest ein wichtiger Detektiv werden, über den man Bücher schriebe, und ich deine rechte Hand, und wir machten Experimente mit Geheimtinte aus Zwiebeln und erwärmten den Zettel über einer Kerze, damit die Schrift aufschien, und dann übten wir uns im Verschlucken, damit er nicht in Feindeshand fiele, und trainierten noch andere Dinge wie Selbstverteidigung und Geheimnisse bewahren, sogar unter Folter, wenn man ans Bett gefesselt war und einem brennende Streichhölzer an die Zehen gehalten wurden, und wir mischten Gifte aus Erde und Blättern und zerquetschten Schnecken und bewahrten sie in Joghurtgläsern auf, auf die wir Totenschädel mit zwei gekreuzten Knochen malten und die wir zusammen mit all unseren anderen Schätzen versteckten.

Als die großen Ferien den ganzen Sommer lang dauerten und die Welt ganz golden und alles möglich war und alles geschehen konnte, als Onkel Alfred noch am Leben war und zum Nachmittagstee kam, als Großvater und Großmutter zwischen zwei und vier schlafen gingen und uns endlose Zeit ließen, da stahlen wir uns die knarzenden Holztreppen hinterm Haus zu unserem Kämmerchen unterm Dach hinauf, das das Hauptquartier war, standen am Fenster, von dem aus das ganze Meer jenseits des Friedhofs zu sehen war, und du hast mich mit den Fingerspitzen im Gesicht berührt und gesagt, daß du mich liebst.

Nun sind wir hier versammelt, wie traurige Verwandte beim Abschied am Flughafen, neben der schwarzen Anzeigetafel am Eingang, auf der mit weißer Kreide geschrieben steht, zwei null null, Aharon Grün, Begräbnis, und ich betrachte die Frau, die auf der Steinbank neben dir sitzt, ein violetter Strohhut beschattet ihre Augen und läßt ihren Mund zur Traube reifen, und die Sonne poliert zwei Lichtklingen entlang ihrer gebräunten Waden, und dann trete ich auf euch zu, nehme die Sonnenbrille ab und sage ruhig, Schalom, und du stehst auf und sagst hastig, darf ich vorstellen, meine Frau. Meine Cousine. Und ich registriere das Aufblitzen des Rings und die weißen Zähne zwischen den Schatten, berühre die weiche Hand mit den überlangen Fingern und sage noch einmal, Schalom. Und da sind schon die Totengräber, wie emsige Engel in ihren weißen Hemdsärmeln, mit ihren bärtigen, verschwitzten Gesichtern, tragen auf einer Bahre unter dem dunklen, staubigen Tuch den eingeschrumpften Körper, der Kopf berührt beinah das fette schwarze Hinterteil des ersten Engels, die Füße baumeln vor dem offenen Hosenschlitz des zweiten, und ein eisiger Hauch durchfährt mich, wie damals, und ich suche die Erinnerung in deinem Blick, aber du schlägst die Augen nieder, zu ihr, ergreifst ihren Arm und hilfst ihr aufzustehen, und mein spionierender Blick erstarrt auf ihrem gerundeten Bauch unter dem geblümten Kleid und sieht in ihrem Inneren all deine Kinder, die du im Wäldchen hinterm Haus vergraben hast, in den großen Ferien zwischen der siebten und der achten Klasse, als Großvater, wie jedes Jahr, am ersten Morgen kam, um mich mit seinem alten schwarzen Automobil zu Hause abzuholen, zusammen mit Mischa, dem Bürochauffeur, der sich mir zu Ehren mit einer weißen Schirmmütze und einem riesengroßen Lächeln mit Goldzahn ausstaffiert hatte. Mischa legte meinen roten Koffer in den Kofferraum und öffnete mir die hintere Wagentür, salutierte augenzwinkernd, und wir fuhren los, um dich vom Bahnhof beim Hafen abzuholen. Unterwegs steckte ich meinen Kopf zwischen Großvater und Mischa nach vorne und bat ihn, mir wieder die Geschichte zu erzählen, wie er vor dem König von Jugoslawien gespielt hatte, und Mischa seufzte und sagte, das ist lange her, aber ich erinnere mich daran, als wär's gestern gewesen. Ich war ein kleiner Junge damals, vielleicht neun oder zehn, doch ich war der beste Trompetenspieler der ganzen Schule, und eines Tages brachten sie mir einen blauen Anzug mit Goldknöpfen und Krawatte, knielange Strümpfe und eine Schirmmütze und sagten, zieh das an, und sie stellten mich neben die Fahne und sagten, spiel, und ich spielte ganz wunderschön und laut, und dann kam König Pavel, und die Fahne stieg hoch bis zur Spitze des Mastes, die Trompete funkelte nur so in der Sonne, genau wie die Goldknöpfe, wer hätte das je geglaubt, Herzchen, so ein kleiner Judenbub spielt Trompete vor dem König, und er kam zu mir, strich mir über den Kopf und fragte, wie heißt du, und ich sagte zu ihm, Mischa, und meine Mutter stand da und weinte so sehr, daß man sie stützen mußte, und mein Vater antwortete ihr, jetzt bin ich froh, daß wir ihn haben, denn am Anfang wollte er mich gar nicht, sie waren nur zur Erholung nach Österreich gefahren, und als sie zurückkamen, sagte meine Mutter, ich bin schwanger, und mein Vater antwortete ihr, fünf sind genug, laß es abtreiben, aber meine Mutter war sehr dickköpfig, wie die Mutter von Albert Einstein, auch ihn wollte sein Vater nicht, und später war er schrecklich schlecht in der Schule, und die Lehrer bestellten seinen Vater zu sich, und der Vater sagte zu ihm, Albert, du bist jetzt schon siebzehn, kein Kind mehr, was soll nur aus dir werden, aber mit sechsundzwanzig traf er Lenin und Churchill und erklärte ihnen die Relativitätstheorie, es gab eine Menge Diskussionen, und er wurde in der ganzen Welt berühmt, wenn ich also was von Abtreibungen höre, sage ich, wer weiß, was aus diesem Kind hätte werden können, wozu einen Menschen töten. Mischa seufzte wieder und zündete sich eine Zigarette an. Von weitem konnte man schon die große Uhr über dem Bahnhof sehen. Um fünf vor neun kamen wir an. Großvater und ich gingen auf den Bahnsteig, Mischa wartete im Auto. Zwei Gepäckträger mit grauen Dienstmützen lehnten an ihren rostigen Karren, warfen sich hin und wieder mit halb geschlossenen Augen einen Blick zu und rauchten stinkende Zigaretten aus gelben Packungen mit schwarzen Pferden darauf. Vor lauter Aufregung mußte ich und tanzte von einem Bein aufs andere. Punkt neun Uhr erklang der lange, fröhliche Pfiff der Lokomotive, die fünf ratternde Waggons zog. Die Gepäckträger wachten auf, traten mit riesigen Schuhen ihre Zigaretten aus und begannen den Bahnsteig auf und ab zu rennen und zu schreien, Koffer, Koffer. Angstvoll suchte ich zwischen den Hunderten von Gesichtern, die sich auf erschreckende Weise gegen die Fensterscheiben preßten, nach deinem Gesicht. Und dann öffneten sich zischend die Türen, und du stiegst aus, als erster, in kurzen Jeans, wie sie alle Kinder anhatten, einem grünen Hemd mit Emblemen auf den Taschen, wie sie nur wenige hatten, und mit einer karierten Detektivmütze, die sie dir einmal aus England mitgebracht hatten und die kein einziges anderes Kind hatte, und so bist du dagestanden, neben dem schwarzen Koffer deines Vaters, hast dich umgesehen, die Augen zu zwei grünen Schlitzen unter den wilden blonden Locken zusammengekniffen, und ich spürte wieder diesen Schmerz zwischen Hals und Bauch, der meinen Atem jedesmal umklammerte, wenn ich dich sah oder auch nur an dich dachte, und ich schrie, hier Uli, hier Uli, und rannte auf dich zu, und dann hast du mich gesehen und gelächelt, und wir umarmten uns ganz fest, und Großvater kam auch, klopfte dir auf die Schulter und sagte, wie groß du geworden bist, Saul, und er nahm dir deinen Koffer nicht ab, denn du warst schon dreizehneinhalb und stärker als er, du legtest ihn selbst in den Kofferraum neben meinen roten. Und Mischa fuhr uns in die Herzlstraße zu Großvaters Büro, dessen Wände mit großen glänzenden Bildern, mit viel Blau, von den schönsten Plätzen Israels bedeckt waren, vom See Genezareth und vom Toten Meer, von Rosch Hanikra und Eilat, wo es Erholungsheime gab, und der Staat bezahlte Großvater dafür, die Überlebenden des Holocaust hinzuschicken, und ich malte mir immer aus, wie sie mit dem Zug dort ankommen, mit komischen Mänteln und Hüten, darunter die traurigen gelben Gesichter wie auf den Bildern, die man uns am Holocaust- und Heldengedenktag in der Klasse zeigte, und wie sie sich dort mit all ihren mit Stricken zusammengebundenen Koffern in einer langen Schlange aufstellen, und jeder tritt der Reihe nach vor, legt Hut und Mantel ab und erhält statt dessen bunte Badebekleidung und ein orangefarbenes Idiotenkäppi, und sie sitzen in Liegestühlen in der Sonne und baden im Meer, essen viel und genesen, und nach einer Woche sind sie dick und braun und lächeln wie die Leute auf den Werbeplakaten, und dann werden sie heimgeschickt, weil neue Überlebende mit dem Zug angekommen sind und schon in der Schlange warten. Bis wir einmal, es war ein Sabbat, mit den Großeltern und Mischa eines dieser Erholungsheime besuchten, das sich Rosch-Hanikra-Erholungsdorf nannte, und am Eingang gab es gar keine Schlange von Überlebenden, man konnte nicht einmal sagen, wer ein Holocaust-Überlebender und wer einfach nur so da war, denn sie hatten alle fette Hängebäuche, und niemand sah besonders traurig aus, alle schwammen im Swimmingpool herum, verdrückten Sandwiches und Frucht-Quelle, redeten laut und spielten Bingo. Und da erfanden wir eine Methode, um herauszufinden, wer wirklich ein Überlebender war, aber mir fehlte der Mut, ich schaute bloß von weitem zu, wie du zwischen den Liegestühlen auf dem

Rasen neben dem Swimmingpool umhergingst und jedem ins Ohr flüstertest, Hitler, und ich sah, daß die meisten Leute gar nichts machten, nur die Augen mit einem merkwürdigen Blick aufschlugen, als wären sie aus irgendeinem Traum erwacht und könnten sich nicht gleich erinnern, wo sie waren, sie dann gleich wieder schlossen und weiterschliefen, und nur ein großer fetter Mann mit vielen schwarzen Haaren auf Brust und Rücken wie ein riesiger Gorilla stand auf und verfolgte dich über den ganzen Rasen, schnaufend und keuchend wie eine Dampflokomotive, die Augen rot und riesig wie Scheinwerfer, und am Ende erwischte er dich, gab dir eine Ohrfeige, beutelte dich heftig an den Schultern und bellte, Pazkuzwe choleyra, Pazkuzwe choleyra, und du kamst mit roten Ohren zu mir zurück, aber du hast nicht geweint, du hast gesagt, es tut überhaupt nicht weh, aber seit damals stellte ich mir jedesmal, wenn Hitler erwähnt wurde, in der Schule oder im Fernsehen, statt des echten Hitler mit dem kleinen Schnurrbart und dem Seitenscheitel den Gorilla aus dem Erholungsheim vor.

Am Mittag gingen wir, wie immer am ersten Ferientag, in den Balfour-Keller zum Essen, und der dünne, hochgewachsene Ober, der wie ein Professor aussah, und Großvater hatte uns erzählt, daß er vor vielen Jahren tatsächlich Professor in Berlin gewesen war, mit silbergerahmter Brille, gleichfarbigem Bart und schwarzer Fliege, machte eine kleine Verbeugung, denn er kannte uns bereits, und vor allem Großvater, der Stammgast war, rückte an den Stühlen, damit wir uns setzen konnten, legte uns eilfertig die Speisekarten vor und sagte, was darf es für Sie sein, Herr Grün, obwohl Großvater immer das gleiche bestellte, Braten mit Kartoffelpüree und Sauerkraut und als Nachspeise blaue Weintrauben, und die Stammgäste an den Tischen ringsherum kannten uns auch schon, lächelten und winkten uns mit ihren weißen Servietten zu, und während ich aß, betrachtete ich die zwei Köche aus Holz, die an der Wand hingen, mit ihren hohen Kochmützen, langen Schürzen und schwarzen, nach oben gezwirbelten Schnurrbärten, wie ein verdoppeltes Lächeln über ihren Mündern, und sie erwiderten meinen Blick, an ein halbes Holzfaß gelehnt, das aus der Wand herausragte und, da war ich mir sicher, voll mit ungemein schmackhaftem Sauerkraut war, so wie das, das auf meinem Teller lag. Und einmal hast du mir erzählt, es gäbe unter dem Restaurant, direkt hinter uns, einen Geheimkeller, weswegen es Balfour-Keller hieß, und in dem Keller gäbe es massenhaft solche Fässer, alle voll von Sauerkraut, das für den Fall, daß wieder ein Holocaust wäre, lange reichen würde, und dann kam der hinkende Zeitungsverkäufer in einem schmutziggrauen, schweißgetränkten Unterhemd herein und rief, Ma'ariv I'diot, Ma'ariv I'diot, zumindest klang Jediot bei ihm immer wie Idiot, wer will die Abendzeitung, bis der ganze Raum des Lokals von seinem säuerlichen Atemdunst erfüllt war, und Großvater machte ihm ein Zeichen, und der Zeitungsverkäufer kam an unseren Tisch, reichte ihm die Zeitung mit schwarzer Hand, und Großvater bezahlte ihm zwanzig Groschen, obwohl gleich neben dem Restaurant ein sauberer Kiosk war, wo es ebenfalls Zeitungen sowie Limonade und Eis am Stiel gab. Dann fuhren wir nach Hause, über die steile Straße, die an der goldenen Bahaikuppel vorüberführt, die ganze Bucht konnte man überblicken, und unterwegs tobten wir auf dem Rücksitz herum, spielten Zwicken-und-Stoßen, boxten und schrien und warfen uns Schimpfnamen an den Kopf, und Großvater drehte sich plötzlich um und sagte ruhig und ernst, nicht streiten, Kinder, die Menschen sollen sich lieben und Erbarmen miteinander haben, denn am Ende sterben wir alle. Wir verstanden nicht, was er meinte, aber wir hörten auf, und Mischa zwinkerte uns im Rückspiegel zu und erzählte von Louis Armstrong, der der größte Trompeter mit den tiefsten Lungen war, und als Betty Grable, die die schönsten Beine von Hollywood hatte, an Krebs erkrankte, kam er mit seinem ganzen Orchester und spielte auf dem Krankenhausrasen unter ihrem Fenster etwas für sie. Dann kamen wir daheim an, und Großmutter mit ihrer straffgespannten Frisur, den Zopf um ihren Kopf gelegt, piekste uns beide in die Wange und sagte, jetzt ist *Schlafstunde,* was für mich immer wie der Name eines Kuchens klang, wie Schwarzwälder Kirschtorte oder Sachertorte oder Apfelstrudel, die sie buk, weil sie sie an ihr Zuhause im Ausland erinnerten und an die dampfigen, duftenden Kaffeehäuser, wenn es draußen kalt war und schneite, aber Dr. Schmidt erlaubte ihr nicht, sie zu essen, denn sie hatte hohen Blutzucker, der sehr gefährlich für das Herz ist. Deshalb tischte sie nur für uns, Onkel Alfred und Großvater auf, der immer höflich nein danke sagte und sich weigerte, auch nur einen Bissen zu probieren, obwohl er völlig gesund war. Aber manchmal, wenn er Onkel Alfred zum Tor begleitete, schnitt sich Großmutter ein kleines Stück ab und aß es, über ihren Teller gebeugt, mit schnellen Bissen, und Großvater kam zurück, stand in der Tür, betrachtete mit mildem Blick ihren Rücken und wartete, bis sie fertig war, und erst dann betrat er das Wohnzimmer, ließ sich mit der Zeitung nieder und tat so, als hätte er nichts gesehen. Und sie gingen in ihr Zimmer, und wir gingen ins Wäldchen hinterm Haus, spannten ein starkes Seil zwischen zwei Kiefern und versuchten, darauf zu balancieren wie dieser Clown, den wir einmal gesehen hatten, als wir klein waren und Großvater uns in den Ungarischen Zirkus am *Paris-Platz* mitgenommen hatte, wo es Vollblutpferde, gelbäugige Leoparden und dressierte Elefanten gab und eine wunderschöne Akrobatin mit langem blondem Haar und Engelsgesicht, die auch auf dem Seil tanzte, einen goldenen Sonnenschirm in ihrer Hand, und wir beschlossen, durchzubrennen und zu diesem Zirkus zu gehen, wenn wir trainiert wären, aber bis jetzt schafften wir nur, übers Seil zu robben, was, wie du mir erklärt hast, auch wichtig war zu können für den Fall, daß man übers Wasser mußte. Danach kletterten wir in unser Spionagehauptquartier unterm Dach, das bisweilen auch das Versteck von Anne Frank war, wo wir uns zitternd unterm Tisch aneinanderdrängten, an Kartoffelschalen nagten und einander Anne und Peter nannten, draußen die Stimmen deutscher Soldaten hörten und uns auf das grüne Samtsofa plumpsen ließen, das Großmutter mitgebracht hatte, als sie mit dem Schiff nach Israel gekommen war, und als eine der zwei hölzernen Seitenlehnen auseinanderfiel, kauften sie ein neues Sofa fürs Wohnzimmer und brachten das alte hierher, denn ein gutes Möbelstück ist zu schade zum Wegwerfen, und plötzlich hast du mit nachdenklicher Stimme gesagt, es würde mich interessieren, was man fühlt, wenn man tot ist, und ich sagte, wenn man tot ist, fühlt man gar nichts mehr, und wir versuchten, die Augen ganz fest zuzumachen, die Ohren zu verschließen und den Atem anzuhalten, um uns tot zu fühlen, aber es gelang uns nicht, denn auch mit geschlossenen Augen konnte man Farben sehen, und du hast gesagt, vielleicht haben sie, bis wir alt sind, schon ein Mittel gegen den Tod erfunden, und ich sagte, vielleicht wirst du ein Wissenschaftler und erfindest es selbst und wirst so berühmt wie Albert Einstein. Dann spielten wir Worte mit dem Finger auf den Rücken des anderen schreiben und erraten. Am Anfang schrieben wir Blumennamen, Narzisse, Anemone und Veilchen, und Tiernamen, Panther und Nilpferd, und Namen von Leuten, die wir kannten, aber nach einiger Zeit hast du gesagt, das sei langweilig und das Raten sei schwierig wegen der Hemden, also zog ich das Hemd aus und legte mich aufs Sofa, mein Gesicht im Geruch von Staub, Parfüm und Zigarettenrauch, der dem Polster noch immer anhaftete, und ich spürte, wie dein angenehmer Finger langsam Wörter schrieb, die wir nie zu sagen wagten, zuerst A-r-s-c-h, dann T-i-t-t-e-n und schließlich N-u-t-t-e, und während ich die Worte mit gepreßter Stimme in die Sofakissen flüsterte, spürte ich, wie mein Gesicht brannte und sich meine Brustwarzen, die gerade zu knospen begonnen hatten, gegen den Samtbezug versteiften. Am Nachmittag kamen Großvater und Großmutter mit rosigen Wangen aus dem Schlafzimmer, zwanzig Jahre jünger, und Punkt fünf traf Onkel Alfred ein, von dem wir nie genau wußten, wie er mit uns verwandt war, vielleicht war er ein entfernter Cousin von Großmutter, deren Mund sich jedesmal, wenn sein Name fiel, zu einem Fadenstrich zusammenpreßte, und auch Großvater knurrte aufgebracht, Faulpelz, und wir wußten nicht, weshalb sie ihn nicht mochten, weil er arm war oder weil er sich einmal als Opernsänger in Paris versucht hatte oder aus irgendeinem anderen Grund, den wir nicht erraten konnten, und warum sie ihn trotzdem freundlich empfingen und Großmutter ihm Tee und Kuchen servierte. Und er aß und trank alles, schmatzte mit seinen dicken roten Lippen und erzählte wieder, mit sehnsuchtsschmelzendem Blick, wie er als Student am Konservatorium in Paris in einer Zwergmansarde ohne Dusche und ohne Klo am Place de la République gewohnt und ein halbes Baguette mit Butter am Tag gegessen hatte, aber um sieben Uhr abends zog er seinen einzigen guten Anzug an, band die Fliege um, besprizte seine Wangen mit Eau de Cologne und ging in die Oper, wo er unter den geschmückten, hellerleuchteten Arkaden stand und verstohlen einzelne Töne erhaschte, die durch die Oberlichter entwichen und die Musenstatuen und die Simse der Engel streichelten, und in der Pause mischte er sich einfach unters Publikum und ging hinein, denn da kontrollierte niemand mehr die Karten, und er fand einen freien Sitzplatz auf einer Galerie, und so, mit schluchzendem Herzen, durchfeuchtet wie ein zerknautschtes Taschentuch, sah er die letzten Akte der berühmtesten Opern der Welt. Und hier stand er normalerweise auf, schwankend wie ein Stehaufmännchen, umklammerte mit seinen dicklichen Fingern die Sessellehne und stimmte eine Arie aus *Rigoletto, La Traviata* oder *Die Hochzeit des Figaro* an, und seine Stimme war dunkel, aromatisch und süß wie der Tee, den er zuvor getrunken hatte, und erst am Schluß zersprang sie kreischend wie Glas, und Großmutters magere Hände schlugen in trockenem Applaus aufeinander, und Großvater senkte seinen Blick auf die Teppichfliesen und murmelte, bravo, bravo, und wir wußten nicht, weshalb Onkel Alfred eines Tages aus dem Konservatorium geworfen wurde und kein großer Sänger an der Pariser Oper geworden war, und Großmutter wollte es uns nicht verraten, preßte ihren Mund nur noch fester zusammen, als würde ein riesiger Frosch herausspringen, wenn sie ihn öffnete. Und Onkel Alfred setzte sich wieder hin und seufzte, putzte sich die erdbeerrote Nase mit einem zerknüllten Taschentuch, das er aus der linken Tasche seines Jacketts zog, und streckte seine Arme aus, die Einladung für uns, auf den zwei Sessellehnen zu reiten, legte sie um unsere Hüften und erzählte von den Cafés am Montparnasse und Montmartre, die ein Treffpunkt für Schriftsteller, Künstler und Studenten waren, und von seinen Lippen flossen seltsame Namen mit wunderbarem Klang, die ich nirgends zuvor gehört hatte, wie Sartre und Simone de Beauvoir, Cocteau und Satie und Picasso, und dann streichelte er dir übers Haar und sagte, auch du wirst einmal ein Maler, strich dir über den Rücken und sagte, oder ein Schriftsteller, stützte seine kleine weiße Hand auf dein Bein in den kurzen Jeans und sagte, oder ein Musiker, und fuhr fort, mit seinen Fingern auf deinem nackten glatten Oberschenkel zu spielen, als spielte er auf einem Klavier, und zu mir sagte er gar nichts. Er hat nicht wissen können, daß wir einmal, an einem schwül flimmernden Mittag im Hochsommer, auf dem alten Friedhof am Carmel-Strand stehen würden, unsere beschämten Rücken seinem

Grabstein zugewandt, auf dem in Goldlettern auf seinen Wunsch hin die Worte des chinesischen Dichters aus dem *Lied der Erde* von Mahler eingraviert standen –

> *Wenn der Kummer naht,*
> *liegen wüst die Gärten der Seele,*
> *welkt hin und stirbt die Freude, der Gesang*
> *Dunkel ist das Leben, ist der Tod*
> *... jetzt ist es Zeit, Genossen,*
> *leert eure goldnen Becher zu Grund!*

– und unsere Gesichter Großvater zugewandt, der es, eingehüllt in Tuch, eilig hat, in seine ewige Schlafstunde an Großmutters Seite zu gleiten, die im Winter vor vielen Jahren starb – sie nahmen uns damals nicht zum Begräbnis mit, damit wir uns nicht erkälteten und den Unterricht nicht versäumten –, und dem Kantor, dessen geschlossene Augen himmelwärts gerichtet sind, während seine Stimme tremoliert, el male rachamim schochen bameromim, und deinem völlig ergrauten Vater, der murmelt, jitgadal v'jitkadasch sch'me raba, und meiner Mutter, die ihr Gesicht in den Händen birgt, ihre Bluse zerreißt, und den Alten zugewandt, die antworten, Amen, deren vertraute Gesichter mich unter den runzeligen Masken irreführen, für einen Moment winken sie mir zu und lächeln an den Tischen des Balfour-Kellers, der nicht mehr existiert, und für einen Augenblick dösten sie in den Liegestühlen des Erholungsheims, das schon vor Jahren geschlossen worden war, und da ist auch Mischa, der kaum gealtert ist, aber die Schirmmütze und das Goldzahnlächeln abgelegt hat, eine schwarze Kippa trägt und sich geräuschvoll schneuzt, und mein Blick verfängt sich an dem eingeschrumpften spitzen Gesicht einer kleinen gebeugten Greisin, das sich mir besonders eingeprägt hat, als hätte es mich meine ganze Kindheit hindurch begleitet, doch ich kann mich nicht erinnern, wo es hingehört, und ich richte meinen Blick auf dich und forsche in deinen Augen, die mich nicht direkt ansehen, in deinem verblaßten Gesicht, in den weißen Fäden in deinem Haar, verlange nach dem Schmerz in mir, scharf und wild wie der Pfiff des Zuges, der jetzt die Küste entlangdonnert auf seinem Weg zur neuen Bahnstation Bat-Galim, aber nur Fetzen der Erinnerung lassen sich aus mir herausfischen, an den Zipfeln miteinander verknüpft wie die bunten Taschentücher aus der Tasche des Zauberers im Ungarischen Zirkus, dem du dich ungefähr eine Woche nach Ferienbeginn nicht mehr anschließen wolltest, du wolltest nicht mehr üben, auf dem Seil zwischen den Kiefern zu balancieren, und du wolltest auch nicht mehr Anne und Peter oder Emil und die Detektive spielen, du wolltest überhaupt nichts mehr mit mir spielen, du hast bloß unter der großen Kiefer gesessen, hast den ganzen Tag kleine Bücher in zerknitterten Umschlägen gelesen und bekümmert und traurig und voll geheimer Gedanken unter der karierten Mütze dreingesehen. Am Anfang bemühte ich mich, dich nicht zu stören, obwohl ich ziemlich beleidigt war, aber am dritten Tag hatte ich genug. Ich wartete bis nach dem Mittagessen, und als sich Großvater und Großmutter ihre Schlafstunde gönnten, schlich ich mich hinter deinen Rücken, schnappte dir das Buch weg, das den Titel *Die Beichte der Geliebten des Kommandanten* trug und auf dessen Einband ein Soldat in brauner Uniform und schwarzen, kniehohen Stiefeln abgebildet war, der einen riesigen Revolver auf eine Blondine richtete, die im Schnee ausgebreitet zwischen seinen Beinen lag, nur mit Unterhose und Büstenhalter bekleidet. Ich versteckte das Buch und sagte, ich würde es dir nicht zurückgeben, bis du mir sagtest, was los sei. Du hast mich mit einem seltsamen Blick durch deine langen blonden Wimpern angesehen und gesagt, schwör mir beim schwarzen Grab von Hitler, daß du es niemandem auf der Welt jemals verrätst.

Ich schwöre, flüsterte ich feierlich, und innerlich stellte ich mir ein tiefes schwarzes Loch vor, in dem der große behaarte Hitler aus dem Erholungsheim lag. Und dann hast du mir erzählt, daß er dir in der letzten Zeit, seit du angefangen hast, diese Bücher zu lesen, in der Hose schwillt und so hart wird, daß du ihn mit der Hand reiben mußt, bis eine weiße Flüssigkeit herausspritzt, und das sei das herrlichste Gefühl, das du je im Leben hattest, wie eine himmlische Sternenexplosion, aber danach seist du beunruhigt, denn in der Schule haben sie euch erklärt, daß Frauen davon schwanger werden, und wenn du dir die Hände wäschst, fließt das zusammen mit dem Wasser in die Abwasserrohre und ergießt sich ins Meer, und im Meer baden viele Frauen, und es könnte unter die Badeanzüge in sie eindringen, und nicht alles geht ins Waschbecken, denn von den Millionen kleiner Samen bleiben dir ganz bestimmt so zwanzig oder dreißig an der Hand kleben, und manchmal mußt du nachher mit dem Bus zum Basketball oder zu den Pfadfindern fahren, und dann wird es auf das Geld, das du dem Fahrer zahlst, übertragen und über die Hände des Fahrers auf die Fahrkarten, die er an Mädchen und Frauen jeden Alters ausgibt, die dann nach Hause zurückkehren, aufs Klo gehen, Papier abreißen und sich damit abwischen, und schon ist es in ihnen drin, und sie wissen es nicht einmal, und jetzt laufen auf der Straße Tausende von Frauen mit Babys von dir in ihren geschwollenen Bäuchen herum, und nicht nur hier in Israel, denn die Samen können mit der Meeresströmung fortgetragen werden und sogar bis nach Europa gelangen. Ein verschämter Funke von Stolz glomm für einen Moment in deinen Augen auf und verlosch. Ich saß eine Weile still da und dachte nach, kaute an trockenen Kiefernnadeln. Das war wirklich ein ernsthaftes Problem. Währenddessen hast du Kiefernzapfen geworfen und versucht, den Baumstamm gegenüber zu treffen, peng peng peng. Plötzlich kam mir eine Idee. Ich stand auf und rannte in die Küche, zog die Schublade neben dem Spülbecken auf, in der alles mögliche drin war, was man im Haus so brauchte, Zündhölzer, Pflaster und Gummiringe, und holte ein paar Plastiktüten für die Sandwiches heraus, die uns Großmutter für unterwegs einpackte, wenn wir samstags eines der Erholungsheime besuchten, und ich rannte zurück, gab sie dir und sagte, nimm, mach's da rein, und vergrab sie in der Erde. Von dem Tag an waren die Besorgnis und der Stolz aus deinem Gesicht verschwunden, wir waren wieder Freunde und spielten all die alten Spiele, und nur manchmal hast du plötzlich innegehalten und mir einen langen, nachdenklichen Blick zugeworfen, und ich schlich mich nachts in die Küche und zählte die Tüten, um zu wissen, wie viele fehlten, ging barfuß in das dunkel duftende, schwarzwipflige Wäldchen, in die Finsternis der Baumkronen, voll Gezirp und Gewinsel und mysteriösem Geraschel, und ich entdeckte die Stellen, an denen trockene Kiefernnadelhäufchen über der darunter gelockerten Erde aufgeschichtet waren, und ich grub mit Händen fiebrig vor Neugier und Grausen, holte die Plastiktüten aus ihren Gräbern herauf und betrachtete die wundersame Flüssigkeit lange Zeit im Mondlicht. Und eines Tages hast du die zerknitterten Büchlein unserem Schatz hinzugefügt und gesagt, ich brauche diesen Schund nicht mehr, ich kann selber viel bessere Geschichten erfinden, und ich sagte, du wirst bestimmt einmal ein Schriftsteller, und dabei fiel mir ein, daß Onkel Alfred das schon vor mir getan hatte. Und sofort rissen wir die Seiten aus den Büchern, setzten uns hin und schnitten Wörter heraus, besonders die ganz häßlichen, und klebten damit fürchterliche anonyme Drohbriefe an die Verbrecherbande in der Garage unterm Supermarkt und an Frau Bella Blum von der Post zusammen, vertilgten die Schokolade, die du zuvor aus Großmutters Versteck gestohlen hattest, wo sie sie zum Kuchenbacken aufbewahrte, und die leicht nach

Klebstoff schmeckte, und plötzlich hast du mit den Fingerspitzen mein Gesicht berührt, wie um einen Schokoladebart wegzuwischen, bist hinter mich getreten und hast langsam, Wort für Wort auf meinen Rücken geschrieben, ich-liebe-dich-schrecklich, und hast mich ganz fest umarmt. Du legtest dich aufs Sofa, und ich legte mich auf dich drauf, mein Gesicht im sanften Schatten deiner Kuhle zwischen Schulter und Hals, der Geruch nach Klebstoff und Wäschestärke von deinem grünen Hemd, und deine feuchten Finger streichelten lange Zeit zitternd meinen Nacken, zuckten in meinem Haar. Aneinandergeklebt, ohne uns zu bewegen, fast ohne zu atmen, nur die Herzen rasen wie Pferde im wahnsinnigen Galopp, und ich streichle langsam über dein Gesicht, als modellierte ich es von neuem, über die blonden Locken, die glatte Stirn und die Augenlider, hinter denen eine ganze Welt lebt, über die kleine Nase, auf der der Finger wie auf Skiern bis zu den Lippen gleitet, die warme Luft auf meine gefrorenen Finger pusten, und du ziehst mein Hemd hoch, deine kühle Hand auf meinem Rücken, von unten nach oben und von oben nach unten, bis zu dieser angenehmen Stelle, wo uns ein Schwanz wachsen würde, wenn wir Katzen wären, und ich lege meinen Mund auf deinen, schmecke die gestohlene Schokolade von vorher, unsere Zungen berühren sich, umkreisen einander und stoßen hastig, blindwütig wie zwei erschrockene Ringer aufeinander, und ich schiebe die Hemden zwischen deiner glatten Brust und meinen Brüsten beiseite, um meine Brustwarzen, steif vor Kälte, an die weiche, warme Haut deines atmenden Bauches zu pressen, und spüre eine Süße zwischen meinen Beinen, als sei dort drinnen Honig ausgegossen worden und ein wenig davon in die Unterhose getropft, und es zwingt mich, sie zu öffnen und auf deinem Oberschenkel vor- und zurückzuschaukeln, und du umarmst mich ganz fest, lutschst meine Lippen wie ein Bonbon, drückst meine Hand auf die harte Erhebung unter deinen kurzen Hosen, und dein Gesicht wird ernst und so zerbrechlich, daß ich darin sehen kann, was noch niemand vor mir entdeckt hat, und ich atme ganz schnell und kurz wie ein kleines Tier ohne Erinnerungen, mein schmelzender Bauch klebt an deinem die Süße in der Unterhose noch und noch bis es schmerzt bis ich nicht mehr kann und plötzlich diese Eruptionen in mir ganz heftig und scharf und lang die erste und dann kurze und schnelle wie Zuckungen ich muß mich beherrschen nicht zu schreien damit sie nicht aufwachen und ich will daß es nie mehr aufhört aber am Ende hörte es auf, und ich fiel auf dich, atemlos mit fliegendem Puls wie nach einem Sechzig-Meter-Spurt, und ich sah, daß auch du halb ohnmächtig warst, mit glühendem Gesicht angestrengt nach Luft schnapptest, und ich stieg von dir runter und legte mich neben dich, entdeckte einen großen Fleck auf deiner Hose und atmete erregt den animalischen Geruch ein, der uns beiden entströmte, ein unvergleichlicher Geruch.

Danach warfst du mir aus grünblanken Augen einen Blick zu, hast gelächelt und mich auf die Wange geküßt, ungestüm die Haare weggeschoben, die auf deiner Stirn klebten, und dich aufgesetzt, mit einer Bewegung dein Hemd ausgezogen und gesagt, zieh deins auch aus. Du hast deinen Kopf auf meinen Bauch gelegt, und so ruhten wir eine Weile, meine Hand zauste in deinem feuchten Haar, und die Finger der Sonne drangen durch die Schlitze des Fensterladens ein und spannten einen goldenen Fächer über die Wände. Dann streichelte ich deinen Rücken und sagte, deine Haut ist zart wie Samt, und du hast gesagt, meine sei glatt wie Wasser, und du hast meinen Bauch geküßt, seltsame Formen mit den Lippen darauf gemalt und gesagt, wenn du auf dem Rücken liegst, ist deine Brust so flach wie meine, hast an meinen Brustwarzen geleckt, und deine Zunge war ein bißchen rauh, wie bei einer Katze, und du hast geleckt und geleckt, bis sie hart wie Kirschkerne wurden und es sich wieder süß und glatt zwischen den Beinen anfühlte und ich weitermachen wollte wie vorher, aber Großmutters Stimme stieg von unten herauf, durchdringend und forschend wie das Periskop eines U-Boots, Kinder, wo seid ihr, es gibt Fünf-Uhr-Tee und Kuchen. Wir zogen schnell die Hemden an und stiegen hinunter, du gingst die Hose wechseln, und ich spähte in den vergoldeten Spiegel in der Diele. Meine Augen blitzten wie fliegende Untertassen, und die ganze Welt, die Wohnzimmermöbel, Großvater und Großmutter und Onkel Alfred erschienen weit weg und unwirklich, aber klar und gestochen scharf wie auf einer Theaterbühne.

In jener Nacht konnte ich vor lauter Sehnsucht nach dir nicht einschlafen, du schliefst ruhig in dem Zimmer am Ende des Korridors, vielleicht träumte dein Körper von mir. Ich wäre so gerne im Dunkeln zu dir gekommen, um dich zu umarmen und deinen Atem zu hören, aber Großmutter achtete immer streng darauf, daß du in dem alten Zimmer deines Vaters schliefst und ich in Mutters Zimmer, das an ihres angrenzte, also beherrschte ich mich und dachte an morgen, an die Zeremonie, die wir bis in alle Einzelheiten planten, nach dem Abendessen, als Onkel Alfred gegangen war und Großvater und Großmutter im Wohnzimmer saßen und sich im Fernsehen die Nachrichten ansahen, und während wir in der Küche miteinander flüsterten, konnten wir Menachem Begin, den neuen Ministerpräsidenten, hören, wie er eine Rede über Auschwitz und die sechs Millionen hielt und danach verkündete, daß er bereit sei, sich in Jerusalem mit Präsident Sadat zu treffen, und Großvater sagte, endlich ist bei diesem Kerl auch mal was Gutes rausgekommen, und Großmutter rief nach uns und sagte, ihr solltet euch das anschauen, es gibt wichtige Neuigkeiten, aber wir wußten, daß die morgige Zeremonie viel wichtiger war, und vor allem, was danach kommen würde, und ich konnte den Film einfach nicht stoppen, der immer wieder auf der Leinwand vor mir im Dunkeln ablief, der Film, dessen Helden wir waren. Und plötzlich hörte ich, aus ihrem Zimmer, Großmutter im Flüsterton schreien, Aharon, Aharon, und Großvater wurde wach und sagte sanft, ja Minna, und Großmutter sagte, sie könne nicht schlafen, und erzählte ihm leise, aber ich konnte jedes Wort hören, daß sie am Morgen, als sie mit dem Wagen im Supermarkt herumgegangen war, um Lebensmittel für den Sabbat einzukaufen, plötzlich gespürt hatte, daß ihre Mutter neben ihr stand, in dem schwarzen Pelzmantel, den sie vor Jahren angehabt hatte, als sie sich am Bahnhof trennten, und auch ihr Gesicht war bleich und bang wie damals, und sie sagte etwas zu ihr, aber Großmutter hörte nicht zu, denn sie fragte sich, jetzt ist doch Sommer, warum hat Mutter einen Pelzmantel an, doch bevor es ihr gelang zu begreifen, war ihre Mutter nicht mehr da. Seitdem habe ich keine Ruhe mehr, fuhr Großmutter im rauhen Flüsterton fort, ich bin sicher, es passiert etwas sehr Schlimmes. Ihrem Gesicht nach weiß ich, daß etwas Schreckliches geschehen wird. Großvater sagte nichts, sang ihr nur ganz ganz leise etwas vor, eine sehnsüchtige Melodie ohne Worte, die er ohne Ende wiederholte, bis sie mich völlig ausfüllte, bis ich einschlief.

Am nächsten Tag war Sabbat. Großvater und Großmutter weckten uns früh, um mit ihnen in das Erholungsheim in Tiberias zu fahren, und wunderten sich ein wenig, als wir unter den Decken hervormurmelten, wir seien müde und wollten zuhause bleiben, aber sie beließen es dabei. Mir fiel ein, was ich in der Nacht aus ihrem Zimmer gehört hatte, und ich dachte bei mir, wie kann es sein, daß in unserem Supermarkt Geister herumgehen, und warum hat Großvater sie nicht beruhigt, daß das alles nur ihre Einbildung sei und nichts Schlimmes passieren würde, und plötzlich dachte ich, vielleicht hat es die ganze Unterhaltung überhaupt nicht gegeben, und ich habe sie nur geträumt, und ich beschloß, es niemandem, nicht einmal dir zu erzählen. Großmutter richtete Sandwiches mit harten Eiern für uns zu Mittag her und für sich Proviant für unterwegs, und mein Herz begann heftig zu pochen, als ich hörte, wie die Schublade neben dem Spülbecken geöffnet wurde und Großmutter vor sich hinflüsterte, merkwürdig, ich erinnere mich, daß eine ganze Packung da war. Am Ende wickelte sie alles in Butterbrotpapier ein, denn Mischa hupte draußen schon, sie kniff uns beide in die Wange, sagte, wir kommen am Abend um halb acht zurück, seid brav, und los fuhren sie. In dem Augenblick, in dem das Knattern des Motors hinter der Biegung verschwand, schossen wir aus den Betten, begegneten uns auf dem Korridor und begannen, alles genau nach dem Plan zu machen, den wir uns am Abend in allen Einzelheiten ausgedacht hatten. Zuerst nahm jeder ein langes gründliches Bad mit Haarewaschen und Ohrenputzen. Danach wickelten wir die Bettlaken um uns, die wir wie eine griechische Toga an der Schulter verknoteten, und ich parfümierte mich aus allen Fläschchen, die ich auf Großmutters Kosmetiktisch fand, bestrich Lippen und Wangen mit viel Rouge und die Augen mit Blau. Dann schnitten wir die Blüten der Rosen ab, die Großmutter für den Sabbat gekauft hatte und die in der goldfarbenen Vase auf dem Büffet standen, und flochten uns zwei Haarkränze. Dann gingen wir in die Küche, wir aßen nichts zum Frühstück, denn wir brachten nichts hinunter, aber wir stibitzten Kerzen aus Großmutters Versteck, das sich neben dem geheimen Aufbewahrungsort für die Schokolade befand, sechs Seelenkerzen, von denen sie immer einen großen Vorrat hortete, denn es gab häufig einen Jahrestag von einem ihrer Verwandten, die dort geblieben waren, und aus der Nähschachtel mit dem geblümten Stoffüberzug holten wir die Schere und aus Großvaters Wäscheschublade ein weißes Taschentuch, aus dem Büffet ein Weinglas und aus der Bibliothek eine kleine Bibel, die dein Vater einst zu seiner Bar-Mizwa von seiner Schule als Geschenk erhalten hatte, barfuß stiegen wir mit den ganzen Dingen zu unserem Zimmer unterm Dach hinauf. Dann schlossen wir den Fensterladen über dem Meer und dem Friedhof, so daß es völlig finster wurde, zündeten die Seelenkerzen an und verteilten sie im Zimmer, das sich mit Schatten erschreckender Dämonen füllte, die an der Decke und an den Wänden tanzten, und eine Kerze ließen wir auf dem Tisch und legten die Bibel daneben, und du hast gefragt, bist du bereit, und ich flüsterte, ja, und mein Herz klopfte heftig, und wir standen einander gegenüber, legten eine Hand auf das Buch und hoben die zweite, Daumen und kleiner Finger zusammen wie beim Pfadfinderschwur, und ich blickte dir in die Augen, in denen die Kerzenflammen loderten, und sprach dir langsam und feierlich die Worte nach:

Ich schwöre bei Gott und bei Hitlers schwarzem Grab
Ich schwöre bei Gott und bei Hitlers schwarzem Grab
daß ich niemals eine andere Frau heiraten werde
daß ich niemals einen anderen Mann heiraten werde
und nur dich auf ewig lieben werde
und nur dich auf ewig lieben werde.

Danach umarmten wir uns und konnten kaum atmen, denn wir wußten, dieser Schwur war stark wie der Tod, und um ihn noch stärker zu machen, schnitten wir die Wörter aus der Bibel aus und klebten sie im Kerzenlicht auf ein Blatt Papier. Zweimal »Gott« fanden wir gleich bei der Erschaffung der Welt, »Frau« fanden wir bei Adam und Eva und »Grab« in der Geschichte von der Machpela-Höhle. Dann fanden wir auch »Mann« und »schwöre«, »ich« und »beim« und »einen anderen«, auch in weiblicher Form, »dich« und »ich werde lieben«, »niemals« und »nur«. »Schwarzem« fanden wir nicht, nur »schwarzes«, in den Psalmen, also schnitten wir es aus und überklebten das s. Die restlichen Wörter, »Hitler«, »ich werde heiraten« und »auf ewig« konnten wir nicht finden, es dauerte auch zu lange, und so klebten wir sie aus einzelnen Buchstaben zusammen. Als alles fertig war, hast du das Glas in das Taschentuch gewickelt, es auf den Boden gelegt und bist mit dem nackten Fuß kräftig draufgetreten. Das Glas zerbrach, und ein großer Blutfleck breitete sich auf dem Stoff aus. Du hast den Finger hineingetaucht und deinen Namen unter den Schwur gesetzt. Jetzt du, hast du gesagt. Ich atmete tief durch, nahm eine Glasscherbe und ritzte fest den großen Zeh, von unten, damit niemand den Schnitt sehen würde, preßte einen Tropfen Blut auf den Finger und unterschrieb mit zittriger Schrift neben deinem Namen. Dann schrieben wir das Datum dazu, das hebräische und das andere, und die genaue Adresse, Präsidentenallee, Har Hacarmel, Haifa, Israel, Naher Osten, asiatischer Kontinent, Erdball, Sonnensystem, Galaxis, Universum. Jetzt zerreißen wir den Schwur in der Mitte, und jeder soll die Hälfte mit der Unterschrift des anderen bei sich aufbewahren, sagte ich entsprechend dem, was wir zu tun geplant hatten, und du hast einen Augenblick geschwiegen und plötzlich gesagt, nein, wir wickeln es gut ein und vergraben es unter der großen Kiefer, an einer Stelle, die wir immer finden können. Ich dachte bei mir, daß wir den Plan nicht ändern durften, aber ich sagte nichts. Wir falteten das Blatt Papier in das Silberpapier der Schokolade vom Tag zuvor, steckten es in eine leere Zündholzschachtel, die wir in noch mehr Papier einwickelten und in eine Plastiktüte, die dir von denen übriggeblieben war, die du aus der Schublade entwendet hattest, und gingen hinunter. Wir gruben mit den Händen ein tiefes Loch neben dem Stamm und versenkten unser Paket, das wichtiger als alles auf der Welt war, aber als wir es mit Erde bedeckten, sie mit den Füßen festtraten und Kiefernnadeln darüberhäuften, wurde ich plötzlich sehr traurig und wußte nicht warum.

Als wir ins Zimmer zurückkamen, brannten die Kerzen noch, und die Dämonen trieben weiter ihr Unwesen an den Wänden. Ich wußte, was gleich passieren würde, doch ich hatte keine Angst. Ich dachte an Anne Frank und daran, wie die Deutschen sie erwischt hatten, bevor sie dazu kam, ihren Peter richtig zu lieben, als sie genau in meinem Alter war, und ich sagte mir, ich werde es schaffen. Wir legten die Kränze und die griechischen Togen ab, breiteten ein Laken auf dem Sofa unter uns aus, legten uns hin und deckten uns mit dem zweiten zu, und ich streichelte deinen warmen, schwer atmenden Körper überall, ließ meine Lippen über Hügel von Licht und zarten Schatten wandern, entlang Pfaden von Seife und Schweiß unter dem Laken, und plötzlich warst du auf allen vieren über mir, hast mich mit gelb funkelnden Augen und einem raubgierigen Lächeln angeschaut, und ich wollte, daß es endlich passiert, und flüsterte, komm, und du hast gefragt, tut es weh, und ich sagte, nein, und ich konnte dein Herz in stetem Takt gegen meine Brüste trommeln hören ich-liebe-dich-ich-liebe-dich, und gewaltiger Stolz erfüllte mich.

Und dann knarrten plötzlich schwere Schritte auf der Treppe, und ich flüsterte, die Deutschen, und begann zu zittern, und wir hielten uns eng umschlungen und drückten uns an die Wand, und die Tür ging auf, und in der Öffnung, inmitten eines Lichtscheins, stand Onkel Alfred, dem sie offenbar zu sagen vergessen hatten, daß sie wegfuhren und er heute nicht zum Tee kommen sollte. Er überflog unsere schweißüberströmten Körper, das blutbefleckte Taschentuch, die Rosen, die auf dem Fußboden verstreut lagen, und die Seelenkerzen und zog verlegen an seiner erdbeerroten Nase, und sein Blick verfing sich an irgendeinem Punkt auf deinem Bauch, vielleicht an deinem Nabel, während er stammelte, was ist denn das, Kinder, Kinder ... das ist verboten ... in eurem Alter ... man darf doch nicht ... oiwa-woi, wenn Großmutter das erfährt ... Wir bedeckten unsere Körper mit dem Bettlaken und betrachteten ihn still und vorsichtig wie Katzen. Er senkte den Blick auf die glänzenden Schuhspitzen und fuhr fort, ich muß es ihr natürlich sagen ... wer hätte das gedacht ... Kinder ... Cousin und Cousine ... am Ende kommt dabei noch, Gott bewahre, ein Baby mit sechs Fingern an jeder Hand heraus ... oder mit zwei Köpfen ... oder einem Schweineschwänzchen ... das ist sehr gefährlich ... wer hätte das gedacht ... und schüttelte seinen Kopf von der rechten zur linken Schuhspitze, als sei er bei einem Schuhglanzwettbewerb. Dann sah er dich wieder an und sagte, nun ohne Stottern, er sei bereit, es niemandem zu erzählen, unter der Bedingung, daß du dich hier mit ihm treffen würdest, morgen nachmittag, damit er sich mit dir unterhalten und dir erklären könne, wie schwerwiegend das war, was wir gemacht hatten. Warum nur er, platzte ich heraus, um dir zu Hilfe zu kommen, und Onkel Alfred sagte, daß er dich als den Verantwortlichen ansehe und so etwas, bei deinem Verstand und deinem Talent, nicht von dir erwartet hätte. Einverstanden, hast du ruhig gesagt, und er ging hinaus. In dem Augenblick, in dem sich die Tür hinter ihm schloß, sprangen wir vom Sofa auf, stellten uns wieder am Tisch auf, die eine Hand auf der Bibel und die zweite in der Luft, Daumen und kleiner Finger zusammen, und ich sprach dir die Fortsetzung des Schwurs nach, die du aus dem Stegreif verfaßt hast:

> *Und auch wenn wir ein Kind kriegen*
> *mit sechs Fingern an jeder Hand*
> *oder zwei Köpfen*
> *oder einem Schweineschwänzchen*
> *werden wir es lieben*
> *als wär's ein ganz normales Kind*
> *mit fünf Fingern und einem Kopf*
> *und überhaupt keinem Schwanz.*

Danach zogen wir uns an und räumten noch schnell alles auf, bevor Großvater und Großmutter nach Hause kamen. Nur den dunkelroten Fleck, der auf dem grünen Sofa prangte, ließen wir als Andenken zurück. Bevor ich einschlief, konnte ich Großmutter in die goldfarbene Vase auf dem Büffet flüstern hören, merkwürdig, ich erinnere mich doch, daß ich Blumen für den Sabbat gekauft habe, und Großvater, der sie in sanftem Ton tröstete, nu, auch mein Gedächtnis ist nicht mehr das, was es einmal war, wie konnte ich vergessen, Alfred anzurufen, daß er heute nicht zum Tee kommen soll. Mitten in der Nacht fühlte ich einen schrecklichen Brechreiz. Ich rannte aufs Klo und steckte einen Finger in den Hals, und plötzlich spürte ich, daß ich Sand erbrach, ungeheure Mengen von nassem Sand, die meinen Mund füllten und zwischen meinen Zähnen knirschten, ich erstickte beinahe, spuckte und würgte, würgte und spuckte, und dann erbrach ich noch etwas mit dem Sand, und ich spähte in die Kloschüssel. Ein winziger schwarzer Hund trieb dort steif auf der Seite, mit gespreizten Beinen, die Lefzen zu einem grausigen Lächeln hochgezogen, und blickte mich mit einem offenen, toten Auge an. Entsetzt knallte ich den Deckel zu. Draußen begann es schon hell zu werden.

Die Hände in den Taschen, wanderte ich zwischen den Bäumen herum, trat nach Kiefernzapfen. Seit einer halben Stunde wart ihr schon da oben, im Zimmer eingeschlossen. Was hatte er dir so lange zu sagen. Ich konnte mich nicht mehr beherrschen. Ich stieg ganz leise hinauf, öffnete die Tür einen winzigen Spalt und spähte hinein. Ihr saßt auf dem Sofa. Onkel Alfred erklärte dir mit großartigen Operngesten etwas, das ich nicht hören konnte, und legte hin und wieder seine wattige Hand auf dein Bein. Dann umfaßte er deine Schulter und näherte sein Gesicht, röter denn je, fast violett, dem deinen, das aschgrau vor Blässe war. Plötzlich hob er den Blick und sah mich. Ein Schatten glitt über seine

Augen. Ich floh nach unten. Ich legte mich unter die große Kiefer, genau über den Schwur, den wir am Tag zuvor dort vergraben hatten, und betrachtete die glänzend grünen Nadeln, die in die Wolken stachen, nun zu einer riesigen weißen Hand geformt. Ich wartete. Es verging eine Weile und noch eine, und noch viel länger, eine Menge Zeit verging, doch ihr kamt nicht herunter. Mir fiel der Traum ein, den ich in der Nacht gehabt hatte, und mich schauderte vor Kälte. Endlich öffnete sich die Tür, und Onkel Alfred trat heraus, atmete schwer und wankte die Treppe hinunter. Er knöpfte sein Jackett zu und klingelte an der Eingangstüre. Großmutter machte auf und sagte, Schalom, Alfred, und er ging ins Haus. Dann kamst du herausgerannt, hast dich neben mich gelegt, dein Gesicht in meinen Bauch vergraben und schmerzhafte Schluchzer darin erstickt. Du hast am ganzen Körper gezittert. Ich nahm dich fest in die Arme. Was ist passiert, was hat er zu dir gesagt? flüsterte ich. Wir müssen ihn umbringen, hast du geschluchzt. Deine warmen Tränen tränkten mein Hemd. Noch nie hatte ich dich so weinen sehen. Aber was ist passiert, was hat er getan? fragte ich wieder. Wir müssen ihn umbringen, wir müssen ihn umbringen, hast du geheult, mit den Füßen auf den Boden getrampelt. Aber was hat er getan, hat er dich geschlagen, sag mir, was er getan hat? flehte ich. Du hast dein glühendes, nasses Gesicht erhoben, über das Rotz und Tränen strömten, ohne daß es dich kümmerte, und hast ruhig gesagt, heute bringe ich ihn um. Ich blickte in deine roten Augen, in denen zwei schwarze Abgründe gähnten, und ich wußte, heute würde Onkel Alfred sterben.

In Minutenschnelle hatten wir eine mörderische Giftpaste zur Hand, hergestellt aus zermahlenen Schneckenhäuschen und zwei zerquetschten Ameisen, einem zerstoßenen Kiefernzapfen und gelber Hundekacke. Wir vermischten das ganze mit Kiefernharz, damit die Zutaten zusammenklebten.

Meine Aufgabe war es, Großmutter anzubieten, daß heute ich den Tee zubereiten würde, und das Gift in Onkel Alfreds Tasse zu schütten. Ich wählte die große schwarze Tasse für ihn, um nichts durcheinanderzubringen, und auch, weil ich dachte, daß es in dieser schwarzen Tasse besser wirken würde. Ich fügte fünf Löffel Zucker hinzu und rührte gründlich um, während ich zu belauschen versuchte, worüber sie im Wohnzimmer sprachen, um sicherzugehen, daß er uns nicht verpetzte. Sie redeten ganz leise, nur Wortfetzen drangen an mein Ohr, Dr. Schmidt, Lungen, Röntgenaufnahme, Diagnose und wieder Dr. Schmidt. Sie sprachen über Krankheiten, ich war beruhigt. Auf den Teewagen stellte ich auch die spezielle zweistöckige Schwarzwälder Kirschtorte, die Großmutter gebacken hatte, wobei ich nicht verstanden hatte, wem oder was zu Ehren, vielleicht hatte er heute Geburtstag. In dem Moment, in dem ich mit dem Wägelchen hereinkam, verstummten sie sofort. Onkel Alfred sagte, danke, und ein trauriges Lächeln umwölkte sein Gesicht. Dann bist auch du hereingekommen, deine Augen wieder trocken, und wir zwängten uns gemeinsam in den Sessel und warteten schrecklich gespannt darauf zu sehen, wie er trank und auf der Stelle tot umfallen würde. Erst einmal verschlang er mit gewaltigem Appetit drei Stück Kuchen. Dann nahm er geräuschvolle Schlucke, schmatzte mit den Lippen, stellte sich uns gegenüber hinter seinen Sessel, umschleimte dich mit einem feuchten Blick und verkündete, jetzt werde ich euch das erste Lied aus Mahlers *Lied der Erde* vorsingen. Er räusperte sich zweimal, verschränkte seine Hände überm Bauch und begann auf deutsch, das wir nicht verstanden, zu singen. Seine Stimme brach feierlich und kräftig wie ein Trompetenstoß aus seiner Brust hervor, erklomm gefährliche Höhen, kühn und schwankend wie ein Seiltänzer, stürzte plötzlich ab und tauchte in dunkle Abgründe, wo sie mit dem Schicksal kämpfte, flehte und um Hilfe betete, hohl wie ein Echo schrie, heulte und bettelte, sein Gesicht war das eines Ertrinkenden, Tränen flossen aus seinen Augen, und auch aus Großmutters Augen, die die Worte verstand, sogar Großvater schniefte ein paarmal, und wir blickten einander an und wußten, das Gift, das wir zusammengemischt hatten, war auch ein Zaubertrank, und wir hielten den Atem an, um zu sehen, wie er mitten im Lied auf dem Teppich zusammenbrechen würde, aber Onkel Alfred beendete es mit einem langgezogenen, endlosen Schrei aus der Tiefe, schwenkte die Arme zur Seite, stieß an das Büffet, und die goldfarbene Vase wackelte einen Moment überrascht, glitt dann zu Boden und zerbarst, und die Welt explodierte in Milliarden glitzernder Splitter. Onkel Alfred setzte sich keuchend und flüsterte, Verzeihung, doch Großmutter sagte, macht nichts, trat auf ihn zu und küßte ihn auf die Wange, und Großvater blickte nicht die Teppichquadrate an und murmelte auch nicht, bravo, sondern drückte ihm die Hand, sah ihm in die Augen und sagte, wundervoll, großartig, und Onkel Alfred nahm noch einen Schluck von dem vergifteten Tee und erhob sich, um zu gehen, sagte auf Wiedersehen zu uns und streichelte dich mit seinem Blick, doch wir antworteten nicht, sahen ihn nur feindselig an, und sie begleiteten ihn zur Tür, wünschten ihm Glück und alles Gute, und Großvater klopfte ihm auf die Schulter und sagte, sei stark, Alfred, und Onkel Alfred sagte zögernd, ja, und die Tür schloß sich hinter ihm, und Großvater und Großmutter sahen einander einen Moment lang an, und Großmutter schüttelte den Kopf und holte Schaufel und Besen, um die Scherben zusammenzukehren.

In der Nacht erwachte ich von Hustengeräuschen und einem schrecklich kreischenden Lachen, und ich hörte, wie Großmutter in der Küche zu Großvater sagte, jetzt weiß ich, was sie gesagt hat, jetzt weiß ich, was sie mir damals sagen wollte. Und wieder erklang das entsetzliche Lachen, als lachte nicht Großmutter, sondern irgendein Dämon in ihr. Ich stand auf und lugte durch die Tür, und ich sah sie am Tisch sitzen, mit wirrem langem Haar, im Nachthemd, den Mund mit Kirschsaft und Schokolade beschmiert, die Faust um ein Messer geballt über der Ruine von Alfreds zweistöckigem Kuchen, und Großvater, im Pyjama, hielt sie am Handgelenk fest und flehte, genug, nu, genug jetzt, du hast schon viel zuviel gegessen, und Großmutter kämpfte, um ihre Hand zu befreien, und die kreischende Stimme des Dämons brach aus ihr heraus, nur noch ein kleines Stück, nur noch eins, dann ist's genug, doch Großvater hielt sie gewaltsam fest und weinte, laß mich nicht allein zurück, Minna, bitte laß mich nicht allein, ich schaffe es nicht alleine. Ich flüchtete mich in dein Zimmer. Deine Atemzüge waren schwer, abgerissen. Ich kroch zu dir unter die Decke, umarmte dich und legte meinen Kopf neben deinen auf das Kissen. Das Kissen war völlig durchnäßt.

Am nächsten Tag fuhren wir weg, mit Mischa, Großvater und Großmutter, die vorne saß und deren Zopf wieder straff um ihren Kopf lag. Mischa setzte die Großeltern am Rambam-Krankenhaus ab, und uns nahm er an den Strand von Bat-Galim mit, wo wir uns auszogen und nur die Badesachen anbehielten, und Mischa sah mit seiner Schirmmütze und seiner breiten Brust wie ein Rettungsschwimmer aus, es fehlte nur noch die Trillerpfeife. Er setzte sich in einen Liegestuhl an den Meeresrand, und du bist in einem bunten Spritzschauer hineingerannt und in die Wellen getaucht, und ich rannte dir hinterher und tauchte ebenfalls ein, denn ich wollte genau dasselbe fühlen wie du, und mir brannten die Augen, und ich schluckte ein bißchen Salzwasser, und als ich an den Strand zurückkam, hast du schon dagestanden und hast deine Locken geschüttelt, und wir setzten uns neben Mischa, an seine starken Beine gelehnt, in den Sand, sahen aufs Meer hinaus und schwiegen, denn keiner von uns hatte etwas zu sagen, und dann bat ich Mischa, er solle uns noch mal erzählen, wie er vor dem König von Jugoslawien gespielt hatte, denn ich wußte, wie gern er erzählte, und ich dachte, vielleicht würde das die Situation retten. Er schwieg einen Augenblick, und plötzlich sagte er still, ich habe nicht vor dem König gespielt, es war ein anderer Junge, auch er hieß Mischa, aber er spielte besser als ich, also haben sie ihn ausgewählt, um ihm die Uniform mit den Goldknöpfen anzuziehen, und die Trompete hat in der Sonne gefunkelt, und die Fahne stieg bis zur Spitze des Mastes hoch, es war so schön, nie werde ich es vergessen, und König Pavel ist gekommen und strich ihm über den Kopf, und seine Mutter hat so geweint, daß man sie stützen mußte, und ich stand da, in einer Reihe mit den ganzen Kindern, und habe auch geweint. Er zog die Nase hoch und fuhr dann fort, als spräche er zu sich selbst, aber jener Mischa ist nicht mehr da, Hitler hat ihn geholt, alle, alle, auch meine Eltern und alle meine Geschwister, nur ich bin noch da, das sechste Kind, das sie gar nicht wollten, denn mein Vater und meine Mutter haben sehr jung geheiratet, sie waren Cousin und Cousine, und die Familie beschloß, sie mit dreizehn zu verheiraten, so war das zu jener Zeit, und sie bekamen jedes Jahr ein Kind, jedes Jahr ein Baby, bis mein Vater sagte, genug. Aber dann fuhren sie zur Erholung nach Österreich und als sie zurückkamen, war Mutter wieder schwanger. So ist das. Er verstummte und zündete sich eine Zigarette an. Und dann sagte er plötzlich, ohne irgendeinen Zusammenhang, euer Großvater ist ein großartiger Mensch, es gibt nicht viele Menschen wie ihn. Wir sahen still einem Jungen zu, dem es gelang, auf Händen zu gehen, einem Mann, der einen Stock ins Wasser warf, und seinem großen Hund, der sich mit Gebell ins Meer stürzte, blitzschnell lospaddelte und in seinem Maul den Stock zurückbrachte, und der Mann streichelte ihm über den Kopf. Ich nahm den Eisstiel und malte ein

Haus und einen Baum und eine Sonne in den nassen Sand, die Wellen kamen und trugen mein Bild fort. Und das Meer färbte sich langsam golden, es wurde ein wenig kühl, und wir zogen uns an und fuhren Großvater und Großmutter abholen, die mit grauen Gesichtern am Krankenhaustor auf uns warteten und plötzlich uralt aussahen.

Ein paar Tage später teilte uns Großmutter mit, daß Onkel Alfred im Krankenhaus gestorben war, sie wischte sich die Tränen ab und sagte, er habe eine schlimme Krankheit in der Lunge gehabt und die Operation sei nicht erfolgreich verlaufen, aber wir kannten den wahren Grund und wagten einander nicht anzuschauen, als wir mit Großmutter, die um Alfred und mehr noch um sich selbst weinte, und mit Großvater, der um Großmutter weinte, mit unseren Eltern und noch drei Leuten, die wir nicht kannten, den Totengräbern folgten, wie emsige Engel in ihren weißen Hemdsärmeln, mit ihren bärtigen, verschwitzten Gesichtern, die die Bahre trugen, unter dem dunklen, staubigen Tuch der Körper, der plötzlich geschrumpft schien, der Kopf berührte beinah das fette schwarze Hinterteil des ersten Engels, die Füße baumelten vor dem offenen Hosenschlitz des zweiten, und ich dachte, es könnte jeder sein unter dem Tuch, vielleicht ist es gar nicht er, aber als wir das offene Grab erreichten, sagte der Kantor seinen Namen, und ein verzweifeltes Weinen brach aus mir heraus, denn ich wußte, die Zeit ließ sich nicht zurückdrehen, und du standest schweigend auf der anderen Seite des schwarzen Grabes, und ich wußte, Onkel Alfred würde immer zwischen uns stehen, und nach dem Begräbnis würde dich dein Vater mit nach Hause nehmen, lange vor dem Ende der großen Ferien, denn Großmutter fühlte sich schon nicht mehr gut, und in ein paar Monaten, im Winter, würde auch sie sterben, und Großvater würde sein Büro in der Herzlstraße schließen und ins Altersheim ziehen, und all die Jahre würde er mit ihr reden, als wäre sie noch an seiner Seite, und nie mehr würden wir in unserem Kämmerchen unterm Dach zusammensein, und nur manchmal, vor dem Einschlafen, würdest du auf allen vieren über mir knien und mich mit gelben Pupillen anblicken, und ich würde dir zuflüstern, komm, und dein Herz gegen meine Brüste trommeln spüren, bis zum Verebben des letzten Flatterns. Ich trockne meine Tränen und trete zusammen mit den ganzen alten Leuten ans Grab, um einen kleinen Stein darauf zu legen, und alle wenden sich schon zum Gehen, aber ich verweile noch einen Augenblick an Onkel Alfreds goldgraviertem Marmorstein, ich weiß, du stehst neben mir. Von nahem kannst du sehen, daß auch ich schon Falten um die Mundwinkel und ziemlich viele graue Haare habe, und wir beide lesen im Herzen die Zeilen aus dem ersten Stück von Mahlers *Lied von der Erde*, dessen Worte wir damals nicht verstanden, und ich lege einen kleinen Stein darunter, und du legst einen kleinen Stein dazu, und dann legst du deine Hand auf meine Schulter und sagst, gehen wir. Vor uns schreiten meine Mutter und dein Vater und flüstern miteinander über den Plan der Stadtverwaltung, das alte Haus abzureißen und das Wäldchen zu planieren, um statt dessen einen luxuriösen Wohnturm hinzubauen, und ich sehe die Erde vor mir, die all das, was wir in ihr versenkt haben, nicht mehr behalten kann, sie bebt und bricht auf, und der Turm spaltet sich und stürzt in sich zusammen. Und Mischa kommt uns hinterher, seufzt und sagt, wenn man das Leben nur zurückholen könnte, nur für einen einzigen Augenblick, und ich weiß genau, zu welchem Augenblick er zurückkehren möchte. Und am Tor steht die gebeugte Greisin, deren eingeschrumpftes Gesicht so altvertraut ist, greift mit zitternder Hand nach meinem Ärmel und sagt mit kreischender Stimme, du erinnerst dich vielleicht nicht mehr an mich, aber ich habe deinen Großvater sehr gut gekannt, er war Stammkunde bei uns in der alten Post. Sie sind Frau Bella

Blum von der Post, flüstere ich und erblasse innerlich, denn für den Bruchteil einer Sekunde sehe ich die Brille auf der scharfen Nasenspitze, das graue Haar, die Eisesfinger, die sich begehrlich nach Kinderhälsen und dreieckigen Briefmarken ausstrecken, und mir fallen die anonymen Drohbriefe ein, und ich schiele zu dir hinüber, aber du betrachtest deine staubbedeckten Schuhe und sagst, wir müssen weiter, ich muß rechtzeitig bei der Versammlung in der Fabrik sein, und wieder berühre ich die weiche Hand unter dem violetten Strohhut. Und plötzlich kommt ein starker Wind vom Meer, reißt ihr den Hut vom Kopf und rollt ihn den Weg entlang, und sie rennt ihm zwischen den Grabsteinen nach, in ihrem flatternden Blümchenkleid, mit ihrem gerundeten Bauch, mit ihren kastanienfarben züngelnden Haarkringeln, streckt ihre vollen Arme aus, um ihn zu erhaschen, aber der Hut verspottet sie, fliegt hoch und höher in den Himmel hinauf wie ein violetter Schmetterling und wird sich gleich auf der spitzen Krone der Pinie niederlassen, doch auf einmal ändert er seine Meinung, überschlägt sich zweimal und landet auf dem Grabstein von Abba Chuschi, einst Bürgermeister von Haifa, und du und Mischa und all die anderen Männer erbieten sich, ihn für sie aufzuheben, und springen zwischen den Gräbern herum, aber der Hut ist schon wieder fort, zerdrückt und verschämt zwischen Chanoch Ben Mosche Gavrieli, gebürtig aus Lodz, und Zilla Frumkin, mustergültige Ehefrau und Mutter und Wohltäterin, die dichtgedrängt beieinander liegen, und ihr seid alle schon rot, verschwitzt und außer Atem, aber der Hut entkommt mit einem hinreißenden Salto, schwingt sich empor, und ihr verfolgt ihn, mit aufwärts gerichteten Blicken und wedelnden Händen wie Überlebende auf einer einsamen Insel angesichts eines Flugzeugs, und plötzlich verliert er sein Gleichgewicht, wirbelt wie eine Tänzerin in einem Strudel violetter Bänder um sich selbst und landet mit einem Aufprall außerhalb des

Tores, liegt auf der Seite und lacht mit seinem runden Mund, und sie rennt auf ihn zu, schwerfällig und keuchend, bückt sich und hebt ihn auf, schwenkt ihn hoch in die Luft und jubelt euch mit glänzenden Augen zu, ich hab ihn, ich hab ihn.

Fellinis Schuhe

1

An diesem Tag kam ich zu spät zur Arbeit, obwohl ich rechtzeitig aus dem Haus gegangen war. Alles wegen dieser Alten, die mir hinterherkrähte, maidele, maidele, an der Diezengoff, Ecke Jabotinsky, und mich am Ärmel packte, damit ich ihr über die Straße half. Ich sah sie mir kurz an und begriff nicht, weshalb sie nicht allein hinübergehen konnte. Sie schien mir ganz in Ordnung zu sein; fast einen Kopf kleiner als ich, aber völlig aufrecht. Ihr Haar war kurz und weiß bis auf ein paar rötliche Strähnen auf der Stirn. Ihre Augen blinkten wie zwei blaue Käfer in einer orangen Wiese. Die Nase stach wie ein Papageienschnabel zwischen zwei roten Backen hervor, und darunter war mit rotem Lippenstift ein winzig kleines Lächeln aufgemalt. Sie trug einen langen braunen Mantel, obwohl es bereits nach Pessach und ziemlich warm war, und um ihren Hals hatte sie, kokett wie eine Seeräuberbraut, ein rotes Halstuch geknotet. Ihre kleinen Füße, in gelochten orthopädischen Altweiberschuhen, trippelten flink über den Fußgängerübergang, und ihre gekrümmten Finger krallten sich fest in mein Handgelenk. Als wir die andere Straßenseite erreicht hatten, wollte ich meine Hand befreien und zu ihr sagen, alles Gute dann, liebe Frau, und bleiben Sie gesund, aber sie verstärkte ihren Griff und sagte, dort, dort, und ihr freier Arm, an dem eine abblätternde Lackhandtasche hing, streckte sich nach vorne aus, um mir den Ort zu weisen, den sie erreichen wollte, und sie fuhr fort, mir in aufgeregtem Jiddisch irgendwas zu erklären, während sie mit schnellem Schritt vorwärtsstürmte und mich hinterherzog. Ich verstand kein Wort. Ich kann kein Jiddisch, bloß ein paar Wörter. Also ging ich noch ein bißchen weiter mit ihr, und an der Ecke Arlozorov sagte ich zu ihr, das wär's, gute Frau, ich muß schleunigst zur Arbeit, aber sie hörte nicht oder tat so, als ob sie nichts hörte, streckte nur ihren Arm nach vorne aus, deutete auf irgendeinen nebulösen Punkt am Horizont zwischen den Gebäuden und sagte wieder, dort. Ich wußte nicht, was tun. Die Schicht begann um fünf, in einer Viertelstunde, und ich mußte es noch schaffen, mich umzuziehen und zu schminken, Fedida brüllt immer fürchterlich, wenn man nicht ganz pünktlich, tipptopp zurechtgemacht, da ist. Aber diese alte Frau brauchte anscheinend wirklich Hilfe, man konnte sie nicht einfach so alleine lassen. Ich erinnerte mich an die traurigen Reportagen, die ich in letzter Zeit im Fernsehen gesehen hatte, wie alte Leute oft behandelt wurden, und ich beschloß, noch ein bißchen weiter mit ihr mitzugehen, vielleicht waren wir ja gleich dort, wo sie hinmußte. Sie musterte mich mit einem durchtriebenen Blick, schmatzte genießerisch wie die Hexe in Hänsel und Gretel mit den Lippen und sagte, a schain maidele. So gingen wir, fast im Laufschritt, die Diezengoff entlang. Plötzlich, neben dem Kiosk an der Ecke Ben-Gurion, hielt sie an und wollte sich nicht mehr von der Stelle rühren. Wieder versuchte ich, meine Hand zu befreien, die von dem Kneifzangengriff langsam schmerzte, aber die Alte bohrte ihre Fingernägel in meinen Ärmel und begann, mit der Dickköpfigkeit eines verwöhnten Kindes, mit dem Fuß aufzustampfen. Was willst du? fragte ich sie, aber sie antwortete nicht. Sie stand nur aufrecht da mit ihrer Papageiennase und ihrem roten Halstuch, und ihre zwei blauen Käfer blitzten beleidigt. Vielleicht hat sie Durst, sagte ich mir und kaufte ihr eine Flasche

Orangensaft. Mit einem Grunzer saugte sie das Getränk durch den Strohhalm ein und stellte die leere Flasche mit einem stolzen Knall auf die Theke. Jetzt gehen wir, sagte ich und zog ungeduldig an ihrer Hand. Es war wirklich schon schrecklich spät, vielleicht Viertel nach fünf. Aber meine alte Dame war nicht gewillt, sich zu bewegen. Sie streckte die spitze Zunge heraus, orangegelb vom Saft, und leckte sich die Lippen. Sie will, daß ich ihr ein Eis kaufe, entrüstete ich mich innerlich, sie geht wirklich zu weit, diese unverschämte Oma. Ich kaufte zwei Eis am Stiel, Vanille und Schokolade, und ließ ihr die Wahl. Sie nahm Schokolade und war endlich bereit weiterzugehen. Während sie schleckte, schwatzte sie mir wohlwollend die Ohren voll und brach hin und wieder in krähendes Gelächter aus. Ich hatte langsam den Verdacht, daß es gar keinen Ort gab, wo sie hinmußte. Möglicherweise war sie aus irgendeiner Irrenanstalt entflohen, erschrak ich plötzlich. Verzeihung, verstehen Sie vielleicht Jiddisch, sprechen Sie vielleicht Jiddisch, fragte ich jeden älteren Menschen, der an mir vorüberging, aber keiner verstand es. Die meisten Leute antworteten nicht einmal. Auch die Alte verstummte und sah traurig aus. Es begann schon zu dunkeln, und ich wußte, es war fast sechs. Wenigstens zur Sieben-Uhr-Schicht mußte ich es schaffen, dann könnte ich sagen, ich hätte die Schichten durcheinandergebracht. Aber was sollte ich mit dieser merkwürdigen Oma machen, die schon seit über einer Stunde an mir klebte, ihr ganzes Gesicht mit Schokoladeneis verschmiert? Ich dachte daran, sie ins Hotel mitzunehmen und sie in die Lobby zu setzen, aber was dann? In meinem kleinen Zimmer zur Miete war ja kaum Platz für mich. Inzwischen hatte sie ein paar braune Flecken auf ihrem roten Piratenhalstuch entdeckt und begann lautlos zu weinen, schneuzte sich die rote Nase und wischte ihre Tränen mit dem Mantelärmel ab. Auf einmal hörte sie entferntes Wassergeplätscher, ließ meine Hand los und rannte die Stufen zu dem

Springbrunnen am Platz hinauf. Als ich näherkam, stellte ich fest, daß sie eifrig ihr Halstuch im Brunnenwasser auswusch. Ihre abblätternde Lacktasche lag auf der Bank, und ich nutzte die Gelegenheit, sie nach einem Ausweis oder adressierten Umschlag zu durchwühlen, irgendeinem Hinweis, der mir sagen würde, wohin sie gehörte. Ich fand einen Lippenstift, ein Parfümfläschchen, eine Puderdose mit kleinem Spiegel, einen rosa Kamm, ein weißes Taschentuch, ein altes Foto von einem Herrn im dunklen Anzug mit schwarz glänzendem, nach hinten gekämmtem Haar und sanftem, starrem Blick unter den dicken Brauen. Er ähnelte ein wenig Richard Gere, meinem Lieblingsschauspieler. Auf der Rückseite des Fotos standen in verblaßter Bleistiftschrift ein paar Worte in einer fremden Sprache. Auf dem Taschenboden kugelte eine Menge Münzen herum. Wenigstens hat sie ein bißchen Geld, dachte ich, aber als ich ein paar davon herausfischte und sie im Licht der Straßenlampe betrachtete, sah ich, daß es nur alte gezahnte Groschen, wertlose Halb- und Viertelliramünzen von früher waren. Das war's. Kein Ausweis, kein Krankenversicherungsheft, nicht einmal ein Schlüssel. Ich wußte nicht, was ich tun sollte. Ich setzte mich auf die Bank und starrte meine Alte an, die inzwischen mit der Wäsche des Halstuchs fertig war, es über ihrem Kopf schwenkte und sich und ihre Umgebung mit Wasser bespritzte. Plötzlich kletterte sie auf die Bank, die den Brunnen umläuft, lächelte süß und sang mit hoher Stimme etwas, das in etwa so klang:

> *Ot dort, ot dort, oif jenem ort,*
> *schtaien faigelech zwai, oi, zwai!*
> *Sai schmusn sich, sai kuschn sich,*
> *sai kuschn sich, sai ljuben sich –*
> *ach, sar a fargenign hohn sai,*
> *oi, sai!*

Sie wiederholte dieses idiotische Lied noch einmal und verband einen kleinen Tanz damit, der mit einer flinken Drehung um sich selbst und einem tiefen Knicks endete, begleitet von hoheitsvollem Schwingen des roten Halstuchs. Zum Schluß drückte sie das Halstuch an ihre Brust, klimperte mit den Wimpern und schnaufte gefühlvoll, wie eine Hauptdarstellerin nach einer gelungenen Premiere.

Applaus erhob sich aus der Dämmerung, und die alten Männer, die gegen Abend auf den Bänken am Platz zu sitzen pflegten, scharten sich um sie und baten um eine Zugabe. Sie willigte ein, es nochmal und noch einmal zu singen, bis ich das Lied schon auswendig kannte, und die Alten krähten vor Seligkeit und riefen, bravo, bravissimo. Auch die Vögel, die einen Augenblick auf den drei Hochspannungsleitungen wie eine Reihe schwarzer Noten erstarrt waren, rissen sich aus ihrem Lauschen los und schwirrten unter begeistertem Flügelschlagen über ihren Kopf hinweg. Ich nützte die Bewunderung des Publikums, das sie umgab, um mich davonzustehlen. Einer dieser alten Männer wird ihr Geplapper schon verstehen und sich um sie kümmern, beruhigte ich mein Gewissen, trotzdem schien mir, als schickte sie mir einen anklagenden Blick von den Höhen ihrer ruhmreichen Bühne hinterher. Ich fühlte mich wie eine Verräterin.

2

Der Pförtner am Personaleingang saß an seinem Stammplatz in dem Verschlag neben der Stempeluhr. In seinem kleinen Schwarzweißfernseher lief irgendein Fußballspiel, das ab und zu von schwarzen Querstreifen durchschnitten wurde, was ihn aber nicht davon abhielt, gierig auf den Bildschirm zu starren und ein Thunfischsandwich zu essen, ein Rest vom Mittagessen der Gäste. Ich grüßte ihn, und er brummte etwas mit vollem, fettigem Mund. Als ich meine Karte in den Schlitz der Stempeluhr steckte, die sechs Uhr dreiundvierzig ausdruckte, dachte ich im stillen, daß dieser Mann keine Chance hatte, es bis zum Hotelportier zu bringen, und daß er sich nur manchmal, in seinen Träumen, am Haupteingang stehen sieht, an der gläsernen Drehtür, in einer roten Uniform mit Goldlitzen an den Ärmelaufschlägen, mit einer Schirmmütze und weißen Handschuhen, wie er mit elegantem Schwung die Türen der langen amerikanischen Wagen bedeutender Gäste öffnet. Ich lief in den Umkleideraum hinunter, in der Nase die Seifendämpfe, die aus der Wäscherei drangen. Ich öffnete meinen Stahlschrank und zog die unpraktische orange Uniform an, befestigte das Plastikschild, auf dem Millie in Englisch geschrieben stand, mit einer Nadel auf meiner Brust, damit die Gäste die Bedienung mit Vornamen anreden konnten und sich fast wie zu Hause fühlten. Dann schminkte ich mich hastig vor dem Spiegel über dem Waschbecken. A schain maidele, lächelte ich mir zu. Man sagt mir nicht häufig, daß ich schön bin. Ich habe riesige Augen, die fast das ganze Gesicht einnehmen. Krötenaugen, spottet Meir, der Barmann, immer, wie Autoscheinwerfer. Ich hielt mich noch einen Moment damit auf, sie zu schminken, um sie kleiner wirken zu lassen. In der Lobby war an jenem Abend besonders viel Betrieb und Gedränge. Alle Tische waren besetzt, und die Leute standen in den Durchgängen und warteten, daß Plätze frei würden. Fedida passierte mich im Laufschritt, murmelte vor sich hin, Irrenhaus, Irrenhaus. Die Jacke seiner senffarbenen Uniform stand offen, und sein Gesicht über der seitlich verrutschten schwarzen Fliege war dunkelrot. Mit seinem kleinen Schnurrbart und seinen vorstehenden Zähnen erinnerte er mich immer an Bugs Bunny. Ich beeilte mich, mit der Arbeit anzufangen, damit er mich nicht einfach so herumstehen sah und sich daran erinnerte, daß ich um fünf hätte kommen sollen. Meir drückte mir ein Tablett mit zwölf schäumenden Biergläsern in die Hand und sagte, Tisch achtundvierzig. Verzeihung, Verzeihung, rief ich nervös, während ich versuchte, mir einen Weg durch die Jacketts und Pelze zu bahnen, deren Inhaber mit spitzen roten Mündern aufeinander einhackten und das schwere Tablett, das ich trug, ignorierten. Als ich mich dem Tisch näherte, begannen die Gläser in meiner Hand klirrend zu zittern: Fünf von denen, die da saßen, waren Riesen, einfach gewaltig, Berge von Menschen, einer davon ein Mohr, und die sieben anderen waren Zwerge, Gnome, erwachsene Menschen in der Größe von achtjährigen Kindern. Alle zwölf waren schon sturzbetrunken, witzelten lautstark in Englisch und schlugen sich gegenseitig auf die Schultern. Ihr Tisch war überladen mit halbleeren Biergläsern und Schälchen voller Olivensteine. More olives and peanuts! befahl der betrunkene Zwerg im roten Baumwollhemd. Als ich an die Bar zurückkam, um die Schälchen aufzufüllen, erklärte mir Meir, daß heute ein Filmteam mit zweihundert Leuten aus Amerika eingetroffen war, um in Israel eine Serie von Kindergeschichten zu drehen, und mit dem gleichen Flugzeug auch eine berühmte Basketballmannschaft aus Houston, Texas. Die Zwerge und die Basketballer haben sich in Amerika überhaupt nicht gekannt, wunderte sich Meir, aber sie haben im Flugzeug gleich angefangen, miteinander zu trinken. Große Bastarde, diese Zwerge, jeder hat eine Frau in Normalgröße und ein paar Kids, lachte er, aber was meinst du wohl, sie haben drei Schauspielerinnen mitgebracht, jede eine Ia Puppe, und er schloß die Augen und leckte sich mit seiner dicken roten Zunge die Lippen.

Ich war aufgeregt. Ich bin immer aufgeregt, wenn ein Filmteam kommt. Den Regisseur erkenne ich sofort – er ist groß und sonnengebräunt, seine silberweißen Locken unterstreichen den sicheren blauen Blick zwischen den winzigen Lachfältchen um seine Augen, er sitzt am Kopfende des Tisches mit einer braunen Lederjacke und gelockerter, bunter Krawatte, ein Glas Whiskey on the rocks in der Hand, und unterhält sich mit seinen Leuten auf englisch im ruhigen Ton dessen, der weiß, was er sagt. Manchmal setzt er eine Brille mit Metallrahmen auf, um im Drehbuch zu lesen, und dann werden seine Augen weich, und er sieht aus, als bräuchte er eine Umarmung. Ich gebe mir immer alle Mühe, damit er mich ansieht, wenn ich vorsichtig ein weiteres Glas Whiskey auf einem runden Papierdeckchen vor ihn hinstelle. Dann kommt die weibliche Hauptdarstellerin dazu. Sie hat immer einen Namen, der nach knisternder Ferne riecht, Diana oder Joanna, und wirkt, als gehöre ihr das Hotel. Als gehöre ihr die ganze Welt. In der Früh betritt sie die Lobby im winzigen Bikini, auf dem Weg vom Swimmingpool zum Speisesaal. Das Wasser tropft von ihrem göttlichen Körper auf die teuren Teppiche, die sich beflissen unter ihren bloßen Fußsohlen hinbreiten. Am Nachmittag kehrt sie von einem Drehtag zurück – versengtes Haar umrahmt ihr Gesicht wie eine wilde Sonne, ihre Wangen sind rot von der Hitze und ihre Lippen aufgerissen vor Trockenheit, und sie befeuchtet sie mit der Zunge und teilt ein müdes Lächeln an alle und niemanden aus. Gegen Abend erscheint sie erfrischt nach einer Dusche und einem Nachmittagsschlaf zwischen sauberen kühlen Laken. Sie trägt Jeans, und ihr Haar ist zusammengebunden, sie bestellt einen trockenen Martini und zündet sich die eine Zigarette pro Tag an, die sie sich gestattet, setzt ihre Brille auf und studiert im Drehbuch ihre Rolle für den nächsten Tag. In der Nacht kehrt sie mit dem Team von einer Vergnügungstour oder einem grandiosen Abendessen zurück. Im schwarzen Mini, zurechtgemacht und sprühend, streckt sie ihre langen Beine über die Sessellehne und wirft ihre blonden Locken auf die Schulter des Hauptdarstellers, ihr Lachen sprudelnd wie der Champagner, den sie den ganzen Abend getrunken hat. Die Crewmitglieder und der silberhaarige Regisseur wetteifern miteinander, wem es gelingt, sie am meisten zu erheitern, und Fedida und Meir stehen in einigen Metern Entfernung von ihr, recken die Hälse und scharren nervös mit den Füßen, bereit, bei der geringsten Handbewegung loszustürzen und ihr jeden Wunsch zu erfüllen – ihr russischen Kaviar zu bringen oder mitten in der Nacht einen frischen Mangosaft für sie zu pressen.

Im Winter, wenn das Filmteam abgereist ist und es fast keine Arbeit gibt, lehne ich an der Bar, lausche mit halbem Ohr dem Regen, der draußen fällt, und den anödenden Walzern des bleichgesichtigen Pianisten und denke an jenen Regisseur, wie er mir eines Tages tatsächlich in die Augen sieht und dann aufsteht, auf mich zukommt und sagt, you know, Millie, you have a very interesting face. I want you for my film. Und ich werde ihn anlächeln und das mit Kaffeekannen, Tassen, Gläsern und Kuchen vollbeladene Tablett nehmen, mitten in der Lobby stehenbleiben und es auf den Boden fallen lassen, und das ganze teure Geschirr wird zersplittern, und die Getränke werden lauter Flecken auf die Teppiche, auf die Satin- und Samtkleider der reichen Besitzerinnen spritzen, die gerade von einer Modenschau gekommen sind, und dann trete ich auf ihn zu und sage zu ihm, okay, I'm coming with you, und Fedida und Meir und alle anderen werden dastehen und mich entsetzt und böse anschauen, es aber nicht wagen, mir etwas zu tun, und mir sogar ihr kriecherisches Bedienungslächeln präsentieren, während ich, Arm in Arm mit ihm, die Lobby für immer verlasse.

Danach räume ich das schmutzige Geschirr ab, das auf den Tischen stehengeblieben ist, und stelle das Tablett in die Durchreiche, aus der mir Fawzi sein gelbzahniges Lächeln zuwirft, bevor er sich schnell die Reste in den Mund stopft und die Teller in die Geschirrspülmaschine. Er weiß, gleich wird Meir in die Küche kommen, um seine Zigarette nach der Schicht zu rauchen und mit ihm das übliche Spiel zu spielen, das sich Araberhund nennt. Bei diesem Spiel gibt Meir Fawzi Befehle, wie zum Beispiel, Araberhund, gib mir Feuer, Araberhund, bring mir ein Cola, Araberhund, sag, daß deine Mutter eine dreckige arabische Hure ist, und Fawzi muß alles machen, was Meir ihm sagt, sonst kriegt er Prügel. Manchmal, wenn es Meir so richtig in den Händen juckt, sagt er, Araberhund, geh runter ins Lager und bring ein bißchen Pfauenmilch. Fawzi kommt immer mit furchtsamem Gesicht zurück, breitet seine Hände aus und sagt, gibt keine, und dann schlägt Meir ihn halbtot. Er liebt dieses Spiel ungemein. Fawzi nicht so sehr. Jeden Tag schenkt er mir sein gelbliches Lächeln, weil er meint, ich hätte irgendeinen Einfluß auf Meir. Aber ich kann nichts tun, um ihm zu helfen. Meir hört nicht auf das, was ich ihm sage, auch wenn wir nach der Arbeit in seiner Klapperkiste zu irgendeinem einsamen Strand fahren und auf den Rücksitz wechseln werden, er sagen wird, daß ich seine Freundin bin, und meine Brüste tätscheln und mir die Unterhose herunterziehen wird, in mich eindringen und kommen und mich nicht einmal küssen wird. Danach wird er mich heimfahren und mir unterwegs wieder versprechen, daß er diese Woche den Schlüssel zur Suite sechzehnnulleins kriegen wird, wirklich kein Problem für ihn bei den ganzen Beziehungen, die er zum Empfang habe. Einmal, als er noch im Roomservice arbeitete, ließ man ihn einen Wagen mit Champagner dorthin bringen, und er erinnert sich haargenau daran, wie die Suite aussieht. Und er beschreibt mir in allen Einzelheiten die Nacht, die wir dort wie die Könige verbringen werden, mit Champagner und Jacuzzi und Videofilmen. Dann, vor meinem Haus, zwingt er mich, eine Zigarette mit ihm zu rauchen, obwohl ich die Sorte nicht mag, sagt wieder, du bist meine Freundin, und fährt, und ich gehe schlafen.

Etwa um halb neun Uhr abends wurde ich ans Telefon gerufen. Der Hotelbesitzer fragte höflich an, ob ich ihm ein Sandwich mit Räucherlachs, ein Glas Orangensaft und eine Kanne Kaffee in sein Büro bringen würde. Er bittet immer extra mich darum, weil ich daran denke, das Sandwich in kleine Würfel zu schneiden. Der Hotelbesitzer hat nur einen echten Arm, und es ist ziemlich schwierig für ihn, es alleine zu schneiden. Sein linker Arm ist aus Plastik, ragt glatt und rosa wie eine Puppenhand aus dem Jackettärmel. Ich fuhr mit dem Aufzug ins siebzehnte Stockwerk, das letzte, klopfte an die Tür und rollte das Wägelchen in das prunkvolle Büro, das sich an die Suite anschließt, die er mit seinem riesigen, blinden schwarzen Hund namens Snàporaz bewohnt. Die meiste Zeit des Tages verbringen sie im Büro, der Hotelbesitzer arbeitet, und Snàporaz liegt auf dem Teppich zu seinen Füßen, gibt hin und wieder ein langgezogenes, herzergreifendes Jaulen von sich. In der Dämmerung sehe ich durch die Fenster der Hotellobby, wie sich ihre schwarzen Silhouetten gegen den Hintergrund des vergoldeten Meeres den Strand entlang bewegen, der lange hohe Umriß des Mannes und der breite niedrige des Hundes. In der Nacht darf Snàporaz im Hotel umherstreifen. Manchmal, wenn ich Nachtschicht habe, streicht er hechelnd an mir vorüber, wie ein schwarzer Schattengeist. Ich stellte das kleingeschnittene Sandwich, das Glas Saft und die Kaffeekanne auf den niedrigen Glastisch, an dem der Hotelbesitzer sein Abendessen einzunehmen pflegt, und wartete höflich, bis er den Geldschein aus seiner Brieftasche gezogen hatte, was ihn immer etwas Zeit kostet, wegen des Arms. Währenddessen verschlang ich die persischen Teppiche mit den Augen, den Holzsekretär mit den in Form von Adlerklauen geschnitzten Füßen, die Briefbeschwerer und die goldenen Füllfederhalter darauf, die Statuen der nackten Frauen in den muskulösen Armen von Kreaturen, deren obere Körperpartie männlich und deren Unterkörper ein Ziegenbock war, und die großen

Gemälde, wobei ich sofort ein neues Bild darunter entdeckte, das mir gefiel – Braut und Bräutigam, die mit einer Ziege und einer Geige in den Himmel fliegen. Ich deutete auf das Bild und sagte zu ihm, ich hoffe, es wird Ihnen Freude machen. Danke, sagte er ernst, ich habe ihn nie lächeln gesehen, und gab mir das übliche hohe Trinkgeld. Ich wandte mich zum Gehen. Snàporaz hob seinen blinden Blick zu mir auf, schnüffelte in der Luft und winselte leise. Als ich in die Lobby zurückkam, sah ich die Riesen mit großen Schritten in Richtung Aufzug stiefeln, während die sieben Zwerge hinterher trippelten – hin- und herschwankend, mit roten Gesichtern, schnatternd. Ich hatte große Lust, ihnen nachzusingen, Zwergenaufstand ist im Lande, die Soldaten rücken aus. Auch die Jacketts und die Pelze waren in den großen Saal hinübergegangen, zu einer Cocktailparty zu Ehren irgendeines Knessetabgeordneten oder sonst jemand Wichtiges. Weit und breit kein Filmregisseur in Sicht. Nur die Stammgäste waren da – an Tisch 27 saß Frau Braun, die Betreiberin der Hotelgalerie. Alles ist bei ihr braun – die Haare, die Augen, das Kleid und die Schuhe sowie die großen Sommersprossen auf ihren Handrücken und die langen, schlanken Zigaretten, die sie zwischen den nikotinbraunen Fingern hält. Wie jeden Abend studierte sie gründlich die Speisekarte, fragte dann mit ihrer rauchigen Stimme, was haben Sie heute, und nachdem ich ihr noch mal sämtliche Sorten von Kuchen, Eis, Sandwiches, alkoholfreien und heißen Getränken vorgetragen hatte, bat sie, wie üblich, um eine Kanne kochendheißes Wasser und eine Tasse und bereitete sich selbst einen Kamillentee zu, mit einem Teebeutel, den sie aus ihrer braunen Tasche hervorholte.

An Tisch 29 saß, wie immer, Mister Gordon verschrumpelt und zittrig in seinem Rollstuhl und warf liebevolle Blicke auf die dicke, lächelnde schwarze Schwester, die seine Kinder in Amerika für ihn angestellt haben, damit sie sich seiner fortschreitenden Parkinsonschen Krankheit annimmt und die Arrangements fürs Begräbnis trifft. Aber Mister Gordon zieht seine hingebungsvolle Pflegerin mit dem üppigen Busen und der strahlend weißen Uniform der Erde des Heiligen Landes vor und lebt bereits seit fünf Jahren auf Kosten des Erbes seiner Kinder mit ihr in Suite sechzehnnullzwei, und Tag für Tag sitzen sie in der Lobby und schauen einander zwischen fünf und sechs Uhr nachmittags liebend an, sowie nach dem Abendessen, zwischen acht und halb elf, bevor sie ihn ins Bett bringt. Nur dienstags, wenn sein geliebter englischer Detective im Fernsehen kommt, darf er bis Sendeschluß aufbleiben.

An der Bar stand die zwinkernde Rita, trat von einem langen Bein im hochhackigen roten Stöckel aufs andere lange Bein und streckte ihren kleinen Hintern im knappen roten Minirock heraus. Die Männer vom Sicherheitsdienst in ihren grauen Anzügen und ampelroten Krawatten, die pfeifenden Sprechfunkgeräte in der Hand wie Spielzeug-Walkie-Talkies, warfen ihr hungrige Blicke zu und trugen Sorge, jedes Mädchen zu vertreiben, das es wagte, in ihr Territorium einzudringen und ihren Lebensunterhalt zu bedrohen. An öden Abenden wie diesem pflegt Rita ihre spitzen Ellbogen auf die Bar zu stützen und zu Meir zu sagen, ganz treuherzig, daß sie eigentlich ein ruhiges Leben, einen Mann, Kinder und einen Hund möchte, einen Pudel vielleicht. Ab und zu zwinkert sie heftig mit ihren schwer bewimperten Augen, so daß es scheint, als nehme sie nichts allzu ernst. Meir raucht und lauscht ihrer tiefen Stimme mit philosophischem Gesichtsausdruck, aber seine kleinen Augen schielen bekümmert nach dem Glasgefäß, in dem er die Zuckerkirschen zum Dekorieren seiner Cocktails aufbewahrt, und auch ich starre wie hypnotisiert auf die langfingrige Hand mit den perfekten, rotlackierten Fingernägeln, die sich nach dem Gefäß ausstreckt, eine rotglänzende Kirsche wählt und sie an den vollen roten Mund führt, der langsam die süße Frucht lutscht, während die Hand sich wieder nach dem Gefäß ausstreckt, um sich eine neue Kirsche zu suchen. Daß ihm bloß nicht die Augen ins Glas fallen vor lauter Schielen, dachte ich im stillen, und Rita ihre rote Fingernagelhand ausstreckt und sie weglutscht, ohne es zu merken, Auge für Auge. Vor zwei Wochen am Strand, auf dem Rücksitz des Autos, nachdem Meir den Reißverschluß seiner Hose hochgezogen und sich eine Zigarette angezündet hatte, verriet er mir im geheimen, daß Rita einmal ein Mann war, aber ich wußte nicht, ob ich ihm glauben sollte, vielleicht wollte er sich nur wegen der Kirschen an ihr rächen.

An Tisch 35, hinter dem Blumentopf, saß einer, den ich nicht kannte, der mich aber die ganze Zeit ansah. Er sah aus wie um die Sechzig. Ein Teil seiner langen weißen Haare war gegen den Strich gekämmt, um seine Halbglatze zu verbergen. Ich ging hin, um die Bestellung aufzunehmen. Sämtliche Runzeln um seine traurigen braunen Augen lächelten, als er fragte, wie heißen Sie, mein liebes Fräulein. Millie, deutete ich auf meinen Plastikanstecker, und dann sagte ich, aber daheim nennen sie mich Malka, und wurde auf der Stelle schrecklich rot. Ich weiß nicht, wieso ich das plötzlich zu ihm sagte. Niemand im Hotel kennt meinen richtigen Namen, nicht einmal Meir. Malka, Malka, wiederholte er, als spräche er von der englischen Queen oder so was und nicht von einem Namen, der zufällig Königin bedeutet. Dann fragte er in seinem hochgestochenen Hebräisch, würden Sie mich mit einem Glas Heißem beehren? Ich verstand nicht, was er meinte, und er erklärte, daß man in der hebräischen Literatur früher so um ein Glas Tee gebeten hatte. Ich richtete ihm ein schönes Tablett her mit drei Zitronenschnitzen auf einem Tellerchen und einem Kännchen Milch, denn ich hatte vergessen zu fragen, was ihm lieber war, und achtete darauf, daß die Serviette rechts vom Unterteller unter dem kleinen Löffel lag, so wie es uns Fedida in der Ausbildung beigebracht hatte, und daß der Tee stark genug war. Ich weiß nicht, weshalb ich so unbedingt wollte, daß alles hübsch und ordentlich war. Vielleicht wegen seiner feierlichen Worte. Vielleicht wegen des gestärkten weißen Hemds, das er anhatte. Vielleicht wegen der schwarzen Schuhe, die derart glänzten, daß sie das Licht der Lampe über ihm in zwei Sternen reflektierten, in jedem Schuh ein Sternchen. Gerade als ich das Tablett zu seinem Tisch hinüberbringen wollte, tauchte Fedida auf, fuchtelte mir mit einem weißen Blatt Papier, dem Arbeitsplan, vor der Nase herum. Fünf, da steht fünf, nicht sieben, fünf, schrie er drohend. Ich versuchte, ihm die ganze Sache mit der alten Frau zu erklären, wie ich sie nicht alleinlassen konnte, aber er starrte mich bloß an, seine Augen wie ein Paar zusätzlicher Knöpfe über den zwei blitzenden Knopfreihen seiner Uniform, und sagte, ich werde schon dafür sorgen, daß du aus diesem Hotel rausfliegst. Ich goß meinem Tisch 35 den Tee ein, ohne ihn anzublicken, um ihn nicht sehen zu lassen, daß ich Tränen in den Augen hatte, aber vielleicht sah er es trotzdem, denn er bedankte sich bei mir mit einem ganz warmen Lächeln voller Zärtlichkeit. Ich hatte Lust, in sein Lächeln hineinzuspringen und mich darin wie in eine Steppdecke einzuwickeln, damit mich niemand mehr finden könnte. Dann reichte er mir seine Hand und sagte, erlauben Sie mir, mich vorzustellen, Josua Spielmann, Filmregisseur. Ich drückte ihm fest die Hand und dachte mir, daß er viel echter war als all diese Regisseure aus Amerika, die aussahen, als wären sie der gleichen Gußform entsprungen, so wie die Kekse aus der Konditorei unten. Dann sagte er, ich fange demnächst mit neuen Filmaufnahmen an, und Sie würden mich sehr glücklich machen, wenn Sie einwilligten, darin die Hauptrolle zu verkörpern, Sie sind sehr schön und entsprechen genau der Gestalt des Mädchens, das ich mir vorgestellt habe. Ich war nicht überrascht. Ich hatte ja schon immer gewußt, daß es am Ende passieren würde. Ich empfand nur eine Art angenehme Erregung, so als käme man nach langer Zeit nach Hause oder wenn man unterwegs zu einem Treffen mit jemandem ist, den man sehr liebt. Wir trafen eine Verabredung für den nächsten Morgen, wo er mir von seinem Film erzählen wollte und wir alle Details genau vereinbaren würden. Als er den Tee ausgetrunken hatte, zahlte er und ging, hochgewachsen, ein wenig gebeugt in seinem blütenweißen Hemd, mit seinen Sternchenschuhen, die auf den Marmorfliesen knarzten, und ich räumte das Geschirr ab, wobei ich mir sagte, vielleicht ist es das letzte Mal, und summte irgendein schwachsinniges Lied aus dem Radio vor mich hin. Ich war so gut gelaunt, daß ich nicht einmal Lust verspürte, ein Tablett mitten in der Lobby fallen zu lassen. Ich betrat die Küche und bemerkte Meir, der am Kühlschrank lehnte, seine Lippen zum Fischmund geformt in dem Bemühen, Rauchringe in Fawzis Richtung zu blasen, dessen Lächeln an der Durchreiche gelbstichig war vor Angst. Araberhund, gib die Hand her, sagte Meir und zwinkerte mir zu. Fawzi streckte seine offene Hand hin, die vor lauter Spülwasser wie ein zerknickter Pappkarton aussah, und Meir tippte leicht mit dem Finger auf die Zigarette und ließ die Asche in die Hand fallen. Ich konnte mich nicht mehr beherrschen. Ich griff nach der Wasserkanne, die auf der Kaffeemaschine stand, und ließ sie auf seinen Dummschädel herunterkrachen.

3

Am nächsten Morgen war es wunderschön. Der Himmel strahlte, als hätte ihn ein Fensterputzer poliert, der auf eine sehr hohe Leiter geklettert war. Ich zog Jeans und ein rosa T-

Shirt an und machte mich auf den Weg, um ihn an der Diezengoff, Ecke Jabotinsky zu treffen, wie wir ausgemacht hatten. Punkt zehn hielt ein blauer Mercedes, lang und schimmernd, neben mir, und mein Regisseur, mit seinem gegen den Strich gekämmten Haar und seinem blütenweißen Hemd, öffnete mir die Wagentür und sagte lächelnd, guten Morgen, Malka, steigen Sie ein. Ich wollte ihm gleich eine Menge Fragen stellen, wohin wir fuhren, worum es bei dem Film ging, welche Rolle ich hätte und welche Filme er bis heute gemacht habe, aber ich wußte nicht, ob ich ihn mit Herrn Spielmann oder mit Josua anreden sollte, also fragte ich gar nichts, atmete nur still den Geruch der Ledersitze ein, in den sich der Duft von Aftershave und Schuhcreme mischte. Wir parkten neben einem kleinen Friseursalon, den ich nicht kannte, und gingen hinein. Er befahl mir, mich auf den Drehstuhl zu setzen, stellte sich hinter mich und beriet sich lange Zeit vertraulich mit der blonden Friseuse. Ich konnte sie im Spiegel sehen, aber ich schloß die Augen, um seine angenehmen Finger besser zu spüren, die in meinem Haar stöberten und es von einer Seite auf die andere drapierten, um ihr zu zeigen, wie die Frisur genau zu sein hatte. Ich begriff, daß es für die Rolle war, und mischte mich nicht ein. Selbst wenn sie mir eine Glatze verpaßt hätten, wäre es mir egal gewesen, aber sie machten mir nur einen extrem kurzen Haarschnitt, wie bei einem Jungen. Ich erkannte mich nicht so recht wieder, als ich mich im Spiegel betrachtete, so also sieht das Mädchen in seiner Vorstellung aus, dachte ich. Wer ist dieses Mädchen in seiner Vorstellung? Vielleicht eine Liebe von einst.

Danach fuhren wir in den Süden der Stadt und hielten in einer der alten Straßen gegenüber einer kleinen Theaterhalle. Die Wand neben der Kasse war mit abblätternden Plakaten jiddischer Theaterstücke bedeckt. Wir traten durch die Hintertüre ein und gingen durch einen langen, neonbeleuchteten Gang. Verblichene Schwarzweißfotos von stark geschminkten Schauspielern in Kostümierung hingen an den Wänden, auf denen sich große Feuchtigkeitsflecken abzeichneten, wie seltsame, modrig riechende Tiere. Mein Regisseur ging großen Schritts mit seinen knarzenden Schuhen vor mir her und öffnete die Tür am Ende des Ganges. Wir betraten einen großen, dämmrigen Raum. Die Luft war voller Staub, und ich begann sofort furchtbar zu niesen. *Wer ist dort?* kreischte eine Frauenstimme aus der Tiefe des Raumes. *Das bin ich*, antwortete mein Regisseur. *Ah, Spielmann, ich kum schoin*, sagte die Frau. Ich verstand kein Wort. Ich wanderte verzaubert durch den Raum, der aussah, als würden dort Tanzbälle von Toten veranstaltet. Lange Kleider aus schimmernden Stoffen hingen an den Wänden Seite an Seite mit Anzügen und langen schwarzen Jacketts, Styroporköpfe mit Perücken, Zylindern und großen Hüten, verziert mit Plastikblumen, starrten einander mit blinden Augen auf dem Regal darüber an, und Massen von Schuhen kugelten auf dem Boden herum – hochhackig und glänzend, schwarz und spitz, Goldsandalen mit Glas besetzt, flauschige rosa Hausschuhe, Soldatenstiefel mit groben Sohlen, Schwesternschuhe mit Schnürsenkeln, Samthalbschuhe mit den Silberschnallen von Prinzen, rote Kinderschuhe und leere Schuhe noch und noch, die wirkten, als hätten ihre Besitzer sie gerade im Augenblick abgestreift und hüpften jetzt, ganz und gar barfuß, auf irgendeiner Wiese herum. Die alte Frau, die plötzlich zwischen den Kleiderkulissen auftauchte, erinnerte mich an meine Großmutter mit ihrem Dreifachkinn. Auf Großmutters mittlerem Kinn sproß ein riesiges schwarzes Muttermal, und ein weiteres, kleiner und rosa, verbarg sich in der Falte zwischen Nase und Backe, das, wenn sie schwieg oder schlief, kaum wahrnehmbar war. Bei Spielmanns alter Dame diente das Muttermal neben der Nase als Bremsklotz für die Brille, und die Kinne waren mit einem gelben Stoffmeterband umwickelt, das auf ihre gewaltigen Brüste herabhing. *Wos macht dain mame? Boruch haschem, boruch haschem,* sagte Spielmann, und dann deutete er auf mich und erklärte ihr etwas mit hastigem Flüstern. All ihre Kinne nickten verstehend, und sie trat zu mir und begann, mir das gelbe Metermaß um Arme, Bauch und Brust zu schlingen, während sie vor sich hinmurmelte, *zwaiunzwanzik, achtunsechzik, finefunnainzik.* Die Ergebnisse notierte sie mit Bleistift in ein kleines Notizbuch. Dann verschwand sie zwischen den Kleidern, und nur das gedämpfte Summen einer Nähmaschine bezeugte ihre Anwesenheit. Mein Regisseur, die Hände auf dem Rücken verschränkt, spazierte die Wände entlang und musterte die Kleider wie in einer Ausstellung. Auf einmal blieb er vor einem weißen Baumwollkleid stehen, nahm es vom Bügel, drückte es mir in die Hand und sagte, ziehen Sie inzwischen das hier an, Malka, ich warte draußen auf Sie. Er ging hinaus, und ich zog das Kleid an, das mir haargenau paßte. Ich fand auch ein Paar weiße Stöckelschuhe und begann zu tanzen, die weißen Stoffsäume umwehten mich wie die Fahnen am Unabhängigkeitstag. Dann wanderte ich durch den Raum auf der Suche nach einem Spiegel, um seine Liebe von einst in ihrem weißen Kleid zu besichtigen. Ich trat durch die Tür, durch die zuvor die alte Frau verschwunden war, und fand mich auf einer Bühne wieder, in der Kulisse eines Ballsaales in einem Schloß – da war eine Holztreppe mit einem Teppich in verblaßtem Bordeaux belegt, und zu beiden Seiten standen zweidimensionale Gipssäulen, die mit einer marmorierten Tapete verkleidet waren. Zu Füßen der Säulen stand jeweils ein großer Blumentopf mit grünen Plastikpflanzen. Die Bühnenbretter waren mit Kohle und Kreide bemalt, lauter schwarze und weiße Quadrate, und von der Decke hingen purpurrote Vorhänge, schwer und staubig, an denen vereinzelte Goldquasten baumelten. Im rückwärtigen Teil der Bühne saß die Alte, ihr schwerer

Fuß bewegte das Pedal der Nähmaschine. Das Licht einer kleinen Tischlampe fiel auf ihr Kinn, das vor Schweiß glänzte. Es schien, als zwinkerte mir ihr schwarzes Muttermal zu. Einen Spiegel fand ich nicht. Ich ging hinaus.

Spielmann wartete draußen auf mich, an die Wagentüre gelehnt. Durchs Fenster konnte man das Konzert hören, das im Radio lief. Sein ganzes Gesicht leuchtete auf, als er mich bemerkte. Er lächelte und sah plötzlich jung aus, wie er da in der Sonne stand mit seinem weißen Hemd, den obersten Knopf geöffnet. Sie sind sicher hungrig, gehen wir essen, sagte er, während er mir die Tür aufhielt. Unterwegs warf er hin und wieder einen Blick auf mich, summte zu der Musik vor sich hin. Welche Filme haben Sie bisher gemacht, fragte ich, aber er antwortete nicht, vielleicht hatte er es nicht gehört, sondern fuhr fort zu summen und mich mit seinen leicht traurigen Augen zu betrachten, und plötzlich sagte er, ich möchte Sie besser kennenlernen, und bat mich, ihm von meiner Kindheit zu erzählen. Also erzählte ich ihm von meiner Großmutter, die etwa hundert Kilo wog und die wir jeden Sabbat in Vaters alter blauer Ente an den Strand mitnahmen, aber auf dem Heimweg schaffte das Auto die Steigung nicht, und wir mußten alle aussteigen und schieben, und Großmutter, die auf dem Rücksitz auf ihren drei Kinnen eingenickt war, seufzte, heiß ist es, heiß, fächerte sich mit der Wochenendbeilage Luft zu und murmelte im Halbschlaf, warum fahren wir so langsam. Er lachte und erzählte mir von seiner Mutter, die vor dem Krieg eine berühmte Schauspielerin am Jiddischen Theater von Warschau und später dann in Israel gewesen war, bis sie eines Tages mitten unter der Vorstellung ihren Rollentext vergaß und man sie hinauswarf. Danach begann sie, mit einem alten Kinderwagen durch die Straßen zu wandern und alle möglichen Sachen zu sammeln, leere Flaschen, Zeitungen, gebrauchte Kleider und zerfledderte Schuhe, und das ganze Haus füllte sich mit

Plunder, sogar das Spülbecken, das Bett und die Badewanne, es blieb nicht einmal Platz für sie selbst, aber sie ließ nicht zu, daß auch nur irgend etwas weggebracht wurde, behauptete, daß alles wichtig sei und sie alles bräuchte, denn man kann ja nie wissen, was noch passiert. Zu guter Letzt blieb keine andere Wahl, als das Haus mitsamt dem ganzen Müll zuzusperren, ihr zu versprechen, daß nichts wegkommen würde, und sie ins Altersheim zu bringen. Dort ging es ihr gut. An Sabbatabenden trat sie mit jiddischen Liedern auf, hatte Freunde und Verehrer und sammelte nichts mehr außer Zeitungsartikeln, die von Leuten berichteten, die in hochbetagtem Alter heirateten. Ich habe ihr eine Rolle in meinem Film versprochen, sagte er zum Schluß, im Film wird jede Szene einzeln gedreht, da muß man sich nicht so viele Worte merken. Wir fuhren die Strandpromenade entlang, die zu dieser heißen Mittagsstunde unter der Woche fast leer war. Nur der Zuckerwatteverkäufer schwitzte dort mit seiner Schirmmütze über dem Behälter, dem der Duft nach verbranntem Zucker entströmte, wedelte mit rosa Wolken am Stiel über seinem Kopf und schrie, Zuckerwatte, süße Zuckerwatte, und zwei kleine Jungen, vielleicht zehnjährig, standen mit heruntergelassenen Hosen auf den weißen Plastikstühlen und wetteiferten, wer von ihnen weiter pinkeln konnte. Kurz nach dem Platz an der Oper, die renoviert wurde, sagte Spielmann plötzlich, hier war das alte Jaron-Kino, hier habe ich die ersten Filme meines Lebens gesehen, mit einem Mädchen, das ich sehr liebte, das nur deshalb einwilligte, meine Freundin zu werden, weil ich wußte, wie man sich in die Matinees schmuggelte, ohne daß uns der jemenitische Platzanweiser erwischte und beim Schuldirektor anschwärzte, und ich nahm sie mit, um Gary Cooper, Clark Gable und John Wayne, ihre Lieblinge, anzuschauen, und sie verschlang die schwarzweißen Figuren mit ihren riesigen grünen Augen, während sie durch einen Strohhalm ro-

63

tes Sodawasser saugte, und ich konnte mich nicht auf den Film konzentrieren, denn ich wartete gespannt auf die angsteinflößenden Szenen, bei denen sie ihre kleinen Fingernägel in meinen Arm bohrte, und auf die traurigen Stellen, bei denen ich aus meiner Khakihose das eigens gebügelte weiße Taschentuch herausholen konnte, um ihr die Tränen zu trocknen. Am Ende der achten Klasse heiratete sie irgendeinen hohen Armeeoffizier. Am Abend ihrer Hochzeit ging ich ins Kino. Zum ersten Mal in meinem Leben ging ich allein. Zum ersten Mal stand ich an der Kasse in der Schlange und kaufte eine Karte. Sie zeigten *Lichter des Varietés* von einem italienischen Regisseur, dessen Namen ich bis dahin noch nie gehört hatte, ein Name, sanft, faszinierend und schillernd wie eine Perlenkette – Federico Fellini. Erst danach fand ich heraus, daß das sein erster Film gewesen war, ein Film über die junge Gewinnerin eines Schönheitswettbewerbs, die sich in einen alternden Komödianten verliebt und beschließt, sich seiner Theatergruppe anzuschließen, die von einem erbärmlichen Provinztheater zum anderen tingelt. Allmählich spürte ich, wie die Bilder mein Herz gewannen, und ich lachte, zutiefst erstaunt, denn ich kannte diese Theatertruppe, mit der ich in meiner Kindheit nach Haifa und Jerusalem, nach Petach Tikva und Hadera reiste, um in kleinen staubigen Sälen vor einem Publikum von dreißig Leuten, manchmal auch fünfzig, aufzutreten, und ich stand immer hinter den Kulissen und spähte nach meiner Mutter, die manchmal eine Jungfrau namens Lea war, manchmal eine ehrwürdige und bösartige reiche Dame mit Namen Sara-Perl, und manchmal Golda, die Frau des Milchmanns, und ich wartete ungeduldig auf den Applaus, denn ich wußte, danach würde sie zu mir zurückkommen, mich auf die Stirn küssen und einfach wieder meine Mutter sein. Damals im Kino wußte ich, daß ich ein Filmregisseur wie Fellini werden und im Filmprojektor die flüchtigen Erinnerungen meiner Kindheit einfangen mußte, und auch sie, die Verräterin, würde ich so für immer einfangen, und für einen Augenblick schien es mir, als lächelte sie mir in Schwarzweiß von der Leinwand zu, und ich wußte, von nun an war sie in meinem Inneren, und ich dachte nicht mehr an sie mit ihrem John Wayne unter dem Brautbaldachin.

Er warf mir einen Blick zu und sagte still, wie zu sich selbst, du ähnelst ihr so sehr. Wir erreichten Jafo und setzten uns in ein Restaurant mit Steinmauern und hoher Decke, an das große Bogenfenster, durch das man eine Schar Möwen und darunter das Meer sah. Die Tischdecke war violett, und die rosafarbenen, fächerförmigen Stoffservietten steckten in den Weingläsern, an deren Rändern sich die Sonne brach. Alles ist so, wie es sein muß, sagte ich mir beglückt, genau wie es sein muß. Ich war wirklich hungrig und bestellte drei Gänge und zum Nachtisch Kaffee mit Sahnetorte. Ich wußte, es machte ihm nichts aus, er war bestimmt sehr reich mit dem Mercedes und dem ganzen. Auch der Hotelbesitzer hat einen solchen Mercedes, allerdings in Schwarz. Wir tranken Wein. Die Bedienung zeigte ihm die Flasche mit dem Etikett, dann schenkte sie etwas zum Probieren in sein Glas ein, und nachdem er gesagt hatte, danke ja, goß sie uns beiden ein. Sie weiß nicht, daß ich selber Bedienung bin, grinste ich insgeheim, und dann fiel mir ein, daß ich ja jetzt ein Filmstar war, und ich nippte vorsichtig am Wein, hielt das Glas mit drei Fingern und spreizte den kleinen Finger ein wenig ab. Kennst du Fellinis Filme, fragte er, und ich sagte, daß ich seine Filme nicht gesehen hatte, nur englische Filme, *Ein Offizier und Gentleman*, *Saturday Night Fever* und solche Sachen. Mit den Jahren ist er einer der wichtigsten Filmregisseure der Welt geworden, sagte er. Im Laufe von fast zwanzig Jahren habe ich alle seine Filme gesehen, ich habe jedes Stückchen Information gesammelt, das in der Presse über ihn veröffentlicht wurde, und ich wartete auf eine Gelegenheit, ihm zu begegnen, um mit eigenen Augen zu bezeugen, daß es möglich ist, daß es wirklich möglich ist. Und 1969 sah ich eines Tages in der Zeitung, daß Fellini Ehrengast beim Filmfestival in Venedig sein würde. Spielmanns Gesicht erstrahlte wie vom Projektor seiner Erinnerung beleuchtet, als er erzählte, wie er eigens dorthin fuhr, um ihn zu treffen, und wenn auch nur für eine Minute, denn er mußte ihm einfach eine Frage stellen: Signor Fellini, wollte er fragen, sind Sie glücklich? Den ganzen Tag wartete er in der Lobby des glanzvollen Grand Hotels auf ihn – Kristallüster, violette Samtsessel, Tische aus Carrara-Marmor – und sagte sich seine Frage auf italienisch vor, und nach elf Tassen Espresso sah er ihn plötzlich die Treppen herunterkommen, im Smoking und mit glänzenden schwarzen Schuhen, seine Frau, die Schauspielerin Giulietta Masina, am Arm, die ein langes Abendkleid trug, dessen himmelblaue Schleppe von der ersten Stufe bis zur letzten herabfloß. Fellini blieb einen Moment stehen und lächelte in die Kameras, die vor seinem Löwengesicht blitzend aufflammten, fuhr mit der Hand durch seine ergrauende Mähne und erzählte den Journalisten, die sich andächtig über ihre kleinen Notizbücher beugten, von seinem neuen Film *Satyricon*, mit dessen feierlicher Premiere das Festival eröffnet werden sollte. Und da ging er, Spielmann, hin zu ihm, am Fuße der Treppe, und Fellini lächelte großmütig und neigte sein großes Ohr, um ihn anzuhören, aber vor lauter Aufregung hatte Spielmann die Frage vergessen, die er den ganzen Tag auf italienisch auswendig gelernt hatte, er stand bloß vor ihm und wiederholte wie ein Papagei, Signor Fellini, Signor Fellini, Signor Fellini, und Fellini verstand offensichtlich, denn er sagte, si si, ergriff seinen Arm und zog ihn mit, mit ihm und Giulietta. Spielmann stockte der Atem beim Anblick des blauen Mercedes, der am Hoteleingang wartete, lang und schimmernd wie ein Wal, und der Chauffeur, in blütenweißer Livrée mit Goldlitzen an den Ärmelaufschlägen, einer Schirmmütze und weißen Handschuhen, öffnete mit einer tiefen Verbeugung die Wagentür für sie, und er beschloß sofort, daß auch er eines Tages einen solchen Mercedes haben würde. Danach kam die Unterhaltung gleich in Fluß, auf englisch, und er erzählte Fellini, daß er ein Filmregisseur aus Israel war, und gab ihm sogar einen kleinen technischen Ratschlag, und Fellini freute sich sehr darüber und versprach, ihn gleich bei seinem nächsten Film zu verwenden, und zum Zeichen seiner Dankbarkeit lud er ihn zur Premiere von *Satyricon* ein. Spielmann wurde verlegen und sagte, er sei für den Eröffnungsabend eines internationalen Festivals nicht passend angezogen, und Fellini bat den Chauffeur, die Beleuchtung einzuschalten, und er und Giulietta unterzogen ihn während der Fahrt einer genauen Musterung und sagten, sein alter schwarzer Anzug sei ganz passabel, auch wenn er ein wenig abgetragen war, und das Hemd immerhin sauber, und Giulietta meinte mit ihrem melodischen Akzent, seine gestreifte Krawatte sei grauenhaft, er sehe damit aus wie ein Buchhalter, aber für den Abend würde es reichen, und nur mit seinen kantigen braunen Schuhen waren sie nicht zufrieden und erklärten, daß es niemandem einfallen würde, zu einem solchen Ereignis in anderen als schwarzen Schuhen zu erscheinen, und jeder im Publikum würde darin eine persönliche Beleidigung sehen, einen Verstoß wider alle Regeln des Anstands und der Etikette. Man würde Sie anschauen wie eine Witwe, die zum Begräbnis ihres Ehemanns in einem roten Kleid auftaucht, sagte Giulietta, und Spielmann erklärte, er habe keine anderen Schuhe, auch nicht in der Pension, in der er übernachtete, und sagte bedauernd, vielen Dank für die Einladung, ich werde den Film bei einer anderen Gelegenheit sehen. Da beugte sich Fellini mit seinem massigen Körper hinunter, zog seine schwarzen Schuhe aus, hob sie hoch, das Gesicht gerötet vor Anstrengung, und sagte, probieren Sie. Und Spielmann zog seine anstößigen braunen Schuhe aus, wobei er versuchte, ein kleines Loch in der Socke zu verbergen, und Fellinis schwarze an, die genau paßten, und eine ungeheure Freude erfüllte ihn. Und Fellini zog Spielmanns kantige braune Schuhe an und sagte, mich können sie bei der Premiere meines eigenen Films ja wohl schlecht draußen stehenlassen, und er lachte und erinnerte sich an seine Jugendzeit während des Krieges, als alle jungen Leute in der Kleinstadt, in der er aufwuchs, gezwungen gewesen waren, bei der faschistischen Jugendbewegung mitzumachen, und er, weil er damit nicht einverstanden war, streng darauf achtete, jedesmal mit braunen Schuhen anzukommen anstatt der schwarzen, die Teil der Uniform waren. Dann öffnete er die kleine Getränkebar neben dem Sitz, schenkte ihnen allen drei Whiskey ein, und sie stießen an, und bis sie die Lido-Halle erreicht hatten, gab es keinen Signor Fellini und keinen Signor Spielmann mehr, sondern Federico und Josua, amici.

Er erzählte weiter, wie das Publikum gejubelt und sich zu beiden Seiten geteilt hatte, um ihnen den Weg freizugeben, als sie den prächtigsten Filmpalast betraten, in dem er je gewesen war, und eine Blaskapelle mit einem Akkordeon platzte mitten hinein in Nino Rotas Melodien aus Fellini-Filmen, die mit ihrer bewegenden Fröhlichkeit das Herz ergriffen und er wanderte dort herum, geblendet von der Schönheit der Frauen und der strahlenden Eleganz der Männer, vom Funkeln des Schmucks und der Champagnerkelche, trunken von den Düften der erlesenen Zigarren und Parfüms, und trotz seines schäbigen Anzugs und seiner Buchhalterkrawatte fühlte er sich über alle erhaben, als könnten die Schuhe die Schwerkraft überwinden, und es gelang ihm nicht, sich auf den Film zu konzentrieren, denn er hatte das Gefühl, daß seine Fußsohlen brannten. Aber am Ende der Vorführung, als sein neuer Freund auf der Bühne erschien, sich tief verbeugte und alle applaudierten, als bemerkten sie die kantigen braunen Schuhe an seinen Füßen nicht, klatschte Spielmann heftiger als alle anderen, bis auch seine Handflächen brannten und ihm Tränen in die Augen stiegen. Danach wurde er mit dem Publikum hinausgestoßen, das in Richtung Canale Grande strömte, stand in der vordersten Reihe und wartete wie alle auf den Siegeszug des großen Filmregisseurs und seiner Frau, und als die Gondel, bekränzt mit bunten Lichterketten, fröhlich plätschernd an ihm vorbeizog und Fellini und Giulietta darin standen und den Venezianern zuwinkten, die jubelten und ihnen Rosen zuwarfen, zog er seine Schuhe aus und schwenkte sie auf und ab, um Fellinis Aufmerksamkeit zu erhaschen, und die starke, warme Stimme, die sich aus der Dämmerung erhob und das Bravo-Gebrüll des Publikums übertönte, sagte, behalt sie einstweilen, eines Tages, wenn ich dein Land besuche, komme ich sie mir holen. Die glitzernde Gondel entfernte sich und verschwand den Kanal hinunter, die Schleppe von Giuliettas himmelblauem Kleid flatterte noch im Wind, und Spielmann flüsterte, ciao, Federico, zog die edlen italienischen Lederschuhe wieder an, und als er sich die Schnürsenkel zugebunden hatte und sich aufrichtete, war der Kanal schwarz und leer und auch der Jubel der Menge verklungen, und da fiel ihm ein, daß er den ganzen Abend nicht gefragt hatte, Signor Fellini, sind Sie glücklich? Das war die Begegnung, die mein Leben veränderte, sagte er, und der Projektor der Erinnerung erlosch.

Eine große Möwe schwebte plötzlich durch das Fenster ins Lokal hinein und flatterte dann mit erregtem Flügelschlag an die Decke. Die Gäste und Bedienungen erhoben überrascht, mit erschrockenem Lächeln den Blick, und sie zögerte einen Augenblick, ließ sich dann auf unseren Tisch sinken und heftete ihren durchdringenden Blick auf uns. Spielmann hielt ihr ein Stückchen Brot hin, und sie schnappte mit ihrem gelben Schnabel danach und flog davon. Unsere Blicke begleiteten sie, bis sie über dem Meer verschwand. Und Federico, fragte ich, den Mund voll köstlicher Sahnetorte. Federico ist noch nicht gekommen, sagte Spielmann. Ich gehe die ganze Zeit mit seinen Schuhen, sie sind meine Glücksschuhe. Ich poliere sie täglich, und einmal im Jahr bringe ich sie zum Schuster, manchmal muß etwas repariert werden, die Sohlen müssen erneuert werden. Ich weiß, eines Tages wird ein blauer Mercedes, lang und glänzend wie ein Wal, vor dem Haus halten, in dem ich wohne, und alle Nachbarn werden von den Balkonen herunterspähen und über den Anblick des weiß livrierten Chauffeurs staunen, der mit einer tiefen Verbeugung die hintere Wagentüre öffnet, und er, mit seinem massigen Körper, wird aussteigen, ein wenig älter als in meiner Erinnerung, seine Mähne fast weiß, und er wird sein berühmtes löwenhaftes Lächeln lächeln, mit seinen großen Schritten den Hof durchqueren und an meiner Klingel läuten, und dann werde ich ihm die Tür öffnen und überhaupt nicht überrascht sein, denn ich habe ja die ganze Zeit auf diesen Augenblick gewartet, und ich werde sagen, Federico, und er, Josua, amico. Und dann werde ich ihm die Schuhe zurückgeben, und er wird bewundernd pfeifen und sagen, wie hast du sie all die Jahre so gut erhalten. So gut wie neu. Spielmann verstummte und sah plötzlich alt und traurig aus. Ich wußte, es hatte keinen Sinn, ihm weiter Fragen zu stellen, und beschloß, es dabei zu belassen. Wir tranken den Kaffee aus, und er zahlte. Plötzlich verspürte ich Lust, etwas von dort mitzunehmen, ein Weinglas oder einen Silberlöffel. Immer wenn ich mich an einem schönen Ort befinde, wo ich mich wohlfühle, möchte ich etwas zur Erinnerung mitnehmen. Aber ich nahm nichts mit. Die Leute verstehen so was nicht. Sie nennen es Diebstahl und machen eine Riesengeschichte daraus. Wir fuhren schweigend am Meer entlang. Der Zuckerwattehändler war nicht mehr auf der Promenade, nur ein paar rosa Zuckerwolken, die am Himmel hingen, waren zurückgeblieben. Spielmann hielt vor meinem Haus, und bevor ich ausstieg, sah er mir einen langen Augenblick in die Augen, als sähe er dort etwas, das noch niemand vor ihm entdeckt hatte, strich vorsichtig über mein kurzes Haar mit dem neuen Schnitt und sagte plötzlich, weißt du, Malka, in der Seele sind keine Falten.

4

Wir saßen auf orangen Plastikstühlen am Ende des langen Ganges im zweiten Stock des Rathauses, vor einer Tür, auf deren braunem Formicaschild in der Mitte S. Kornfeld schwarz aufgeprägt war. Wir warteten auf den Termin mit Herrn Kornfeld von der Kulturabteilung. Spielmann hoffte, von ihm finanzielle Unterstützung für den Film zu erhalten, und er hatte mich gebeten, ihn zu begleiten. Deine Schönheit wird das Herz jeden Mannes schmelzen lassen, sogar das eines Beamten der Stadtverwaltung, sagte er mit seinem warmen Lächeln. Ich bat ihn, mir inzwischen etwas Genaueres über den Film zu erzählen, aber er gab sich geheimnisvoll und sagte, auch Fellini verrate seinen Schauspielern den Inhalt seiner Filme nicht vor den Dreharbeiten, sondern gebe ihnen jeden Abend eine Seite mit ihrem Text für den nächsten Tag und erreiche so Spontanität beim Spielen. Also saß ich einfach da und baumelte mit den Beinen, las zum hundertsten Mal den Namen S. Kornfeld und versuchte, aus seinen Buchstaben neue Wörter zusammenzusetzen. Am Anfang gelangen mir nur so ärgerliche Wörter wie Dorn, Sold, Nord, Fron, und ich sagte mir, daß dieser Kornfeld sicher kein Geld für uns herausrücken würde, aber dann entdeckte ich auch ein paar hübsche Wörter – Rose, Kern, Krone, und wurde ein bißchen optimistischer. Ich sagte zu Spielmann, daß es meiner Meinung nach wirklich eine Unverschämtheit sei, einen Filmregisseur seines Ranges so lange warten zu lassen und ihm nicht einmal einen Kaffee anzubieten. Er stand auf, klopfte an die Tür, öffnete sie einen Spalt und steckte seinen Kopf hinein. Ich konnte hören, wie die Sekretärin mit ihrer Kaugummistimme zu ihm sagte, es sei richtig, daß der Termin für halb zehn vereinbart gewesen und es jetzt schon nach halb elf sei, aber es sei eine dringende Angelegenheit dazwischengekommen, und Kornfeld sei jetzt ganz ganz schrecklich beschäftigt, und sie wüßte wirklich nicht, wann er frei sein würde, also entweder Sie gehen, oder Sie warten, mein Herr, aber machen Sie die Tür zu, sonst ist wegen Ihnen die ganze Klimaanlage umsonst. Spielmann schloß die Tür und setzte sich mit seinem leicht traurigen Lächeln wieder neben mich. Seine lange schüttere Haarsträhne hing wie eine verwelkte Pflanze zur Seite und entblößte seine Halbglatze. Du langweilst dich, sagte er ruhig, also komm, ich werde dir vom Festival in Venedig im nächsten Jahr erzählen, wenn unser Film Israel repräsentieren und die »Goldene Palme« gewinnen wird. Er zog mich zum anderen Ende des Ganges, ans Fenster, deutete hinunter auf den großen Springbrunnen auf dem Rathausplatz und verkündete mit der feierlich offiziellen Stimme eines Fernsehkorrespondenten, »wir befinden uns über dem Canale Grande, warten gespannt darauf, den großen Filmregisseur Spielmann und Malka, seine Hauptdarstellerin, zu sehen, wie sie aus der lichtergeschmückten Gondel steigen und unter dem Jubel der Menge den Lido-Palast betreten.« Dann hakte er mich unter, stolzierte den Gang entlang und fuhr fort, »wie Sie sehen können, beschreiten sie den roten Teppich, lächeln dem geladenen Publikum zu, und die Feuerwehrkapelle von Venedig spielt ihnen zu Ehren fröhliche Marschmusik.« Er pfiff irgendeinen Marsch vor sich hin, verbeugte sich nach allen Seiten und plazierte mich unter großem Zeremoniell auf den orangen Plastiksitz, als wäre es ein tiefer Samtpolstersessel, setzte sich neben mich und lächelte bescheiden einem unsichtbaren Bewunderer auf der anderen Seite zu. Dann zeigte er auf die schmutzig weiße Korridorwand und fuhr fort: »Und hier geht der Vorhang hoch, und der Film, der Gewinner der ›Goldenen Palme‹, der Film von Josua Spielmann, eröffnet mit einer chassidischen Melodie«, und er schloß die Augen und begann, irgendein ei-bi-bi-bibam bi-bibam vor sich hinzusummen – da öffnete sich plötzlich die Türe, und die Sekretärin stürzte heraus, begleitet von einem kalten Luftstrom, und schrie, aufhören mit dem Lärm, auf der Stelle, und zwar sofort. Spielmann öffnete seine Augen, und alles Licht wich aus seinem Gesicht. Sie wandte uns entschlossen ihr Hinterteil in dem enganliegenden Rock zu und verschwand die Treppe hinunter, hinterließ das Klappern ihrer Absätze und den Duft ihres Parfüms, und dann nur noch den Parfümgeruch, bis auch er sich in unseren Nasen verflüchtigte, doch nach langen Minuten des Schweigens rochen wir wieder das Parfüm, das den klappernden Absätzen vorausging, die ihr Erscheinen ankündigten, und sie trug ein kleines Tablett vor ihrer großen Brust, mit einem Fisch, einer halben Zitrone, weißem Reis und einer Zwergkarotte auf einem blauen Plastikteller sowie einer Dose Cola. Sie warf uns einen Blick zu, der besagte, seid ihr immer noch hier, und schloß die Tür mit dem Schild S. Kornfeld hinter sich. Etwa gegen halb zwei, als wir schon fast aufgegeben hatten, ging die Türe wieder auf, und die Sekretärin erschien auf der Schwelle und sagte kauend, ihr könnt jetzt rein. Wir traten ein. Wir nahmen Platz. Dort, hinter dem Schreibtisch, saß Kornfeld und sah genau aus wie sein Name, eine Art dunkles Kornfeld, mit zurückgekämmtem Silberhaar und Brille, spitzer Nase, dünnen Lippen, einer schmalen Krawatte und goldener Krawattennadel mit Perle. Das Fenster hinter ihm wirkte wie das

Gemälde eines Himmels mit einer kleinen, bläßlichen Wolke. Der Plastikteller stand an der Ecke des Schreibtisches, und das Fischskelett schielte betrübt mit einem Auge heraus. Kornfeld war eifrig bemüht, seine Zähne mit einem Zahnstocher von den Resten zu säubern, zerbrach den Zahnstocher dann in zwei Teile und diese noch mal, legte die Stückchen in den Aschenbecher, holte aus der Schublade einen neuen Zahnstocher und sagte, während er in seinen Zähnen stocherte, ich habe Ihr Drehbuch gelesen, Herr Spielmann, ja, und ich möchte Ihnen sagen, daß es hochinteressant ist, doch, auch wenn ich nicht sehe, welches Interesse die Öffentlichkeit daran finden könnte. Jiddisches Theater ist ein altes Thema, ja, ein veraltetes Thema, ja, das Publikum für Ihren Film weilt nicht mehr unter den Lebenden, doch, und warum die Toten erwecken, ja, wenn es so viele Themen in unserer Mitte gibt, über die man Filme machen könnte. Wie zum Beispiel die sozialen Diskrepanzen in unserer Stadt, ja, wie das Drogenproblem unter der Jugend, doch, wie der Zusammenbruch des Gesundheitssystems. Und wenn Sie im Film gerade an Themen von Kultur und Kunst interessiert sind, ja doch, gerade eben im Gegenteil, ja nun, wir haben ein herrliches Orchester, ja, hervorragende Museen, ja, und sogar eine Oper, doch doch, warum machen Sie nicht einen Film über die Oper, Sie verstehen, ja, unser Bestreben ist es, Filme zu unterstützen, die sich mit Themen befassen, die die Öffentlichkeit interessieren, ja, und Ihr Thema ist sehr persönlich, ja, sehr marginal. Deshalb lautet meine Antwort nein, ja, und er zerbrach den Zahnstocher in zwei Teile und nochmals in zwei, legte die Stücke in den Aschenbecher und holte aus der Schublade einen neuen Zahnstocher. Im Fensterrahmen hinter ihm blieb nur der blaue Himmel übrig. Die blaßgraue Wolke segelte herein und ließ sich auf Spielmanns Gesicht nieder. Wir standen auf. Spielmann sagte, auf Wiedersehen und vielen Dank. Wir gingen hinaus. Wir hörten S. Kornfelds Stimme uns nachrufen, und viel Erfolg, ja. Es war sehr heiß draußen, und der Springbrunnen auf dem Rathausplatz war einfach ein Springbrunnen auf einem Platz vor dem Rathaus und kein Kanal in keinem Venedig.

Wir stiegen ins Auto und fuhren weg. Ich dachte mir, der Mercedes ist bestimmt viel Geld wert, warum verkauft er ihn nicht, damit er Geld für den Film hat, aber es war mir unangenehm, meine Nase in die Angelegenheiten anderer zu stecken. Wir hielten an der Allenby, unweit vom Meer, an einem Kino, das ich nicht kannte. Im Schaukasten hingen Fotos von einer nackten Blondine mit riesigen Brüsten und winzigen goldenen Sternchen anstelle der Brustwarzen. Ein weiterer Stern, etwas größer, klebte zwischen ihren gespreizten Beinen, und darauf stand in schwarzer Schrift, Die entflammte Mimi. Mimis Haar war naß und wild, sie hatte die Augen halb geschlossen, und ihre spitze rote Zunge bog sich über die Oberlippe hinaus, als bemühte sie sich, mit der Zungenspitze die Nasenspitze zu erreichen. Auf einem anderen Bild war Mimi auf allen vieren zu sehen, nur mit langen roten Strümpfen bekleidet, und ein riesiger nackter Schwarzer beugte sich von hinten über sie und drückte mit seinen schwarzen Händen ihre weißen Brüste, sein Gesicht verzerrt von der Anstrengung, einen sehr großen goldenen Stern in sie hineinzustoßen, auf dem »Ekstase der Lust« stand. Auf diesem Bild war ihre Zunge seitlich herausgestreckt, als versuchte sie, sich selbst am Ohr zu lecken. Ich blieb einen Moment stehen, um zu schauen, aber Spielmann zog mich ungeduldig an der Hand und sagte, komm, komm. Offenbar interessierten ihn die Bilder nicht, vielleicht war er auch schon oft hiergewesen. Wir betraten ein dämmriges Treppenhaus, und sofort hielt ich mir wegen des durchdringenden Uringeruchs mit zwei Fingern die Nase zu und ließ nicht mehr los, bis wir im Keller angelangt waren, an einer Tür, auf der »Schein Productions« stand. Spielmann öffnete die Tür, und wir traten ein. Das dunkle Mädchen, das am Schreibtisch saß und auf einer Schreibmaschine tippte, warf uns mit hochgezogenen Augenbrauen einen kurzen Blick zu, lächelte dünn in sich hinein und sagte, ah, Herr Fellini, wie geht's, was gibt's Neues im Freikino. Die Wände waren mit Plakaten alter israelischer Filme bedeckt, von denen ich einen gesehen hatte, als ich klein war, einen Film mit Uri Zohar, der sich später einen Bart und Schläfenlocken wachsen ließ und Rabbi in Jerusalem wurde. Ist Albert hier, fragte Spielmann mit ängstlicher Hast. Wo kann er sonst schon sein, sagte die Dunkle gleichgültig zu dem weißen Blatt in der Schreibmaschine. Wir traten durch eine Tür mit dem Schild A. Schein – Produzent, in einen Raum, dessen verschrammte Wände keine Plakate bedeckten und der nicht einmal ein Fenster hatte. Große Füße in schäbigen braunen Schuhen lagen auf dem Tisch zwischen drei schwarzen Telefonapparaten, und dahinter konnten wir das schweißüberströmte Gesicht von Albert, dem Produzenten, erkennen, der tief und fest schlief. In seinen buschigen Augenbrauen klemmten zwei Wäscheklammern, rot und blau, die wie Hörner aus seinem Kopf wuchsen, und sein schütteres Haar spielte im Wind eines rostigen Tischventilators, dessen Haupt müde nach rechts und links wackelte. Ich fing an zu lachen. Albert öffnete zwei erschreckte blaue Augen, griente sofort wie ein Baby und sagte, oh, du bist's. Er stand schwerfällig auf, große feuchte Ringe zierten sein Hemd, über dessen Farbe ich mir nicht schlüssig wurde. Dann drückte er mir herzlich die Hand und sagte mit rollendem R, die junge Frau lacht wegen der Wäscheklammern, das brauche ich zum Konzentrieren. Nachher, wenn ich von der Arbeit heimgehe, klemme ich damit die Hosenbeine fest, damit sie nicht in die Fahrradkette geraten. Frag ihn, und er deutete mit seinem Kinn auf Spielmann, der höflich nickte und sagte, was gibt es Neues. Gute Nachrichten, gute Nachrichten, flötete Albert, es gibt einen

Investor für deinen Film. Ja, wer, fragte Spielmann ungläubig. Eine Bank, sagte Albert gewichtig. Eine Bank? wunderte sich Spielmann. Der Bankdirektor ist bereit, hunderttausend Scheine in deinen Film zu stecken, verkündete Albert feierlich und leckte sich den Schweiß von der Oberlippe. Spielmann holte tief Atem, und seine Augen begannen zu leuchten. Aber, streckte Albert seinen plumpen kleinen Finger aus, gewürgt von einem Goldring, es gibt eine Bedingung. Welche Bedingung, fragte Spielmann mißtrauisch. In der letzten Szene, erklärte Albert, wo die alte Direktorin der Truppe, also deine Mutter, schließlich ihren Taugenichts heiratet und sie in einem Ballon über den Häusern aufsteigen wie auf einem Gemälde von Chagall und sie glücklich ihr Lied von den Vögeln singt, da möchte der Bankdirektor den Namen und den Slogan der Bank in Gold auf den Ballon geschrieben haben. Nie und nimmer wird das geschehen, erzürnte sich Spielmann in biblischem Zorn. Die Hochzeit meiner Mutter und Feivls wird nicht unter der Chuppa irgendeiner Bank stattfinden. Du ruinierst mir den ganzen Film, schrie er – zum ersten Mal, seit ich ihn kannte – und rang verzweifelt die Hände. Gar nichts wird dir ruiniert, brüllte Albert zurück, und das Blut schoß ihm ins Gesicht. Er kreiste durchs Zimmer und sah aus wie ein wütender Stier mit einem roten und einem blauen Horn. Vierzig Jahre lang kenne ich dich, seit vierzig Jahren willst du deinen Film machen. Zwanzig Jahre lang hast du darauf gewartet, diesen Italiener zu treffen, dessen Namen ich gar nicht aussprechen möchte, zwanzig Jahre lang hast du nach einem maidele für die Hauptrolle gesucht. Du hast nicht noch mal zwanzig Jahre, um das Geld zusammenzukratzen. Die Würmer werden deine Kischkes fressen, bevor du deinen Film machst. Er nahm die rote Wäscheklammer ab und fuchtelte damit drohend vor Spielmanns Gesicht herum, als wollte er ihm gleich in die Nase zwicken. Wer soll in diesen Film Geld investieren, sag's mir. Wer? Es gibt keinen Sex drin, keine Action, keine Politik, bloß Luftballone und alte Leute, die auch noch Jiddisch reden. Ich sage dir, das ist deine letzte Gelegenheit. Nimm das Geld von der Bank. Ich werde es nicht nehmen, brüllte Spielmann. Nimm's, wiederholte Albert leise, wie überredend. Nein, sagte Spielmann dickköpfig. Gehen wir, sagte er zu mir. Wir gingen auf die Straße. Spielmann zitterte am ganzen Körper, als ob ihm schrecklich kalt wäre. Es wird einen Film geben, Malka, ich verspreche es dir, es wird ihn geben, flüsterte er mit klappernden Zähnen. Es wird einen Film geben, sagte ich. Ich zog ihn zu einem sonnigen Streifen auf dem Bürgersteig und umarmte ihn. Er hörte auf zu zittern. Es wird einen Film geben, sagte ich wieder. Ich wußte, was ich zu tun hatte.

5

An jenem Tag kam ich rechtzeitig zur Arbeit, obwohl ich zu spät aus dem Haus gegangen war und an der Diezengoff Ecke Jabotinsky zwei Ampelphasen abgewartet hatte, ob nicht vielleicht irgendeine Alte mit einem roten Piratentuch um den Hals auftauchen würde, die wollte, daß ich ihr über die Straße half. Aber keine Alte mit Papageiengesicht kam, um mich auf einen Spaziergang mitzunehmen und mir auf jiddisch etwas vorzusingen, und so war ich gezwungen, in Richtung Hotel weiterzugehen, mit flatterndem Magen bei der beunruhigenden Vorstellung, was mich dort wohl erwartete – ich wußte nicht, was mit Meir passiert war, seit ich ihn bewußtlos auf dem Küchenboden zwischen den Scherben der Wasserkanne hatte liegen lassen, die Stirn blutüberströmt, was eigentlich wie Ketchup aussah. Alles in allem war es erst zwei Tage zuvor passiert, doch es schien, als wären seitdem tausend Jahre vergangen. Ich hoffte, daß er nicht tot war.

Der Wächter am Personaleingang saß in seinem Verschlag, aß ein Thunfischsandwich und glotzte ein Basketballspiel. Als ich meine Karte in den Schlitz der Stempeluhr steckte, die vier Uhr fünfundvierzig druckte, dachte ich, vielleicht, wenn er nur ganz fest wollte, gelänge es ihm trotz allem, Hotelportier zu werden, denn was man unbedingt will, wird am Ende Wirklichkeit. Im Umkleideraum sah ich mir in die Augen und beschloß, sie nicht zu schminken. Sollten sie doch groß sein, na und. Ich ging mit hämmerndem Herzen in die Lobby hinauf und stieß unterwegs auf Fedida, der seine Karnickelzähne zu einem Lächeln entblößte, als wäre nichts gewesen. Von weitem erkannte ich Rita, die an der Bar lehnte, von einem Bein aufs andere trat, blinzelte und etwas lutschte, und Meir, der sie bekümmert über den Bierhahn hinweg anblickte und dessen Stirn eine große Beule zierte, wie eine rote Kirsche. Ein schwerer Stein fiel mir vom Herzen, und an seiner Stelle ließ sich ein kleiner Kiesel der Enttäuschung nieder. Ich ging hinten herum, damit er mich nicht sah, und betrat die Küche. Fawzis Kopf war nicht an der Geschirrdurchreiche zu sehen. Statt dessen war dort ein anderer Kopf, von schwarzen Locken bekränzt. Ich bin Mahmud, sagte der Kopf und schenkte mir ein blitzend weißes Lächeln. Ich bin Millie, sagte ich, wo ist Fawzi? Gegangen, sagte Mahmud und hob seine Augen zur Decke. Wie gegangen, wohin gegangen, erschrak ich. Ich weiß nicht, Mahmud breitete seine Hände aus, jetzt bin ich hier. Ich ging zu Meir, der mir einen herausfordernden Blick zuwarf. Wo ist Fawzi? fragte ich aggressiv. Geflogen, ohne Netz, sagte Meir lächelnd und zündete sich eine Zigarette an. Warum? fragte ich besorgt. Weil er mir eine Kanne über den Kopf gehauen hat, sagte er und zog genießerisch an seiner Zigarette. Aber das war ich, flüsterte ich und hatte das Gefühl, als fiele ein Stück in mir von einem hohen Felsen herunter, fiel und fiel. Ich weiß, sagte Meir ruhig und blies Rauchkringel, einen nach dem anderen, in meine Richtung. Außerdem hat er die Decke dreckig gemacht, fügte er hinzu. Welche Decke, fragte ich mißtrauisch und angeekelt. Geh und schau's dir selber an, sagte er. Ich öffnete die Tür zur Geschirrkammer, die mehr eine Nische als ein Raum war, und blickte nach oben. Die ganze Decke war mit hinreißenden Malereien von Vögeln mit ausgebreiteten Schwingen bedeckt – Papageien und Möwen, Spatzen und Tauben, Störche und Kraniche, Wiedehopf und rosa Flamingos und auch ganz große, farbgewaltige Vögel, märchenhaft in ihrer Seltsamkeit, die ich noch nie im Leben gesehen hatte, und ein blaugrüner Pfau mit aufgefächertem Schweif, dem Fawzi die Brüste einer Frau gemalt hatte. Fast konnte man das Rauschen ihrer Flügel hören, ihr Gezwitscher, ihre Balzrufe. Ich sah im Geiste vor mir, wie Fawzi in der Nacht, statt zu schlafen, auf dem Rücken auf der Geschirrspülmaschine lag und langsam, liebevoll und sorgfältig malte, jede Nacht einen Vogel. Schön, sagte Mahmud, den Blick nach oben gerichtet, und lächelte mich mit blitzenden Augen an. Auch ich lächelte. Meirs verletzter Kopf schob sich durch die Durchreiche. Morgen wird die Decke geweißelt, sagte er schadenfroh zu mir und zu Mahmud, he, Araberhund, gib die Hand her. Mahmuds Lächeln erstarb auf der Stelle. Er streckte seine Hand aus, die vom vielen Spülwasser wie ein zerknickter Pappkarton aussah, und Meir streifte die Zigarettenasche darauf ab.

An Tisch 48 saßen die fünf Riesen und die sieben Zwerge mit Schneewittchen und Prinz und einem silberhaarigen Regisseur. Ich sah sie nicht einmal an. Ich wußte, ich hatte eine viel wichtigere Aufgabe. Eine Mission, von der alles abhing. Unterdessen ging ich zu Frau Braun an Tisch 27. Sie hob die braunen Augen von der Speisekarte und fragte, was haben Sie heute? Ich trug ihr der Reihe nach das ganze Menü vor und ging, um das Kännchen kochend heißes Wasser für ihren Kamillentee zu bringen. Unterwegs passierte ich Tisch

29 und sah, daß Mister Gordon und seine schwarze Pflegerin nicht dort saßen und einander mit schmelzenden Augen über ihrem Five o'clock tea anblickten. Mister Gordon ist gestern gestorben, teilte mir Fedida mit. Tränen stiegen mir in die Augen. Man erzählte, fuhr Fedida fort, daß er seinen ganzen Besitz der schwarzen Schwester vererbt hat, die ihn gepflegt hat, und seinen Kindern hat er nichts hinterlassen, und die kochen vor Wut und drohen mit einer Klage vor Gericht. Und ich sag dir eins, sie haben hundertprozentig recht. Wie kann man das ganze Geld einfach so einer Schwarzen in den Rachen werfen und den Kindern, deinem eigenen Fleisch und Blut, keinen Pfennig hinterlassen. Ich glaube, das kommt daher, weil er in der letzten Zeit ein bißchen gaga war, Fedida tippte sich mit dem Finger an die Schläfe. Ich lächelte durch die Tränen hindurch. Gleich nachdem ich unter großem Zeremoniell Frau Braun ihr Kännchen heißes Wasser und das Glas serviert hatte, wurde ich ans Telefon gerufen. Würden Sie bitte so freundlich sein und ein geräuchertes Lachssandwich, ein Glas Orangensaft und eine Kanne Kaffee in mein Büro bringen, hörte ich die Stimme des Hotelbesitzers. Sicher, aber sicher, sagte ich aufgeregt. Ich schnitt das Brot in die präzisesten Würfel der Welt, und die Orangen preßte ich selbst aus. Auf dem Weg in die oberste Etage schloß ich im Aufzug die Augen, verkreuzte die Finger und betete im Inneren alle Arten merkwürdiger Gebete, die ich auf die Schnelle erfand. Der Hotelbesitzer betrachtete mich ruhig über den Schreibtisch hinweg, und Snàporaz, darunter, heftete seine blinden Augen auf mich, als ich den Wagen hineinrollte und das Geschirr mit zitternden Händen, bemüht, nichts zu verschütten, auf den Glastisch stellte. Ich goß mir trotzdem ein wenig Orangensaft über die Hand. Ich trocknete sie an der Rückseite meines Kleides ab und hoffte, daß er nichts bemerkt hatte. Er öffnete mit seiner einen Hand die Geldbörse und wollte mir das Trinkgeld geben,

aber ich trat auf ihn zu, so wie ich es mir vorgenommen hatte, und sagte zu ihm, einen Augenblick, ich möchte Sie um etwas bitten. Ich höre, sagte er, und Snàporaz' Ohren stellten sich auf. Ich erzählte ihm alles, wie einem großen Papa. Ich erzählte ihm von Spielmann und dem Film, den er über seine Mutter und das jiddische Theater zu machen versuchte, ich beschrieb die Hochzeit im fliegenden Ballon, wie auf dem Chagall-Bild an der Wand hinter ihm, ich erzählte von der Begegnung mit Fellini und erwähnte sogar die Schuhe, ich erzählte von S. Kornfeld von der Stadtverwaltung und von Albert, dem Produzenten. Ich redete schnell und aufgeregt. Ich wußte, das war unsere letzte Chance. Der Hotelbesitzer betrachtete mich einen Augenblick mit einem seltsamen Blick und sagte dann, wieviel brauchst du? Hunderttausend Dollar, flüsterte ich. Snàporaz rülpste überrascht und kratzte sich mit der Vorderpfote am Kopf. Der Hotelbesitzer zückte das ledergebundene Scheckheft und schrieb den Scheck aus. Einen Moment lang konnte ich nicht atmen. Ich glaubte nicht, daß es wirklich geschah. Ich streckte meine Hand aus, um den Scheck in Empfang zu nehmen, aber er sagte, Augenblick, und stellte einen seiner goldenen Briefbeschwerer darauf, du mußt mir helfen, das Jackett abzulegen. Ihm ist heiß, sagte ich mir. Nicht einmal er stellt jeden Tag einen Scheck über eine solche Summe aus. Ich half ihm aus dem Jackett, ging sehr behutsam mit der rosa Hand um, als würde sie wehtun, und legte das Jackett fein säuberlich über die gedrechselte Stuhllehne. Jetzt hilf mir mit der Krawatte, sagte er ruhig. Snàporaz kam auf die Beine und entblößte sein Zahnfleisch zu einem Hundelächeln. Ich dachte mir, das könnte er auch alleine machen, aber ich sagte nichts. Ich löste die Krawatte, die die gleiche Farbe wie die Hand hatte, und legte sie vorsichtig über das Jackett. Und jetzt das Hemd, befahl er, setzte sich auf den Stuhl und schloß die Augen. Ich öffnete die diamantenen Manschettenknöpfe und knöpfte das weiße Hemd auf. Er will mit mir schlafen, dachte ich plötzlich. Ein angenehmer Duft entstieg seinen glatten Wangen. Er schlüpfte ungeduldig aus den Ärmeln und legte das Hemd über die Lehne hinter ihm. Snàporaz hechelte und keuchte schwer, die rote Zunge hing ihm aus dem Maul, lang wie die eines Dämons. Und dann nahm der Mann mit einer abrupten Bewegung die Gummibänder von seinem künstlichen Arm ab und warf ihn auf den Teppich, die rosa Hand zeigte zur Decke. Mit geschlossenen Augen hielt er mir den dünnen, deformierten und narbigen Stumpf hin und flüsterte, berühr ihn. Snàporaz legte sich auf den Rücken, keuchte und hechelte mit wild schlingernder Zunge, Speichel tropfte ihm aus dem Maul. Ich erstarrte. Die Statuen der Ziegenbockgötter umkreisten mich, ihre Augen zwinkerten höhnisch. Berühr ihn, nur ein Mal, flehte der barbrüstige Mann mit geschlossenen Augen und gequältem Gesicht. Ich drehte mich auf dem Absatz um und rannte davon, wartete nicht auf den Lift, raste die Treppen hinunter, alle siebzehn Stockwerke, mit wild hämmerndem Herzen, und das herzzerreißende Heulen des Hundes verfolgte mich bis in die Lobby.

Ich lehnte mich keuchend an die Wand. Wie in einem Horrorfilm wurden plötzlich alle Leute, die an den Tischen saßen, völlig durchsichtig, als hätten sich meine Augen in Röntgenstrahlen verwandelt. Ich konnte die Fettfalten und die Schweißpickel unter den teuren Kleidern sehen, die die Etiketten der exklusivsten Modeschöpfer Europas trugen, ich sah die Sandwiches und die verzierten Törtchen in manierlich geschlossenen, glänzenden Lippenstiftmündern verschwinden und von fauligen Zähnen zermalmt werden, durch die Verdauungskanäle hinuntergleiten und sich im Magen zu einem Brei in der Farbe von Erbrochenem mischen, ich sah den kahlen Skalp unter der Silberhaarperücke des Hollywood-Regisseurs, und in seinem Schädel lag

Schneewittchen, splitternackt, mit gespreizten Beinen ans Bett gefesselt, ihr Mund mit einem Pflaster verklebt. Unter Schneewittchens Haarmähne war auch sie selbst zu sehen, mit gespreizten Beinen auf dem Rücken liegend, und der schwarze Hintern des Basketballspielers hob und senkte sich wie ein Mohrenkopf zwischen ihren Beinen. Im Kopf des schwarzen Spielers war er selbst, wie er, getragen von den Armen seiner Teamkameraden, einen riesigen Goldpokal in Händen hielt. Im Kopf eines fetten Mannes, der ein Käsesandwich aß, konnte ich das riesengroße Eis sehen, das er zum Nachtisch bestellen würde, und im Kopf seiner Frau war sie selbst zu sehen, in dem blauen Kleid und mit den Diamanten der Frau behängt, die am Nebentisch saß. In Frau Brauns Kopf schwebten deutsche Wörter, nein, Schwein, danke schön. Im Kopf des bleichgesichtigen Pianisten sah ich eine bösartige Wucherung und drei Hundert-Schekel-Scheine. Im Kopf des greisen Europäers war seine Frau zu sehen, mit der er jeden Abend auf dem kleinen Tanzparkett Walzer tanzte, wie sie mit einem Brotmesser im Herz blutüberströmt auf dem Küchenboden lag, und im Kopf seiner Frau, der sanft an seiner Schulter ruhte, war irgendeine angenehme Kindheitserinnerung, sie als kleines Mädchen, wie sie am Flußufer im grünen Gebüsch liegt und ein kleiner blonder Junge ihr rote Kirschen in den Mund steckt. In Ritas Kopf war Rita in einem weißen Brautkleid zu sehen, getragen auf Meirs Armen, der einen schwarzen Anzug anhat, und ein Fotograf hüpft im Hotelgarten um sie herum und verewigt ihr Glück vor dem Hintergrund des Sonnenuntergangs.

Und dann blickte ich plötzlich aus dem Fenster und sah das Meer, wie es sich aufblies, anschwoll und über die Ufer trat, und ein salziger Wind pfiff naseschnaubend in grausamer Wut, pfiff und peitschte, und schmutzige Wolken erstickten wie nasse Lumpen das Licht, und das grüne Wasser stieg, hoch und höher, schon bedeckte es den Strand, und monströse Wellen, hoch wie Gebirge, fielen über den Vorplatz des Swimmingpools und den Sportplatz her, rissen Tennisschläger, grüne Bälle und verschwitzte Basketballfans mit sich, bunte Liegestühle, Sonnenschirme und Sonnenölflaschen, rotgesottene skandinavische Touristen und Taschenbuchkrimis von Agatha Christie, Sonnenbrillen, Handtücher, Holzpantinen und Walkmans, einen aufblasbaren Gummireifen mit Entenkopf samt dem Kind darin, Rettungsschwimmer und Trillerpfeife, und da lecken sie mit ihren weißen Zungen auch schon an den Fensterscheiben, brechen herein und überfluten die Sessel in der Lobby, die Teppiche und die Kerzenleuchter, und Kannen füllen sich mit Wasser und gehen blubbernd unter, verzierte Teller und Tassen treiben umher und stoßen mit Porzellangeklirr aneinander, Schwammkuchen saugen sich mit Wasser voll und versinken, und mit ihnen versinken Messer, Gabeln und Löffel, Nescafé-Päckchen, Zucker und Sacharin, Zahnstocher mit Pfefferminz und mit Zimtgeschmack, Pelze und heulende Damen der Gesellschaft, Handtaschen mitsamt Lippenstiften, Tampons und Scheckheften, Kreditkarten, Kopfschmerztabletten und Einladungen zu Modenschauen, Hausschlüssel und Autoschlüssel, und Geschäftsleute, goldene Füllfederhalter, Notizbücher und Pfeifen, und eine Welle fegt dem Regisseur die Silberhaarperücke vom Kopf und preßt sie wie einen lockigen Bart an Ritas Kinn, und der Regisseur bedeckt seine Glatze beschämt mit beiden Händen, schluckt dann Wasser und erstickt, und der weibliche Star schließt die Augen und hofft, daß die Schminke nicht abgeht, jetzt kriegt sie Gelegenheit, die Ophelia zu spielen, und sie füllt sich mit Wasser und pumpt sich auf wie eine riesige Gummipuppe, und die Zwerge versuchen noch mit letzter Kraft, auf die starken Schultern der Riesen zu klettern, aber das Wasser steigt höher und deckt auch sie zu, und im Strudel wirbeln Aschenbecher, Speisekarten und ein Knessetabgeordneter, Wein-, Whiskey- und Ginflaschen, ein roter, hochhackiger Schuh und kandierte Kirschen, Barmänner und Eiswürfel, tanzende Paare ertrinken beim langsamen Walzer, ein weißer Flügel schaukelt im Wasser und geht langsam mit dem krebskranken Patienten unter, und das grüne Wasser strömt weiter, überflutet die Angestellten an der Rezeption, die in drei Sprachen husten, Registrierkassen, bunte Geldscheine und Liftboys, deren rote Schirmmützen noch einen Moment auf dem Wasser treiben, und der Bräutigam und der Fotograf und der Rabbi paddeln wie die Hunde, der Schleier der Braut bedeckt das Gesicht des Rabbis, und darunter lugen seine schwarzen Schläfenlocken hervor, und das Wasser rollt und tost, dringt in die Küchen vor und schlingt Weintrauben, Melonen und bulgarischen Käse in sich hinein, Pfannen und Töpfe, tiefgefrorene Fische und Hühner, Mäuse, Kakerlaken und Zitronen, Konserven, Büchsenöffner und Omeletts, Geschirrspüler, Artischocken und Essiggurken, gestrenge Kaschrutüberwacher und Schachteln mit Beluga-Kaviar und Mohnkuchen, und weiter steigt das Wasser, überflutet die Stockwerke und dringt in die Zimmer ein, ertränkt rosa Nachthemden, Betten und Diamantohrringe, Koffer und Kofferschlüssel und Kleiderbügel, Decken, Kissen und Leintücher, Haartrockner, Kameras und japanische Touristen, Nagelfeilen, Vitamintabletten und Telefonapparate, Kämme, Seifen und Büstenhalter, Brillen, Feuchtigkeitscremes und Pralinenschachteln, Vaseline, gebrauchte Kondome und gefärbte Kontaktlinsen, Schlaftabletten und Fernseher, Teddybären, Stoffgiraffen und Kinder versinken in ihrem letzten Traum, verstehen nicht, weshalb es plötzlich so naß wird, und Stethoskop und Arzt, Deodorants und Anti-Mundgeruch-Sprays, Uhren, Abendkleider und Lockenwickler, Bilder von Malern aus Zefat und Jerusalem, Duschhauben, Pornohefte und Schachspiele, Nylonstrümpfe mit Laufmaschen, ein Skateboard und eine Zahnbrücke, Heftpflaster, Zündhölzer und Feuerlöscher, aneinandergeklammerte Männer und Frauen und Q-Tips, ein König, ein Bube, ein As, ein Joker und eine Gras-Sieben, Hörgeräte, Bademäntel und Pfauenfedern, Spitzenhöschen, Schaumbäder mit bunten Blasen und Zimmermädchen, Briefpapier und einander von hinten umschlingende Männer, Schraubenschlüssel, Schreibmaschinen und Pergamentpapier, Heimtrainer, einen indischen Masseur und Zigarettenpäckchen, und der Hotelbesitzer versucht, mit der rosa Plastikhand überm Wasser zu winken, Hilfe Hilfe, und Snàporaz ertrinkt mit einem Lächeln auf dem Gesicht und einem Scheck über hunderttausend Dollar zwischen den Zähnen, und weiter wirbeln im Strudel wie im Sog eines riesigen Gullis der stellvertretende Hoteldirektor, die Sekretärin des stellvertretenden Hoteldirektors und das Nagellackfläschchen der Sekretärin des stellvertretenden Hoteldirektors, Colaflaschen, Haushandwerker, Telefonistinnen, Hausschuhe und Zahnbürsten, und schon versinkt das ganze Hotel im Wasser, mit allen seinen siebzehn Stockwerken, seinen sechshundertzweiunddreißig Zimmern, dem Parkplatz, den Autos und Chauffeuren, dem Portier und dem Wächter am Personaleingang, und der Wind wirbelt dreizehn weiße Kochmützen hoch und wirft sie den Wellen zum Fraß vor, die sie zu Papierbrei verdauen, und nur Fawzis Vögel schwingen sich von der Decke, die Papageien und Möwen, die Spatzen und Tauben, die Störche und Kraniche, der Wiedehopf und die rosa Flamingos, und auch die schönen, farbenprächtigen Riesenvögel, alle, außer dem Pfau, der nicht fliegen kann, breiten sie die Flügel aus und steigen auf übers Meer, das tobt und kocht, in einem Schauer von Federn, unter furchterfülltem, klagendem Geschrei, bis sie in den Wolken verschwinden. Erst dann legt sich, mit einem Mal, die Wut des Meeres, und es entschlummert, blau und gesättigt, ein leichter Wind kost seinen Bauch, und der sonnenverbrannte Rettungsschwimmer späht hinaus und hängt eine weiße Fahne an den Mast des Turmes.

6

Wir fuhren aus der Stadt hinaus, um Frau Spielmann, Josuas Mutter, im Altersheim zu besuchen. Draußen vor der Stadt waren Orangenhaine, über denen sich gähnend blau der Himmel spannte, und zwischen Orangenhainen und Himmel ruhte die Stille eines Sabbatabends. Unterwegs erzählte ich Josua von der Begegnung mit dem Hotelbesitzer und wie ich davongerannt war, ohne den Scheck zu nehmen, doch er sagte nichts dazu, nickte nur mit dem Kopf und schwieg.

Das Altersheim empfing uns mit dem Geruch nach frisch gemähtem Gras und dem Surren der Rasensprenger. Wir liefen schnell zwischen den Tropfen hindurch, machten uns aber dennoch die Füße ein wenig naß. Josua betrachtete besorgt Fellinis Schuhe, schüttelte den Kopf und sagte, Wasser tut ihnen nicht gut. Als wir uns dem Kultursaal näherten, hörten wir Klavierspiel und Gesang, und Josua sagte, meine Mutter singt, und sein Gesicht erstrahlte in kindlichem Lächeln. Wir steckten unsere Köpfe durch den Eingang, und da sahen wir sie, wie sie auf der kleinen Bühne über einem Silbermeer von Köpfen stand, mit einem großgeblümten Kleid, rot, gelb und blau, ein kleines rotes Barett schräg in die Stirn gezogen. Orange Haarsträhnen spitzten darunter hervor, und ihre blauen Augen blitzten. Ich hätte schwören mögen, daß sie diejenige war, die mich vor ein paar Tagen zu dem Spaziergang auf der Diezengoff mitgenommen hatte und wegen der ich zu spät zur Arbeit gekommen war. Ein buckliger Greis mit langem weißem Haar beugte sich mit geschlossenen Augen über das Klavier, und seine Ohren berührten fast die Tasten. Nur seine schönen weißen Finger sprangen wie flinke weiße Mäuse darüber. Und sie sang mit einer zarten, süßen, von Sehnsucht durchtränkten Stimme, auf jiddisch, während mir Josua die Worte auf hebräisch ins Ohr flüsterte:

> *Wu bistu gewen wen di jugent is gewen*
> *un dos harz hot mit libe gebrent?*
> *Haint bistu do wen der kop is schoin gro*
> *un es zitern bai mir schoin di hent.*

Sie sang noch einmal, und das ganze Silbermeer fiel ein, leise schunkelnd, und brach dann in wogenden Applaus aus. Danach stellten sich die alten Leute in einer langen Schlange vor der Bühne auf, wo die Sängerin in einem alten Lehnstuhl saß, mit einem kleinen Lächeln so rot wie ihr Barett. Einer nach dem anderen erklomm die Bühne. Die alten Männer drückten ihre Lippen auf die ausgestreckte Hand, und die alten Frauen küßten sie auf die Wangen. So zahlen sie für den Auftritt, flüsterte mir Josua zu, jeden Sabbatabend singt sie für sie, und nachher setzt sie sich hin und kassiert ihre Küsse. Die Parade der Küsse zog sich hin und dauerte, dreihundert Altersheiminsassen, dreihundert Küsse. Endlich kam die Reihe an den letzten Greis. Er war besonders kühn, nahm ihr Gesicht in seine beiden zitterigen Hände und küßte sie auf die Lippen. Sie drohte ihm mit dem Finger, doch ihre blauen Käfer blitzten vor Glück. Und da ist ja auch mein Sohn, sagte sie und trat zu uns. Für einen Moment war ich verwirrt. Sie sprechen ja Hebräisch, flüsterte ich. Ich studierte ihr Gesicht, den roten Mund, die Papageiennase, aber ganz sicher war ich mir nicht. Nach fünfzig Jahren hier im Land, wie soll ich da nicht Hebräisch können, lachte sie, und ihre Augen tanzten durchtrieben. Aber Sie waren diese Woche auf der Diezengoff und haben am Springbrunnen gesungen, flüsterte ich. Einen Augenblick lang schien es mir, als hätte ich mir alles nur ausgedacht. Sie schüttelte den Kopf. Ich bin seit langer Zeit hier nicht mehr rausgekommen, sagte sie traurig, seit sehr langer Zeit. Es wäre wirklich nett, einmal auf die Diezengoff zu gehen und ein Eis zu essen. Nimmst du mich nach Tel Aviv zum Eisessen mit? fragte sie, als wäre sie wieder ein verwöhntes junges Mädchen. Ich nehme dich mit, versprach Josua und betrachtete sie zärtlich, gleich wenn ich mit der Organisation der Filmproduktion fertig bin. Mit einem Mal veränderte sich ihr Gesicht, ihre Augen schleuderten blaue Blitze, und ihre Stimme wurde laut, jede Woche sagst du Film, Film, und was ist? Feuerwerk auf Schmorflamme. Was ist mit der Hauptrolle, die du mir versprochen hast, was ist mit der Hochzeit im fliegenden Ballon. Jeden Morgen sage ich mir, nu, heute wird nicht gestorben, warten wir noch ein bißchen, auch wenn die Freunde oben auf mich warten, sie stach mit gekrümmtem Finger in den Himmel, alle stehen sie da und rufen nach mir, Valentino und Maschuchin und Clark Gable, die schöne Vivian Leigh und Bogart, Cooper und die Garbo mit ihrem schwarzen Hut, und auch dieser Komiker mit dem Schnurrbart und dem Stock, dessen Mutter Jüdin war, die ganzen großen Artisten des Hollywood-Kinos. Ohne mich können sie nicht mit den Dreharbeiten zu ihrem Film anfangen. Ich werde nicht mehr lange auf dich warten. Sie zog ihren Finger aus dem Loch im Himmel und wedelte damit vor seinem Gesicht herum, auch wenn du mein Sohn bist und ich deine Mutter bin, es gibt eine Grenze. Und sie drehte uns den Rücken zu und stolzierte wie eine Primadonna aus dem Saal. Wir gingen hinaus auf den Rasen und sahen sie in ihrem geblümten Kleid auf einer grünen Bank in einem Blumenbeet sitzen, eine weiße Margerite in der Hand, deren Blütenblätter sie eines nach dem anderen auszupfte, während sie vor sich hinmurmelte, jo, nain, jo, nain, jo. Wer ist das? fragte sie plötzlich und deutete auf mich, als hätte sie mich eben erst bemerkt. Das ist Malka, Mama, sie spielt in unserem Film mit, sagte Josua liebevoll und setzte sich neben sie. Sie rupfte weiter die Blütenblätter aus, und dann sang sie dem verwaisten Stengel wispernd vor:

> *Her nor du schain maidele*
> *her nor du fain maidele*
> *wos westu ton in as a waitn weg?*

Große Tränen flossen ihr über die Wangen. Josua legte seinen Arm um ihre Schulter und flüsterte ihr auf jiddisch Versprechungen und Tröstungen ins Ohr, die ich nicht verstand. Plötzlich war die Luft von Klingeln erfüllt. Eine Hand mit einer großen Schelle, wie früher bei den Straßenkohlehändlern, tauchte am Fenster des weißen Gebäudes im Zentrum der Rasenfläche auf. Alte Leute in ihren besten Kleidern strömten hastig, fast im Laufschritt, die Wege entlang in Richtung der winkenden Hand. Abendessen, verkündete Frau Spielmann. Sie stand auf, warf die Reste der Blume weg, strich ihr Kleid glatt, rückte ihr Barett zurecht und steuerte mit energischem Schritt auf das Eßzimmer zu. Der Alte, der sie zuvor auf den Mund geküßt hatte, strebte in Khakishorts, Sandalen und Socken an uns vorbei, schloß zu ihr auf und hakte seinen Arm bei ihr unter. Josua stand auf, heftete seinen Blick auf ihren entschwindenden geblümten Rücken und sagte mit lauter, feierlicher Stimme zu sich selbst oder zu jemandem, der momentan nicht zu sehen war, »er macht meine Füße gleich den Hirschen und stellt mich auf meine Höhen, du gibst meinen Schritten weiten Raum, daß meine Knöchel nicht wanken«. Seine Augen leuchteten golden, eine Strähne seines langen Haares wehte im Sabbatabendwind, und er sah plötzlich wie einer dieser antiken Propheten aus. Ich hoffte inständig, derjenige, der ihn hören sollte – würde ihn hören.

7

Und am Ende ging es so aus, daß du dort bist und ich hier bin, in deiner Wohnung, oder besser gesagt, einem einzigen Raum, ein staubiges, düsteres Parterrezimmerchen mit einem quietschenden Eisenbett und verschwitzt zerwühlten Laken, einem Stuhl und schmutzigen Kochplatten auf dem kleinen Kühlschrank in der Ecke, einem halben grünlichen Brotring und einer leeren Bohnenbüchse, und in der Mitte des Raumes ein alter Filmprojektor und haufenweise runde Blechbüchsen, auf denen mit schwarzer Tusche geschrieben steht, Fellini – *Amarcord*, Fellini – *Roma*, Fellini – *Casanova*, Fellini – *Die Nächte der Cabiria*, Fellini – *Das süße Leben*, Fellini Fellini Fellini. Ich werde es sicher schaffen, jeden Film ungefähr hundert Mal anzuschauen, bis du zurückkommst. Rein aus Zufall habe ich die Sonntagszeitung gesehen. Normalerweise lese ich keine Zeitungen, aber ich hatte plötzlich Lust, wieder bei deinem alten Kino an der Strandpromenade herumzustreunen, dem Kino, wo alles begann. Also fuhr ich mit dem Einundsechziger dorthin, setzte mich mit dem Rücken zur Fahrtrichtung, und vor meiner Nase hatte ich die letzte Seite der »Jediot Acharonot«, die der Mann mir gegenüber las, und in der linken unteren Ecke sah ich plötzlich ein Bild von dir, in einem schwarzen Ledermantel, den ich nicht kannte, gelbe Turnschuhe an den Füßen, und dein Blick war stumpf und sonderbar unter der karierten Schirmmütze. Über dem Foto stand fettgedruckt, »Versuchter Raubüberfall auf Kinokasse in Tel Aviv vereitelt«. Ich beugte mich vor, bis meine Wangen nahezu die Knie des Mannes mir gegenüber berührten, um die kleingedruckte Schrift zu lesen:

Am Freitag gegen Mitternacht verhaftete die Tel Aviver Polizei Josua Spielmann, Regisseur von Kurzfilmen für die Jewish Agency in den fünfziger und sechziger Jahren, unter dem Verdacht, versucht zu haben, mit vorgehaltenem Revolver die Kasse des Kinozentrums am Diezengoff-Platz auszurauben. Der versuchte Raubüberfall wurde dank der Geistesgegenwart des altgedienten Kassierers Aharon Klein vereitelt. Klein berichtete unserem Reporter: »Ich war mit dem Kartenverkauf für die letzte Vorstellung an dem Abend fertig und gerade dabei, die Kasse abzuschließen und nach Hause ins Bett zu gehen, als plötzlich der Räuber vor mir auftaucht, mit einem roten Halstuch vorm Mund, den Revolver ins Kassenfenster steckt und sagt ›hands up‹. Ich kann kein Englisch, aber ich habe in meinem Leben eine Menge Filme gesehen, also hob ich sofort die Hände hoch. Der Räuber streckte mir eine rote Kindergartentasche hin und sagte in komischem Hebräisch: ›Es wäre zu Ihrem Besten, wenn Sie hier den heutigen Erlös hineingeben würden.‹ Ich tat so, als räumte ich das Geld in die Tasche, und drückte inzwischen mit dem Fuß auf den Alarmknopf. Der Wächter, der am Eingang immer die Taschen kontrolliert, ist sofort gekommen und konnte dem Räuber den Revolver wegnehmen. Ich blieb dann da, um den Räuber zu bewachen, der die ganze Zeit zitterte und schwitzte, ich hielt ihn fest an der Hand, und ich habe ihm sogar Popcorn vom Büffet gegeben. Er sagte zu mir: ›Haben Sie keine Angst, ich werde nicht fliehen‹, und danach ließ ich ihn auf seine Bitte hin ein paar Minuten in den neuen Film rein, *Das Interview,* von dem italienischen Regisseur Federico Fellini, so lange, bis die Polizei kam.«

Die Polizei überprüft den Verdacht, daß sich in Spielmanns Besitz ein gestohlener Mercedes befindet, den die Polizei bereits seit vielen Wochen aufzuspüren versucht. Der Verdächtige bat darum, daß seiner betagten Mutter, die im Altersheim lebt, nichts von seiner Verhaftung bekannt würde. Die Anklage gegen Josua Spielmann wird diese Woche vor dem Bezirksgericht erhoben.

Ich hob den Blick von der Zeitung und sah aus dem Fenster. Alle Farben waren plötzlich aus der Welt ausradiert. Bäume, Menschen, Autos, Himmel, alles war schwarzweiß. Ich stieg in einen anderen Bus um und fuhr geradewegs nach Jafo ins Untersuchungsgefängnis.

Dort saßest du in dem schwarzen Ledermantel und den gelben Turnschuhen, Tränen in den Augen, und hast an den weißen Bartstoppeln gekratzt, die dir zu sprießen begonnen hatten. Wir schwiegen. Es gab nicht viel zu sagen. Feierlich hast du mir den Wohnungsschlüssel überreicht. Ebenso feierlich nahm ich ihn entgegen und hängte ihn an die Kette um meinen Hals, unter die Bluse. Keine Sorge, sagte ich, ich werde sie für dich hüten, so lange wie nötig. Und, hast du den Kopf zu mir hinübergebeugt und mir hastig zugeflüstert, geh meine Mutter am Freitag besuchen und sag ihr, daß ich gezwungen war, für längere Zeit nach Italien zu verreisen, wegen des Films, und daß sie warten soll, sag ihr, sie soll warten, wir werden sofort zu drehen anfangen, wenn ich zurückkomme. Ich werde es ihr sagen, habe ich gesagt und dich auf die Stacheln geküßt. Du hast meine Hand ganz fest gehalten, zitternd, und die Tränen strömten dir aus den Augen, glitzernd wie Sterne, ein Sternchen auf jeden schwarzen Schuh in meiner Hand. Wenn du sie in jener Nacht bloß angezogen hättest, sann ich bedauernd, deine Glücksschuhe, die du immer trugst, anstatt dich plötzlich mit gelben Turnschuhen für Diebe auszustaffieren. Ich poliere sie noch einmal mit Bürste und Lappen, der scharfe Geruch der Schuhcreme kitzelt mich in der Nase, und ich blicke hinaus, aus dem Fenster, warte auf einen blauen Mercedes, lang und schimmernd wie ein Wal, der vor deinem Haus hält, und ein Chauffeur in blütenweißer Livrée wird mit tiefer Verbeugung die hintere Wagentüre öffnen, und dann wird er aussteigen, dein Freund, und sein Löwenlächeln lächeln, wird den Hof durchqueren und an der Klingel läuten, und ich werde die Tür aufmachen und ihm die Schuhe reichen, und er wird bewundernd pfeifen und sagen, wie habt ihr sie nur die ganzen Jahre so gut erhalten, so gut wie neu. Und dann wird er nach dir fragen, und ich werde ihm alles erzählen, und er wird sich furchtbar aufregen und sagen, komm. Und wir werden in dem blauen Mercedes zum Gefängnis fahren, und er wird brüllen, ich bin Federico Fellini, mit seiner riesigen Faust auf den Tisch schlagen und mit allen Millionen Lire, die es braucht, nur so um sich werfen. Und dann werden wir drei in dem Restaurant in Jafo sitzen, dem mit den Möwen und den violetten Tischdecken, und ich werde dir von deiner Mutter erzählen, wie ich am Freitag gegen Abend ins Altersheim kam, wie ich es dir versprochen habe, und zum Kultursaal gegangen bin, aus dessen Fenstern kein Gesang drang, und die Alten saßen dort, Reihe um Reihe, starrten die leere Bühne an und lauschten der Stille. Wo ist Frau Spielmann, fragte ich flüsternd den Greis in den kurzen Khakihosen, der sie auf den Mund geküßt hatte. Sie ist nicht mehr da, sagte er traurig, vor ein paar Tagen hat sie ihren Mantel angezogen, ihre Tasche genommen, ist aus dem Tor gegangen und verschwunden. Ich verließ das Altersheim und fuhr zum Diezengoff-Platz. Ich wußte, dort ist sie, gibt ihre Vorstellung am Springbrunnen. Aber nur die Vögel kreischten auf den Stromleitungen, und die alten Leute dösten auf den Bänken am Platz vor sich hin, ganz allein. Du wirst meiner Geschichte ernst zuhören und besorgt die Stirn in Falten legen, und Federico wird aufs Meer hinaus schauen und plötzlich nach oben deuten und sagen, seht. Und dann werden wir unseren Blick heben, und auch wir werden den Ballon sehen, der am Himmel treibt, und in ihm deine Mutter, die uns im weißen Brautkleid zuwinkt, und auf ihrem rötlichen Kopf einen langen, langen Brautschleier, der im Wind spielt, und ein kleiner Jude mit schwarzem Anzug und Hut wird neben ihr stehen, ein feierliches Lächeln im

Gesicht, und der Ballon wird hoch und höher steigen, und sie wird uns ihren Margeritenstrauß zuwerfen und auf jiddisch dieses eine Lied von den zwei Vögeln singen, und ihr Bräutigam wird sie auf der Geige den ganzen Weg ins himmlische Hollywood begleiten. Und inzwischen wickle ich die Schuhe in Papier ein und stelle sie in eine Schachtel, lege die Bürste und den Lappen in die Schublade zurück und schließe die Fensterläden, damit es dunkel ist, setze mich an den Filmprojektor und lege den ersten Film von dem Haufen ein, und da wirbeln Unmengen von weißen Blütenblättern im Frühlingswind, und eine schöne Italienerin, ganz in Rot gekleidet, blickt mit ihren riesigen, leuchtenden Augen auf den Scheiterhaufen, den die Bewohner der Kleinstadt entzündet haben und in dem die Winterhexe in Flammen aufgeht.

Disneyel

Alle Uhren hier an der Wand gehen genau zehn Minuten vor, als wollten sie denjenigen verwirren, der sich nie verwirren läßt, oder großmütig noch ein bißchen ohnehin geborgte Zeit ausleihen, oder als Warnung, hier gelten völlig andere Gesetze, gute Frau, und warten Sie ab, bis Sie in den Erholungsraum gerufen werden, da gibt es auch einen Fernseher. Zwei Greise – durch transparente Schläuche mit hohen Betten verbunden, zugedeckt bis zum Kinn – und ich sind eingeladen, bei einem leichten Seilspringen mitzumachen, natürlich unter der Voraussetzung, daß wir, wie erbeten, rechtzeitig ein Springseil zur Hand haben. Eins-zwei, eins-zwei, hüpft die Rosige und lächelt uns ermutigend zu, damit wir nicht schlappmachen. Auf einem anderen Kanal übertragen sie einen Prozeß, bei dem die meisten Zeugen längst verstorben sind. Eine weiße Schwester segelt in Zeitraffergeschwindigkeit durch den Korridor und kehrt mit einem traurigen Jungen im Rollstuhl zurück. Wozu hast du gelbe Kinder erschaffen, o Herr, gelb und kahl, weise und müde wie Schatten?

Komm langsam zu dir, Mutter, draußen ist gar nichts, bloß graue Kälte, und der bitter trostlose Regen fällt schon seit dem Morgen. Ich habe dir Mozartkugeln gekauft, die du so liebst, und ein großes Hemd zum Verstecken. Grün. Bestimmt wirst du sagen, ein Fetzen. Hier hast du auch die ganzen alten Bilder, die Otek deine Patience nennt, Menachem und Hanna auf dem Balkon in der Panoramastraße, Otek mit neun Jahren im Cowboykostüm und ich als Vierjährige, nackt mit Hut, mit Michael am Strand von Bat-Galim, er hält mich in den Armen und lacht in die Kamera oder dir zu unter seinem Rhett-Butler-Schnurrbart, und weißer Limonadenschaum bricht sich zu seinen Füßen. Und hier repariert Vater die blaue Klapperkiste, seine großen Hände sind schwarz, die Brille ist ihm in seiner Verwirrung auf die Nase hinuntergerutscht, die genauso schwarz ist. Und du und du und du, im zweiteiligen Badeanzug, dem gewagtesten Bikini damals, mit violetter Sonnenbrille, Löckchen und einem riesigen koketten Lächeln unter dem bunten Sonnenschirm, der deine empfindliche Haut schützt.

Gerade ist hier eine vom Krankenhauspersonal in Gesundheitsschuhen und blauem Kittel vorbeigekommen und hat mir erzählt, daß sie vorgestern, als du nach der Untersuchung aus der Narkose erwacht bist, versuchte, dir ein wenig Hühnersuppe einzuflößen, und du hast sie probiert, sofort ausgespuckt und gesagt, Fleisch. Wie konnte ich nur vergessen, es ihnen zu sagen. Wie konnte ich die Freitagabende in Großvaters und Großmutters alter Wohnung in Hadar vergessen. Ungeheuer der Finsternis ragten aus allen Ecken. Ihre Augen – das Flackern der brennenden Sabbatkerzen. Wenn es endlich jemandem einfiel, das Licht anzuschalten nach einem Halbdämmer der Ewigkeit, seit das Tageslicht dahingeschieden war, verwandelten sich die Ungeheuer in einen Haufen überflüssiger alter Staubfänger, die niemand mehr sieht, außer dir vielleicht, ohne die das Leben jedoch nicht vorstellbar ist. Vater ißt Hühnersuppe mit Nudeln, Hals und Füßen, an jedem Fuß vier kleine, lederhäutige gelbliche Krallen, und danach Keule und Innereien, und du starrst hartnäckig vor dich hin, während deine Gabel wie eine Armprothese in das Drei-Eier-Omelett sticht, das jeden

Freitag aufs neue auf deinem speziellen Teller liegt, und du führst einen fettigen Streifen nach dem anderen zum Mund, bis der Teller ganz leer ist. Erst dann erhalten wir alle Kompott. Später kam ich dann schon und führte die Plastiktasse mit dem lauwarmen Tee an deine beleidigt verkniffenen Lippen, brachte dich aufs Klo, faltete das Toilettenpapier, zog dir die dünn gewordenen Pyjamahosen hoch, gelblich wie Blätter, band sie fest und betätigte die Spülung, wie eine professionelle Pflegerin, die Augen von deinem fahlen Fleisch abgewandt, mit wehem Herzen. Aber am Samstag nachmittag, nach dem Meer, in dessen blaue Tiefe mich Vater mitnahm und mich lehrte, zu schwimmen und keine Angst vor den hohen Wellenbergen zu haben, badeten wir und zogen uns hübsch an, ich hatte schwarze Lackschuhe, die wir einmal, bevor Michael kam, gekauft haben, weißt du noch? Und wir gingen zu Fuß die Panoramastraße entlang, und Hanna erwartete uns auf dem Balkon, immer lächelnd, goß mit einer kleinen lila Gießkanne die Blumentöpfe, und ihre Butterkekse konnte man schon auf der Haustreppe riechen.

    Zuerst tranken wir Tee, den Berg und die Bucht vor Augen. Du hast immer gesagt, Grün zusammen mit Blau anzuziehen sei eine himmelschreiende Geschmacklosigkeit, aber vom Balkon der Becker-Familie aus, wenn Hanna den englischen Tee aus dem hellen Porzellankännchen, dünn und aufrecht wie sie, in die kleinen Blümchentassen einschenkte, die ein fröhliches Klingeln ertönen ließen, wenn sie auf die Unterteller zurückgestellt wurden, und mit ihrer brüchigen Stimme die Kekse anbot, da paßten die Farben von Berg und Bucht wunderbar zusammen. Du und Hanna, deren silbernes Haar zu einer strengen Banane nach hinten eingeschlagen war, habt euch leise deiner Mutter erinnert, deren beste Freundin Hanna noch aus dem Lehrerseminar war, und alljährlich an ihrem Todestag zwischen Purim und Pessach kamen Hanna und Menachem nach dem Friedhofbesuch zu uns, und auch all deine Onkel und Tanten aus Rechovot, Rischon Leziyon und Petach Tikva, und Otek und ich warteten das ganze Jahr hindurch auf diesen Tag, denn es gab Geschenke, Kuchen und Hannas Kekse, und Tante Naomi, die Geschiedene aus Tel Aviv, brachte Tüten mit Süßigkeiten, genau wie am Geburtstag, aber teurer, Importware. Und das war eines von den beiden Malen im Jahr, wo du auf einen Stuhl klettertest und von dem hohen Schrank in der Diele vorsichtig das Service herunterholtest, das haargenau dem bei Hanna und Menachem glich, weil sie es dir zur Hochzeit gegeben hatten, und alle klingelten mit den Tassen und aßen die Kuchen mit kleinen, vornehmen Gabeln und redeten lautstark alle auf einmal über die Kinder, die heirateten, und die Enkel, die geboren wurden, und nach ein paar Jahren über die beginnenden Krankheiten – Zucker, Magengeschwüre und Blutdruckprobleme, und über Onkel Bezalel, der im Krankenhaus lag, mit Krebs, ein Wort, das sie mit speziellem Kitzel und leiser Angst aussprachen, so wie die Kinder in der Klasse, wenn sie Arsch sagten, und sie aßen mehr kleine Käsesandwiches und weniger Kuchen, und nach ein paar weiteren Jahren kamen schon nicht mehr alle, und die, die kamen, sprachen wenig über die, die nicht mehr da waren, und viel über Auslandsreisen, ihre eigenen und die der anderen, und nach ein paar Stunden begannen sie einer nach dem anderen achtlos zu gähnen, ohne die Hand vor den Mund zu halten, wie dicke Katzen, und ich schloß Wetten darauf ab, wer von ihnen jetzt als erster und wer am meisten gähnen würde, und auch Großvater holten sie aus dem Altersheim, wo ich einmal einen Stummfilm mit Charlie Chaplin in Schwarzweiß gesehen hatte, zusammen mit der Greisenschar, die in zahnlosem Gelächter meckerte, wie eine Herde aussterbender Tiere, die bald von der Erde verschwinden würde, und jedes Mal hatte er, Großvater, noch weniger Worte, und einmal wollte er fragen, ob das ein Kirschkuchen sei, und er bemühte und mühte sich zu erinnern, aber zuletzt verzweifelte er und sagte kerschn, und dabei war es auch noch ein Erdbeerkuchen. Und jedes Mal, wenn ihm ein Wort abhanden kam, verschränkte er seine Arme in dem alten braunen Pullover, sank in den tiefen Sessel ein, bis sein geschrumpfter Körper fast verschwunden war und nur sein Spatzengesicht noch über die hohe Lehne spitzte, blickte in zornigem Erstaunen und mißtrauisch in die Runde und sagte mit seiner dünnen Stimme – was mache ich hier, ich bin doch schon aus der Welt von gestern. Und einmal verriet er mir im geheimen, daß ein berühmter Professor in Amerika ein Mittel gegen Vergeßlichkeit erfunden habe, und er hielt mir mit zitternder Hand die Kuchenserviette hin und sagte, ich solle einen Bleistift nehmen und einen Brief an den Professor darauf schreiben, nämlich daß er, Großvater, bereit sei, nach Amerika zu kommen und für das neue Heilmittel das Versuchskaninchen zu sein. Und du hast es gehört und zu ihm gesagt, was verdrehst du dem Mädchen den Kopf, und Großvater explodierte, drohte dir mit seinem mageren Finger und schrie beleidigt, mein Onkel, der Rebbe Leib Grün, starb im Alter von sechsundneunzig, und er war bei völlig klarem Verstand. Und ich trank den Tee mit Milch mit äußerster Vorsicht, damit nichts zu Bruch ginge, und dachte im stillen, das Service würde jetzt unten bleiben, weil Michael ja bald kommen müßte, wie jedes Jahr zu Anfang der Pessachferien ein paar Tage nach Großmutters Todestag, aber einmal gab ich nicht genügend acht, vielleicht mit Absicht, und die Tasse glitt mir aus der Hand und zerbrach in zwei Teile, und der ganze heiße Tee floß mir über die Beine, auf den Teppich und den Boden, und du hast geschrien, paß doch auf, was du machst, wütend und rot, und ich nahm mich ganz fest zusammen, um nicht zu weinen, und Hanna trocknete mir mit einer Serviette die Beine und sagte, ich geb dir eine von meinen, aber du hast ruhig gesagt, ist nicht mehr wichtig, und Hanna erzählte wieder mit Kummer und Stolz von ihrem Sohn in Amerika. Menachem ließ süßlichen Rauch aus seiner seriösen Pfeife aufsteigen, der sich mit dem Duft nach Keksen, englischem Tee und Kiefernharz des Sommerendes vermischte, und ich nahm mir noch einen Keks, der viel zu schnell in meinem Mund zerschmolz, und versuchte zuzuhören, und Otek war im Wohnzimmer und hörte sich den Samstagsfußball an, und hin und wieder kam er auf den Balkon, um sich etwas in den Mund zu stopfen, und Vater trank schwarzen Kaffee, aß dunkle Weintrauben und schwieg.

Manchmal, in Zeiten von Krieg, Spannungen oder Wahlen, habt ihr alle über die Lage gesprochen. Dann hakte Menachem dich unter und führte dich ins Arbeitszimmer, und ich folgte euch still, und er machte mit dir eine kleine Führung durch seine neugemalten Dächer und Himmel, erklärte und deutete mit dem Finger, und du hast dazu genickt, und ich blieb noch eine Weile, um alles zu betrachten und die ganzen Farben und speziellen Materialien zu riechen, die Maler haben. Unlängst, als Naomi dich um eines seiner drei Bilder bat, die du zuhause hast, Dächer und Himmel in Braunrosa von 54, in Blaugrün und Grau von 64 und in Orangegelb und Schwarz von 74, und sagte, vielleicht kannst du mir eins für die neue Wohnung geben, sie sind sowieso alle gleich, hast du sie groß erstaunt angesehen und gesagt, wieso denn, und dann sagtest du, einmal hat Menachem versucht, Nelken in einer Vase zu malen, aber es ist ihm nicht gelungen, und hast gelacht. Wenn ihr euch an der Tür verabschiedet habt, nahm das immer eine Menge Zeit in Anspruch, denn erst dann fingt ihr wirklich zu reden an, sie sagten wieder, wie hübsch du seist und wie fabelhaft du aussähest, und ich tanzte unterdessen in meinen schwarzen Lackschuhen und dem weißen Rock auf dem roten Linoleumboden, der Hannas ganze Küche widerspiegelte, und

Menachem wurde aufmerksam und applaudierte und sang, so tanzt Shirley Temple.

Auf dem Heimweg hast du gesagt, die Ferien sind vorbei, morgen ist wieder Schule, und Otek sagte, igitt, und Vater wiederholte, wie gelungen die Aufführung vom letzten Schuljahresende war und wie wunderbar ich das Gedicht – er wußte nicht mehr genau, welches – aufgesagt hatte, und meinte, wenn du groß bist, wirst du eine Rundfunksprecherin. Und du hast gesagt, sie wird, was sie werden möchte. Und mir fiel ein, daß ich damals krank war und die Lehrerin Nechama eigens zu mir nach Hause kam, um mir das Buch von Miriam Jalan-Stekelis zu bringen, das ich nicht brauchte, weil ich es bereits hatte, und wie sie zu mir sagte, ich solle für die Vorstellung zum Schuljahresende das Gedicht auswendig lernen, wie ich wartete und wartete und weinte und weinte, und wer nicht kam, war Michael. Nur ich hatte ein so langes Gedicht allein zum Aufsagen, aber ich schaffte es, weil ich an deinen Michael dachte, was sollte ich tun, wenn er eines Tages wirklich nicht käme, fast weinte ich, und alle klatschten. Aber er kam immer in den ersten Tagen der Pessachferien und auch nach den großen Ferien, zu Anfang des Schuljahres, wenn ich dich um fünf Lirot bat und in den Laden von Max ging, der ein gutes Lächeln und eine Nummer unterhalb seines aufgekrempelten Ärmels hatte, es gab immer eine lange Schlange und Gedränge, und ich kaufte zehn Hefte, Plastikumschläge und Bucheinbände, Filzstifte und Bleistifte, einen Spitzer und einen Radiergummi mit Duft, einen Block mit buntem Glanzpapier zum Basteln, so einen, wo auch Silber und Gold drin waren, und Klebstoff, und bis ich den Laden verließ, war es schon fast dunkel und kühl geworden, und wenn ich nach Hause kam, warst du in der Küche und hast das Abendessen zubereitet, und ich bat, daß du mir nachher die Bücher einbändest, und Vater, der Radio hörte, sagte, Ruhe, die Nachrichten. Und ich wußte, in ein paar Tagen würdest du zu mir sagen, heute gehen wir nach Hadar hinunter, und zu Vater, der gerade von der Arbeit zurückkäme, würdest du sagen, wir gehen etwas zum Anziehen kaufen für die Feiertage oder zum Saisonwechsel, und wir würden ein Taxi nehmen, an der Nordau aussteigen, zur Herzl-, Ecke Balfourstraße gehen und den Tunnel unter der Straße durchqueren, in dem der fette ältere Mann mit dem zerknitterten Anzug hauste, der traurige Melodien auf der Geige spielte, und du würdest ihm zehn oder zwanzig Agorot, manchmal sogar eine halbe Lira in den offenen Violinenkasten werfen, der mit rotem Samt ausgepolstert war und in dem immer viel Geld lag, und auf der anderen Seite würden wir direkt beim Laden der zwei alten deutschen Jüdinnen herauskommen, die beide Fräulein Müller genannt wurden, denn sie waren Schwestern, Zwillinge, wie ich dachte, weil sie beide die gleiche silbrige nach hinten eingeschlagene Banane trugen wie Hanna, und eine Brille, die an einer Kette auf ihrer mageren, eingefallenen Brust hing, mit großen braunen Flecken übersäte Hände, lange rote Fingernägel und viele Ringe, und beide hatten keinen Ehemann. Und du hast gefragt, ob sie etwas Neues zum Saisonwechsel hätten, und die Müller-Schwestern sagten, für eine schöne Frau wie Sie haben wir alles. Und du bist hinter den Vorhang gegangen, hast Strickwaren, Satinblusen und lange raschelnde Seidenröcke in Grüntönen anprobiert, die zu deinen Augen passen, und Violett, das du besonders liebst, gelbe Sachen wolltest du nie probieren und blaue nur sehr selten. Ich hatte die Aufgabe, neben dem Vorhang zu stehen und die Größen auszutauschen, wie du sie brauchtest, und dir zu sagen, was schöner war, denn du warst immer sehr unschlüssig und konntest dich nicht entscheiden, und die Müller-Fräulein sagten, an einer schönen Frau wie Ihnen ist alles schön, und zogen aus irgendeinem geheimen Ort ein herrliches, teures neues Kleid aus Seide oder Samt hervor, und du hast es anprobiert, dich im Spiegel betrachtet, bist errötet, und deine Augen strahlten, und sie standen zu beiden Seiten neben dir und sahen ebenfalls in den Spiegel, mit kleinen grauen Augen, glitzernd wie Stecknadelköpfe, und dünnem Lächeln, und du hast gesagt, das ist es, ich nehme es. Dann gingen wir etwas für mich kaufen, aber jedesmal in einem anderen Geschäft, und du hast immer ganz genau gewußt, was mir steht, hast bezahlt und das war's, obwohl ich mir doch so gerne selbst etwas ausgesucht hätte, denn ich wußte, wie Michael immer auf die kleinsten Einzelheiten achtete, und einmal, im Frühling, suchte ich mir allein einen weißen Matrosenanzug und schwarze Lackschuhe aus, und Michael hob mich hoch in die Luft und nannte mich seinen kleinen Engel. Nach den Einkäufen gingen wir ins Café Atara, wo sich heute Mac David's Hamburger befindet, und wir tranken Eiskaffee und aßen Cremeschnittchen, und immer saß eine Frau dort mit gelbem Haar und viel Puder im Gesicht, die Lippen bemalt wie ein kleiner roter Schmetterling, und sie winkte mir mit der Hand zu, lächelte und hatte einen Goldzahn, und du hast geflüstert, sag nichts zu ihr, und ich fragte, warum, und du hast gesagt, wenn wir nach Hause kommen, hilfst du mir, das Service vom Schrank herunterzuholen.

Hier ist Doktor Morgenstern, wie ein Skelett in seinem weißen Kittel, kommt den langen Gang herunter auf mich zu, unscharf und aufgebracht wie ein Busfahrer hinter den beschlagenen Scheiben an einem Regentag, dem seine Fahrgäste eine Last sind, und er sagt, die Operation sei gelungen und es bestehe Hoffnung und es würde noch ein paar Stunden dauern, bis man dich aus dem Aufwachraum holt, es würde sich lohnen, wenn ich ginge und später oder sogar morgen früh erst wiederkäme. Aber ich fühle mich regelrecht wohl hier. Die Alten in den Perfektionsbetten haben sie bereits woanders zum Warten hingebracht, und im Fernsehen zeigen sie jetzt Zeichentrickfilme. Inzwischen habe ich, ohne es zu merken, über die Hälfte der Mozartkugeln vernichtet, von denen du jeden Abend vor dem Schlafengehen eine gegessen hast, wie eine Arznei, sie mußten lange vorhalten, und deshalb mußte ich eigens um Erlaubnis bitten, um mir eine von jenen zu nehmen, die dir Michael in roten Blechschachteln mit goldener Aufschrift aus Österreich mitbrachte, denn die Katzenzungen, die er mir mitbrachte, verputzte ich innerhalb einer Minute. In Israel gab es nur Katzenzungen von Lieber, mit der Reklame, »Lieberzungen – immer gelungen«, die wir in der Matinée-Vorstellung im Armon-Kino sahen, zwischen der Wochenschau in Schwarzweiß, in der berichtet wurde, daß Nasser gestorben war und nicht mehr auf Rabin wartete, und dem Film *Vom Winde verweht*, in dem du, wie mir scheint, einmal geweint hast, als Scarlett O'Hara, in einem herrlichen grünen Samtkleid, das sie sich zum Ball aus einem alten Vorhang genäht hatte, weil sie arm war, ihre Kirschenlippen Rhett Butler darbot und er sie nicht küßte, und das ganze Publikum lachte, und ein zweites Mal am Schluß, auf der Treppe, die Michael jetzt in seinen neuen, ständig knarzenden Schuhen und seinem weißen Safarianzug heraufkam, und ich wartete am Eingang auf ihn, während du dich noch schnell ein bißchen mit dem Narzissen-Parfüm eingesprüht hast, das er dir einmal mitbrachte, und Michael hob mich hoch in die Luft, küßte mich mit seinem stacheligen Schnurrbart und seinem guten scharfen Geruch auf die Wange und sagte, wie groß du geworden bist, meine Schönheit, und manchmal, mein kleiner Engel, und dann umarmte er dich und sagte dir etwas Geheimes ins Ohr, und du hast gelacht und zu ihm gesagt, Dummkopf, und warst plötzlich jung wie auf den Bildern aus der Schulzeit, von der Armee und der Hochzeit – die ich dabeihabe, um sie dir zu geben, wenn du aufwachst. Vater und Otek waren schon längst auf den Fußballplatz gegangen, nur wir waren da mit dem Tee und dem Käsekuchen, den du nur einmal im Jahr bukst, dann beim zweiten Mal war es ein Apfelstrudel, der sogar besser als in Österreich war, sagte Michael, und er trank den blassen Tee und aß nur ein klitzekleines Stück von dem Kuchen, denn er hielt sich bei Süßigkeiten immer zurück, weil er nicht dick werden wollte, und dann öffnete er seine große Tasche, auf der eine Unmenge Aufkleber aus allen möglichen Ländern in allen möglichen Sprachen waren, und holte eine grüne Flasche französischen Champagner, die Schokolade und die Geschenke heraus, die mit jedem Mal größer wurden, dicke weiche Farbstifte und eine Uhr mit Mickey-Mouse-Bild, und am herrlichsten war die erwachsene Puppe, die ein paar Worte auf deutsch sagen konnte und einen Koffer mit massenhaft Kleidern zum Wechseln hatte, so daß sie Ärztin, Stewardeß oder Fotomodell sein mochte, und dir brachte er Parfüm, Ohrringe mit grünen Steinen, die wie Augen leuchteten, und einen elektrischen Haartrockner mit, und dann holte er den braunen Aktendeckel mit der Aufschrift Disneyel heraus, eine Kombination aus Disney und Israel, und dazu noch Michael, schlug ihn auf und breitete den Inhalt auf dem Tisch aus, nach ein paar Jahren auch auf dem Sofa, und noch ein paar Jahre später auch auf dem Teppich, die ganzen Seiten mit Berechnungen, dünne und dicke Spalten mit Zahlen, und die Bilder vom echten Disneyland in Amerika mit einer riesigen Mickey Mouse und einem überdimensionalen Donald Duck, die ich nur aus Filmen von Geburtstagen kannte, denn damals gab es noch nicht viele Häuser mit Fernseher, und auch wir hatten keinen – Bilder, von denen du eins aufgehoben hast, eine Mickey Mouse, mit der sich Michael fotografieren ließ, vielleicht ist es der Joker in deiner Bilder-Patience. Und zarte Buntstiftskizzen von Riesenrutschbahnen und Riesenrädern, von denen Michael in Deutschland bereits ein gebrauchtes gekauft hatte, von Seilbahnen, neben denen die gezeichneten Menschenfiguren wie winzige Ameisen neben dem Kuchen aussahen, den Michael fast ganz auf seinem Teller liegenließ, von furchterregenden Geisterbahnen und komplizierten Schienenwagen, von einem Spiegelkabinett, in dem man sich einmal dick und einmal dünn, einmal hübsch und einmal häßlich, einmal wie ein Kind und einmal ganz alt sah, und einem Teich mit weißen Segelbooten und Schwänen, am Ufer ein großes Café mit weißen Gartenstühlen mit hohen Zierlehnen, runden Tischen und bunten Sonnenschirmen, einem Orchester und einer Tanzfläche, sogar die riesigen Eisbecher auf den Tischen hatte Michael gezeichnet, denn von gemaltem Eis wird man nicht dick, und während er auf dem Teppich herumkroch, erzählte er schnell und laut von all den neuen perfekten Anlagen, die er zu erfinden gedachte, von finanziellen und anderen Hindernissen, die sich in Wien und Amerika und hierzulande auftürmten, sich der Errichtung seines Disneyels im Galil oder im Negev in den Weg stellten, und von einem sehr reichen Juden, der sich tatsächlich für das Projekt interessierte, ihn unterstützte und versprochen hatte, ein Treffen mit Walt Disney persönlich für ihn zu arrangieren. Und dann legte er sich auf den Rücken, schnaufend und keuchend zwischen Riesenrad und Teich, und du hast ständig zufrieden in dich hineingelächelt, und ich stürzte mich auf ihn, um inzwischen mein privates Disneyel von ihm zu kriegen, und Michael ergriff meine ausgebreiteten Hände, legte seine Füße mit den weißen Socken gegen meinen Bauch, stemmte mich hoch und sagte, Flugzeug, und ich fragte, ob er so ein Fluuugzeug auch mit dir machen könnte, und du hast gelacht, und Michael hob auch dich auf die gleiche Weise hoch, und du flogst durch die Luft und hast gelacht und gelacht, doch plötzlich fielst du auf ihn drauf, dein neues Kleid verknitterte, ein grün glänzender Ohrring fiel dir in den Teich, und Otek und Vater kamen mit dem Fußball zurück, in kurzen blauen Jeans und mit großen Schweißflecken auf den Hemden, und du und Michael seid aufgestanden, und du hast ruhig dein Kleid in Ordnung gebracht, hast den Ohrring von der Zeichnung auf dem Teppich aufgehoben, auch den zweiten aus dem Ohr genommen, und Michael zog schnell seine Schuhe an, glättete sein verstrubbeltes Haar und drückte Vaters Hand, und Vater sagte, wie geht's dir, und Michael sagte, alles in bester Ordnung und bei dir, klopfte Otek auf die Schulter und sagte, hello, big boy, gab ihm eine Spritzpistole oder irgend so etwas und sagte, er müsse jetzt gehen, er werde erwartet.

Nachdem er gegangen war, saß ich stundenlang am Fenster, betrachtete den Regen und dachte an Michael und sein Phantasieland, das er errichten würde, und er würde der König, du die Königin und ich die kleine Prinzessin darin sein, und manchmal konnte ich mich nicht mehr beherrschen und fragte dich, ob sie schon mit dem Bauen angefangen hätten, und Vater lachte, und du wurdest böse auf ihn und hast gesagt, im Winter geht es nicht, es ist zu kalt im Galil. Unterdessen kam Purim, und Otek verkleidete sich wieder als Cowboy, mit der Spritzpistole, die Michael ihm gegeben hatte, die wirklich wie echt aussah, und ich kostümierte mich als Prinzessin, und auch Großmutters alljährlicher Todestag kam, mit Hannas Keksen und den Gähnmeisterschaften der Onkel und Tanten, bei denen die Verlierer die waren, deren Köpfe wie kaputte Puppen auf die Brust sanken, und den Tüten mit den importierten Süßigkeiten von Tante Naomi, die geschieden war, weil ihr Mann sie einmal geschlagen hatte, und ein Kind hatte, das älter als Otek war, fast im Bar-Mizwa-Alter, und jedes Mal, wenn ich sie sah, dachte ich, wenn sich Vater und Mutter scheiden lassen würden, wen würde ich wählen. Großvater konnte nun schon fast gar nichts mehr sagen, bat mit dünner Stimme, durchbohrend wie sein Finger, mit dem er hin und wieder drohend aus seinem Sessel stach, um das da und das da, und schrie bebend vor Zorn, mein Onkel, der Rebbe Leib Grün, starb im Alter von sechsundneunzig bei völlig klarem Verstand.

Und ich trank vorsichtig den Tee und wußte, das Service würde jetzt unten bleiben, und freute mich. Und an einem der ersten Pessachfeiertage, ein besonders heißer Tag, dreiunddreißig Grad sagten sie im Radio, hörte ich unten ein Hupen, rannte auf den Balkon und sah Michael rauchend neben einem riesigen weißen Auto stehen, und er hupte und schrie, kommt schon, ans Meer. Wir holten schnell die Badesachen, rannten hinunter, nur ich und du, denn Vater war bei der Arbeit, und in den Ferien nahm er Otek mit, damit er ihm half, und unterwegs im Auto saß ich hinten, und Michael sang mit dunkler Stimme, put your hand on my shoulder, und jedesmal, wenn er zu dieser Zeile kam, hast du ihm die Hand auf die Schulter gelegt und ihr beide seid in schallendes Gelächter ausgebrochen, und danach habt ihr zweistimmig gesungen, all you need is love, love, love is all you need, das in der Woche davor die ganze Zeit im Radio zu hören gewesen war, und als wir in Bat-Galim ankamen, setzten wir uns an den Meeresrand und gingen nicht ins Tiefe, denn Michael konnte nicht schwimmen, und statt dessen zeichnete er mit dem Finger sein Disneyel in den nassen Sand, ergänzte es mit runden Losständen und Schießbuden und sagte, wem es gelänge, die Bretterfrau haargenau mitten ins schwarze Herz zu treffen, der bekomme eine Flugkarte rund um die Welt, und wer kein Glück hätte, der könnte ins kugelförmige Kino gehen, das Michael gezeichnet hatte, wobei er erklärte, daß der Film rundherum projiziert wurde und man in der Mitte stand und das Gefühl hatte, als ob alles wirklich passierte. Eine große Welle kam, und der weiße Schaum löschte alle unsere Zeichnungen, und ich sagte zu Michael, der Winter ist schon vorbei. Und er sagte, und was. Und ich sagte, wann fangen sie jetzt mit dem Bauen an. Und er sagte, im Sommer geht es nicht, es ist zu heiß im Negev. Und ich fragte, ist das wahr oder ist das eine eL-Ü-Ge-E. Und er sagte, was. Und ich sagte, Disneyel. Und er sagte, wieso, und betrachtete ein weißes Segelboot, das mit neckischer Langsamkeit den Wellenkamm entlangtrudelte. Und dann hast du gesagt, kommt, wir machen eine Sandburg, und wir gruben ein Loch, das sich mit Wasser füllte, holten nassen Sand heraus, und unsere Hände trafen sich jedesmal darin, meine kleine Hand und eure großen Hände. Und wir bauten eine Sandburg, und ich dekorierte sie mit Muscheln und steckte oben den Stiel meines De-Luxe-Eises hinein, und dann gingen wir heiße Felafel kaufen, denn Michael erlaubte mir beides, und es gab auch Maiskolben, aber du sagtest, das sei etwas übertrieben, und als wir zurückkamen, war unsere Burg fast völlig zerstört, doch das machte euch überhaupt nichts aus, wir fuhren nach Hause, und auf der Heimfahrt habt ihr nichts gesungen, also habe ich euch das Gedicht *Michael* aufgesagt und dann noch das von dem Rotschopf, an das ich mich erinnerte, viel sind deiner Farben, mein Herr, Blau hast du über den Himmel gebreitet, und meiner Mutter Augen sind grün, das ganze Gedicht, und Michael sagte, wie wunderschön das sei, und er sagte, jedesmal, wenn ich diese Gedichte höre, möchte ich weinen wie ein kleines Kind. Und du hast hinausgeschaut und nichts gesagt. Michael setzte uns zu Hause ab, und wir winkten, bis er hinter der Kurve verschwand, und gingen hinauf, und du bist noch vor dem Duschen auf einen Stuhl geklettert und hast das Service in den hohen Schrank in der Diele zurückgestellt.

Dr. Morgenstern, Dr. Morgenstern, bitte ins Büro, Telefon für Sie. Ich bin schon ziemlich lange hier, seit Mittag, und jetzt zeigt die Uhr an der öden Wand fünf nach fünf, das heißt, es ist fünf vor fünf, ich mache mir nicht mal die Mühe, auf meiner Swatch nachzuschauen, um mich zu vergewissern, daß das stimmt, denn was macht das für einen Unterschied, solange du dort noch schläfst oder langsam wieder zu Bewußtsein kommst, das dir wie ein Licht aufgeht: Jawohl, gute Frau, Sie sind noch am Leben. Hinter mir passiert eine Prozession von Metallwägelchen mit dem Abendessen für die Kranken, ein Omelett, eine Tomate, Joghurt und Tee in blauem Plastikgeschirr, und ich stehe am Fenster und betrachte die hereinfallende Dunkelheit und den Regen, der nicht einmal eine Minute aufhört, wie an jenem Winternachmittag, kurz nach Chanukka, als du plötzlich sagtest, heute gehen wir nach Hadar hinunter, ich dich verständnislos ansah und du wieder sagtest, heute gehen wir nach Hadar, und um fünf nahmen wir einen Regenschirm und gingen hinaus, und der Wind fegte uns wie Mary Poppins mit einem langen Pfiff zum Taxi und vom Taxi den ganzen Hang hinunter bis zur Herzl, Ecke Balfour, und wir gingen durch die Unterführung des Geigers, es zog, Wasser schwappte hinein, und er spielte nicht, er schlief nur auf der Seite, in seinem Anzug auf einer zerrissenen Decke, hielt sich selbst umarmt, und die Geige lag neben ihm, der Kasten geöffnet, aber es waren fast keine Münzen drin, und du hast eine ganze Lira herausgeholt und sie vorsichtig auf den roten Samt gelegt, um ihn nicht zu wecken, und wir kamen auf der anderen Seite direkt beim Geschäft der Müller Schwestern heraus, und drinnen war es warm und feucht, und Fräulein Müller sagte, vielleicht möchten Sie ein Glas Tee, und du hast gefragt, ist er schon fertig, und das zweite Fräulein Müller sagte, für eine schöne Frau wie Sie ist alles fertig, verschwand für einen Augenblick und kehrte mit einem Kleiderbügel zurück, an dem ein Samtkleid hing, grün wie eine französische Champagnerflasche, bestickt mit Goldfäden, und du hast das Kleid an dich gerissen und bist hinter den Vorhang gegangen, und draußen fiel die ganze Zeit der Regen, die ganze Zeit. Nach ein paar Minuten kamst du heraus und hast dich vor den Spiegel gestellt; und einen Moment lang konnte ich kaum atmen. Die Müller-Fräulein standen zu beiden Seiten neben dir, schauten mit ihren glitzernden grauen Augen, schüttelten mehrmals ihre Köpfe und fällten das Urteil, es muß gekürzt werden. Und schon knieten sie sich flink hin, auf einem Knie, als wären sie richtig junge Mädchen, setzten die Brillen auf, und Hunderte kleine Stecknadeln wuchsen aus ihren verschrumpelten Öffnungen, die sie statt Mündern hatten, und sie begannen, den Saum abzustecken, die Nadeln in das grüne Samtfleisch zu bohren, und du hast schnell mit deinem kleinen weißen Fuß getrommelt und dann gesagt, ich nehme es gleich so, und die Müller-Fräulein gaben erstickte Protestgeräusche von sich, denn sie konnten ja nicht sprechen, und eine von ihnen nahm die Nadeln aus dem Mund und sagte, aber gnädige Frau, und du hast gesagt, ich werde hohe Absätze tragen. Und die Müller-Fräulein standen ergeben auf und sagten, bitte, und ihre vier Stecknadelkopfaugen glitzerten mehr denn je. Du hast bezahlt und gesagt, ich danke Ihnen vielmals, und wir traten in die Dunkelheit und den strömenden Regen hinaus, gingen nichts für mich einkaufen und auch nicht ins Café Atara, obwohl wir daran vorbeikamen und ich genau wußte, welchen der in Dunst eingenebelten Kuchen im Fenster ich bestellen wollte. Statt dessen nahmst du mich an der Hand, und wir gingen zu Fuß, fast im Laufschritt, immer weiter und weiter, die Ampeln flackerten auf dem nassen Straßenbelag, und wir hatten bereits die große Dubek-Zigaretten-Reklame passiert, die über dem Dach des Hauses an- und ausging, das Großvater in der Herzlstraße vermietete, und jedes Jahr am Unabhängigkeitstag sahen wir von dort aus die Tanzparade, bei der früher einmal große Wagen mit Puppen von Golda, die damals Ministerpräsidentin war, und De Gaulle aus dem Lied, De Gaulle hat eine große Nase, vorbeifuhren, bis Großvater das Haus verkaufte, denn ein

Altersheim mit Charlie-Chaplin-Filmen kostet viel Geld, und kurz hinter der großen Synagoge betraten wir einen kleinen Laden, dessen Existenz ich nie wahrgenommen hatte, und ich sah, daß es ein Laden für Bettzeug, Handtücher und Tischdecken war, die den Farben nach auf den Regalen angeordnet waren. Du hast mit dem Verkäufer gesprochen, der klein und kahl war und eine Brille trug, und ich wartete geduldig, doch plötzlich trat er auf mich zu und sagte, wie geht's, Kleine, und ich sagte verwundert, gut, und er sagte, meine Shirley Temple kennt mich nicht. Und dann sah ich, es war Menachem, und ich drehte den Kopf weg und wollte nicht mit ihm reden, denn was tat er hier und wieso die Brille, und wo waren seine gemalten Dächer und die Pfeife mit dem Rauch bis in den Himmel, und er sagte, nu, macht nichts, am Sabbat sind wir wieder Freunde. Und du hast inzwischen eine große rote Tischdecke ausgesucht, die er dir einpackte, und hast die Geldbörse geöffnet, um zu zahlen, und er sagte wieder, macht nichts, und du hast drei Zehn-Lira-Scheine herausgenommen und zu ihm gesagt, nimm's, und er sagte, das ist wirklich nicht nötig, wenn du schon einmal zu mir in den Laden kommst, begleitete uns zur Tür und sagte, auf Wiedersehen bis zum Samstag, Hanna wird Kekse backen, und versuchte, mir über den Kopf zu streichen, aber ich wollte nicht und war froh, endlich hinauszukommen, obwohl draußen eine wahre Sintflut herrschte, und du winktest einem Taxi, und wir fuhren damit direkt nach Hause.

Am nächsten Tag in der Schule konnte ich nicht aufhören, an Menachem in seinem kleinen dunklen Laden zu denken, und ich betrachtete durch das große Fenster den Regen, der nicht so aussah, als wolle er überhaupt irgendwann aufhören, den grauen Himmel und die roten Dächer im Wadi, und mir war ein bißchen kalt, also setzte ich mich auf meine Hände, um sie zu wärmen, und dachte, was sage ich morgen zu Menachem, wenn wir zu ihnen kommen, und die Lehrerin, es war nicht mehr Nechama, sondern eine andere, Aviva, sagte, du bist unkonzentriert, was ist los mit dir heute, und ich gab keine Antwort, sondern versuchte zuzuhören, was sie über Antiochus den Bösewicht erzählte, denn obwohl Chanukka schon vorbei war, hatten wir noch nicht den ganzen Stoff über die Makkabäer durchgenommen. Um zwölf Uhr gingen wir wie an jedem Freitag nach Hause, aßen wie immer zu Mittag, und du und Vater habt euch hingelegt, und Otek und ich spielten mit dem großen Radio im Wohnzimmer und gingen die Sender durch, und Otek fand irgendeine Übertragung von den Boxweltmeisterschaften, die mich überhaupt nicht interessierte, also ging ich zu euch ins Zimmer, und wie immer sah ich als erstes euere zwei Knieberge, mit großen Steppdecken zugedeckt, hinter denen ihr euch mit den Wochenendzeitungen verstecktet, die auf der anderen Seite des Gebirges lagen und den Bettbezug schwärzten. Und ich kroch in die Schlucht zwischen euch, wo ich, eins, zwei, drei, Vater und Mutter entdeckte, nahm mir die Beilage vom »Ma'ariv« und blätterte, sie enthielt ein Interview zur Lage mit Ben Gurion, von dem Vater immer sagte, er sei ein großer Mann, aber ich las es nicht, denn es erschien mir langweilig, und es gab einen Artikel über einen jungen Mann namens Eli Maisels, der eine degenerative Muskelkrankheit hatte, am ganzen Körper gelähmt war und im Rollstuhl wie ein Kind aussah, und es wurde berichtet, daß er sogar an der Universität studierte, nur mit dem Kopf, und daß er eine Freundin hatte, Zippi, die ihn heiraten wollte, und er sagte in dem Interview, das Leben sei schön und wunderbar. Auf den letzten Seiten war ein Artikel über Mode, es gab Bilder von lächelnden schönen Frauen mit superlangen Beinen und superkurzen Kleidern, die man Mini nannte, und ich sagte, warum ziehst du nie solche Kleider an, und Vater lachte, und du hast ihn einen Moment angeschaut und gesagt, das ist was für jüngere Frauen, und ich beschloß, wenn ich ein junges Mädchen wäre, würde ich auch einen solchen Mini haben. Punkt vier bist du aus dem warmen Bett aufgestanden, hast schnell noch einen Pullover angezogen, obwohl der Regen aufgehört hatte, die Sonne herauskam und der Berg sich zu Ehren des Sonnenuntergangs mit Gold geschmückt hatte, und du bist in die Küche gegangen, und Vater wählte, rief Großmutter an und sagte, daß wir heute nicht kommen konnten, weil wir einen Gast zum Abendessen hatten, und er sagte, dann einen guten Sabbat und auf Wiedersehen, und ich freute mich im stillen und dachte, fein, jetzt werden nur wir zwei ein bißchen miteinander reden, aber Vater schlief ein wie immer, mit dem Kissen auf dem Kopf. Also linste ich in sein Gesicht, wie er aussah, wie ein blinder Bär ohne Brille, und überlegte, daß bestimmt Michael kommen mußte, daß er unser Gast zum Abendessen war. Noch wagte ich nicht, es wirklich zu glauben, und ich stand auf, um dich zu fragen, und auf dem Weg sah ich den großen Tisch in der Eßecke, an dem wir fast nie aßen, und er sah aus wie der Weihnachtstisch, den ich mir immer ausmalte, wenn ich die Geschichte von dem Mädchen mit den Schwefelhölzern las. Die rote Tischdecke, die wir gestern in Menachems Laden gekauft hatten, lag darauf, und das Service stand da, von dem es, wie ich plötzlich entdeckte, auch kleine Teller für die Vorspeise und große für die Hauptspeise gab, große Terrinen, mittlere Suppenschüsseln, kleine Schalen für die Nachspeise und Saucieren in allen Größen, und neben jedem Teller lag eine rosa Stoffserviette und darauf ein glänzendes Silberbesteck, daneben gab es ein Glas für den Champagner, den der Gast sicher mitbringen würde, und für Otek und mich Limonadengläser, und in der Mitte des Tisches standen zwei Silberleuchter mit hohen rosa Kerzen, eine transparente Glasvase mit roten und schneeweißen Nelken, und die kleine Schwefelhölzerverkäuferin blinzelte erstaunt und wußte nicht, ob sie träumte, und beschloß am Ende, daß es Wirklichkeit war und daß Michael kommen mußte.

Es wird bald wirklich spät, und ich werde darum bitten, daß man mir hier irgendein Klappbett besorgt, denn in dieser Sintflut nach Haifa zurückzufahren wäre purer Wahnsinn, und hier ein Hotel zu suchen lohnt sich nicht. Warum lassen sie mich nicht endlich zu dir hinein. Nicht daß ich keine Angst hätte. Ich denke an deinen verstümmelten Körper, wie ein Mond zum Monatsbeginn, der sich nie mehr runden wird, und ich will das deformierte Fleisch in seinem Schmerz nicht sehen. Mama, Mama, ich fürchte mich so. Ich habe den Fernseher eingeschaltet, um mich zu beruhigen. Im *Blickpunkt* reden sie von den Verkehrsunfällen der letzten Tage, die durch das schlechte Wetter verursacht wurden, und sie faseln wieder etwas vom Etat, und ein älterer Mann, der in einem lautlosen Rollstuhl hier hereingefahren ist, schüttelt den Kopf und flüstert immer wieder, Schurken. Auf dem Gang geht eine späte Besucherin vorbei, herausgeputzt und gepudert, gelbes Haar und der Mund wie ein kleiner roter Schmetterling aufgemalt, eilt auf schwarzen, hochhackigen Stöckelschuhen klick-klack den Korridor vom Schlaf- zum Wohnzimmer hinunter, und wir saßen auf dem Sofa und warteten wie Schulkinder nach dem Läuten. Ich hatte meinen Schulpullover zuvor mit etwas vertauscht, das eine Spur festlicher war, denn etwas völlig Neues zum Anziehen hatte ich nicht, und Vater und Otek hatten sich geduscht, ihre Haare waren feucht und mit Scheitel zur Seite gekämmt, und sie trugen schwarze Hosen und blaue Hemden und sahen aus wie Danny, Tante Naomis Sohn, bei seiner Bar-Mizwa in der Woche zuvor, zu der wir eigens nach Tel Aviv gefahren waren. Und dann erschienst du, grün und gewaschen und strahlend, wie der Carmel gegen Abend nach dem Regen. Die grünen Ohrringe in den Ohrläppchen. Sanfte entblößte Kreidefelsen dein Hals und deine Schultern.

Und ein frischer Duft aus deinem feuchten blonden Haar, das von glänzenden Goldkämmen gehalten wurde, wogte stürmisch durchs Zimmer. Wir saßen alle da und warteten, und Vater sagte, nu, wann soll er kommen, und fuhr fort, die Zeitung vom Nachmittag zu lesen, und Otek schaltete das Radio ein und drehte nur so an den Sendern herum, Arabisch und Sabbatlieder, und du sagtest gereizt zu ihm, mach das aus, und ich konnte mich nicht an dir satt sehen. Nach einiger Zeit trat Otek gegen den Tisch und sagte, ich habe Hunger, und Vater sagte, ich auch, und du hast gesagt, gleich, und hast nichts gemacht, hast nur wie eine Königin im Sessel gesessen und irgendeinen entfernten Punkt auf einem von Menachems Dächern betrachtet, und ich drehte noch eine Runde um den Tisch, um sicher zu sein, daß auch nichts fehlte, aber es fehlte nichts, und ich setzte mich wieder. Um acht Uhr schaltete Vater das Radio ein und sagte, still, die Nachrichten, obwohl es die ganze Zeit still gewesen war, und es wurde berichtet, daß sich ein Auto wegen des Wetters und der glatten Straßen überschlagen hatte, und ich sah, daß du die Sessellehne fest umklammert hieltst, und Vater ließ das Radio an, es kamen schöne hebräische Sabbatlieder, und ich summte ein bißchen mit, und du hast gesagt, vielleicht bist du mal still, und ich sagte frech, ich will aber nicht, ich hatte Lust, das Gedicht *Michael* aufzusagen, aber ich beherrschte mich, und dann gab das Radio wieder ein paar Pieptöne von sich und sagte wieder, hier ist die Stimme Israels aus Jerusalem, guten Abend und Sabbat Schalom, es ist neun Uhr, und hier sind die Nachrichten von Mosche Chovav, zunächst die Schlagzeilen, und plötzlich hörten wir heftiges Klopfen an der Tür, wie Fußtritte, und Vater rief, wer ist da, und als Antwort kam, Polizei, und er rannte, um aufzumachen, und in der Tür stand Michael, von dem man nur sein Gesicht mit dem Schnurrbart sah, an dem Regentropfen hingen, das riesige Lächeln eines etwas ungebärdigen Jungen, den aber alle lieben, und seine langen Beine mit den weißen Hosen und den braunen italienischen Schuhen, und zwischen Gesicht und Beinen hielt er ein riesiges Paket, in geblümtes Papier eingewickelt und mit einem roten Band verschnürt, und er kam herein, legte das schwere Paket auf den Teppich und sagte, so ein Mist, ich bin wegen dieses Unfalls steckengeblieben, und zu mir sagte er, mach's auf. Ich stand da und wartete einen Augenblick, damit mir alle zusahen, und dann zog ich an der roten Schleife, kämpfte ein wenig mit dem Geschenkpapier, hob hilfesuchend den Kopf zu ihm auf und sah, daß er dich mit leuchtenden Augen betrachtete und du unschlüssig warst, ob du ihm verzeihen und lächeln solltest oder nicht, und am Ende zerriß ich die Hülle, unter der sich eine Kartonverpackung befand, und Michael half mir, sie aufzumachen, und drinnen sah ich einen glänzend braunen Holzkasten, den Michael aus dem Karton holte, und es war ein echter Fernseher, brandneu.

Und Otek sagte, he, das ist toll, jetzt haben wir auch einen Fernseher, und Vater trat näher, beugte sich darüber und sagte, was für eine Marke ist das, wobei er Michael nicht ansah, der antwortete, eine japanische, frage nicht, was für Probleme sie mir beim Zoll gemacht haben, aber schließlich hab ich's geregelt, und Otek wollte ihn sofort anschließen, aber du hast gesagt, nachher, erst wird gegessen, und Michael gab Otek die Autoschlüssel, um hinunterzugehen und die Champagnerflaschen zu holen, von denen wir schon ein ganzes Regal voll im Schrank hatten, denn wir machten die, die Michael mitbrachte, nie auf. Und du gingst in die Küche, und Michael folgte dir und sagte, komm, ich helf dir, und Vater setzte sich allein an den Eßtisch und wartete. Da ging ich auch in die Küche und sah, daß ihr dabei wart, den Salat anzumachen, und ich sagte zu Michael, setz dich hin, ich helfe Mama schon, und du und Michael habt einander angesehen, und Michael lachte, ich begriff nicht, warum, beugte sich zu mir hinunter, nahm mein Gesicht in seine Hände und sagte ernst, werd nicht zu schnell erwachsen, mein Mädchen, ging und setzte sich zu Vater, und ich hörte einen von beiden immer wieder mit dem Besteck auf den Teller klopfen. Du hast Spargelsuppe in die Schüsseln geschöpft und die warmen Gerichte aus dem Ofen geholt, Auberginen, gefüllt mit Gemüse, und mit Reis gefüllte Paprika und ein Käsepilzsoufflé mit Sahne, und ich stellte vorsichtig alles auf den Tisch, und dann holtest du ein ganzes Brathuhn aus dem Ofen, und ich wunderte mich, denn wir aßen daheim nie Fleisch, nur bei Großmutter, hast die Form ganz am äußersten Ende gehalten, damit deine Finger nicht mit dem Huhn in Berührung kämen, und hast laut gesagt, stell das neben deinen Vater, er hält es ja ohne sein Huhn am Freitag nicht aus, und ich stellte es neben Vater, und Otek kam mit dem Champagner zurück, wir setzten uns alle an den Tisch, und Michael stand da und entkorkte die grüne Flasche, aus der ein wenig Schaum quoll, schenkte dir, Vater und sich ein, und ich sagte, ich will auch ein bißchen, und er goß auch mir einen Tropfen ein, und nur Otek trank Orangeade. Michael hob sein Glas und sagte, zum Wohl und ein gutes neues Jahr für uns alle, und ich sagte, wieso, jetzt ist doch nicht Rosch Haschana, und du hast erklärt, daß für die Christen jetzt Neujahr sei, gleich nach dem Weihnachten des Mädchens mit den Schwefelhölzern, und Michael sagte, es ist fast überall auf der Welt Neujahr, und wir begannen zu essen, und Michael schaute das Huhn an, von dem sich Vater einen Schenkel nahm, und sagte, das traditionelle Essen der Christen bei Festen sei ein mit Pflaumen, Nüssen und Rosinen gefüllter Truthahn, und du hast gesagt, er würde den Unterschied ohnehin nicht merken, und hast gelacht, denn du hattest schon zwei Gläser getrunken, und deine Augen sprudelten über mit goldenem Champagner, du warst wunderschön, und Vater hielt sein Hühnerbein in der Hand, nagte daran und saugte geräuschvoll an den Knochen, und Michael aß ganz viel und sagte, wie gut alles schmeckte, und es war wirklich sehr gut, vielleicht auch wegen des Service, das die tanzenden Kerzenflammen wie fröhliche Augen zurückwarf, und er erzählte von den Geschäften, die er mit Japan machte, daß er Fernseher und andere Elektrogeräte nach Europa importierte, und er sagte, wie komisch die Japaner seien, stand vom Tisch auf, kniff seine Augen zu schmalen Schlitzen zusammen und imitierte einen Japaner, wie er sich andauernd verbeugte und hai sagte, was ja auf japanisch hieß, auch wenn er nein meinte, und du, die du schon mehr als drei Gläser getrunken hattest, hast furchtbar gelacht, bist rot angelaufen und hast zu husten angefangen, und der Champagner tränte dir aus den Augen, doch Vater lachte überhaupt nicht, und Michael erzählte, daß die Japaner Geishas hätten, und ich fragte, was ist das, und er legte beide Hände aneinander und ging mit schnellem Trippelschritt wie eine Frau und sagte, daß sie früher winzige Füße hatten, weil sie ihnen in zartem Alter eingebunden wurden, und er sagte, er habe vor, auch ein paar Geishas nach Europa zu importieren. Und während des ganzen Essens sagte er nichts von Disneyel, und ich fragte nicht danach, denn es kam mir plötzlich unpassend vor. Und nach dem Nachtisch, warmer Schokoladenkuchen mit Vanilleeis, zündete sich Michael eine Zigarette an, und du hast zu uns gesagt, wir sollten ins Bett gehen, denn es sei spät, und Otek sagte, was ist mit dem Fernseher, und du sagtest, morgen, und er ging tatsächlich, denn er war müde, und es interessierte ihn nicht mehr, doch ich sagte, nur noch ein bißchen, und Michael sagte, laß sie noch ein wenig bleiben, und du hast das Radio eingeschaltet, es kam Tanzmusik, blicktest Michael an und er dich und bist zu Vater hingegangen, hast ihm deinen langen weißen Arm hingestreckt und gesagt, komm, wir tanzen, und Vater wollte ihn ergreifen, da hast du plötzlich gesagt, igitt, geh dir erst die Hände waschen, und Vater ging ins Bad, und du und Michael habt getanzt. Er legte seine Hand auf deine grüne Taille, du legtest eine Hand auf seine Schulter, und er hielt deinen zweiten Arm am Ellbogen wie einen Schwanenhals in der offenen Hand, und ihr habt euch gedreht und gedreht, bis mir schien, daß das ganze Zimmer kreiste, vielleicht auch wegen des Champagners, den ich getrunken hatte. Und Vater kam mit sauberen Händen zurück und tanzte ein bißchen mit dir, aber er war zu dick und konnte sich nicht so gut drehen, und so tanztet ihr nahezu auf der Stelle. Du hast dein Gesicht an sein blaues Hemd gelegt, und er neigte seinen schweren Kopf, und seine Wangen berührten dein blondes Haar, und ich dachte im stillen, erinnere dich an diesen Augenblick, behalte dieses Bild ganz genau in Erinnerung. Und plötzlich schwang mich Michael in die Höhe, und wir tanzten und wirbelten auf dem Teppich um den neuen Fernseher herum, und ich lachte, und dann hast du deine verhangenen Augen geöffnet und zu ihm gesagt, bring das Mädchen ins Bett. Und Michael trug mich auf den Händen in mein Zimmer, setzte mich auf dem Bett ab und machte kein Licht, es gab nur das bißchen Helligkeit, das aus dem Wohnzimmer einfiel, und er flüsterte, heb deine Arme, und zog mir den Pullover über den Kopf, und für einen Moment war es stockdunkel, und ich konnte gar nichts sehen, und er knöpfte mir langsam die Bluse auf, streifte sie ab, zog mir die braunen Schuhe und die Socken aus, öffnete die Knöpfe meiner Hose, zog sie ein Bein nach dem anderen herunter und flüsterte, wo ist dein Nachthemd, und ich gab es ihm, und er zog mir das warme Flanellnachthemd an, mit seinen kühlen Händen, band alle Bänder an den Ärmeln und am Hals zu und sagte, jetzt leg dich hin, und er umarmte mich fest, gab mir einen langen Gutenachtkuß in der Dunkelheit mit seinem kitzelnden Schnurrbart und seinem guten Geruch, deckte mich mit der Decke zu, stand auf und kehrte ins

Wohnzimmer zurück. Ich konnte einfach nicht einschlafen, ich wollte auch nicht, ich versuchte zu lauschen, und die Musik spielte immer weiter, put your hand on my shoulder, und plötzlich brach sie ab, und das Reden begann, was ich zwar hören, jedoch die Worte nicht verstehen konnte, wie ein Film, wenn man ihn zurückspult, um ihn noch einmal anzuschauen, was sich wie eine unbekannte Sprache anhört. Nur hin und wieder gelang es mir, ein oder zwei Wörter aufzuschnappen, wie du sagtest, schon seit Jahren, und jemand, Vater oder Michael, wobei mir vorher nie aufgefallen war, wie ähnlich ihre Stimmen klangen, sagte, aber ich habe dich darum gebeten, und du sagtest, was soll ich denn machen. Und die dritte Stimme sagte, so kann man nicht weiterleben, und du sagtest, seelische Mißhandlung, und die zweite Stimme flehte, genug jetzt, und plötzlich fingst du an zu lachen, ein schreckliches, beängstigendes Lachen, oder war es ein Schluchzen, und ich verkroch mich unter der Decke und verstopfte mir die Ohren, und als ich sie wieder aufmachte, war es ruhig, und dann hast du gesagt, entscheidet ihr, und mir schien, es war Vater, der sagte, Schluß damit, und dann habt ihr ganz leise weitergeredet, und ich verstand überhaupt nichts, wie eine Sprache ohne Worte, wie der Regen, der wieder eingesetzt hatte, und plötzlich fingst du wieder an zu weinen oder schrecklich zu lachen, und ich hörte jemanden auf den Tisch schlagen, und die zweite Stimme schrie, du bist ein Schuft, und die dritte Stimme sagte, primitiv, und die zweite Stimme schrie weiter, Herumtreiber, man hätte dich schon längst ins Gefängnis stecken sollen, Verbrecher, und die dritte Stimme schrie, ich könnte dich umbringen. Und ich zitterte unter der Decke vor Kälte und hörte das Klacken deiner Absätze, und jemand schrie, Ilona, was machst du, und plötzlich war ein entsetzlicher Knall zu hören und danach Stille, und dann kam wieder dieses Lachen, schwoll an, verebbte und brach wieder los, immer wieder, und ich schloß die Augen und betete im stillen heftig, daß dem neuen Fernseher nichts passiert war, und dann hörte ich, wie die Wohnungstüre aufgemacht und zugeschlagen wurde, und Füße rannten die Stufen hinunter in den krachenden Donner und die grellen Blitze hinaus.

Am nächsten Morgen erwachte ich, und das Fenster war blauer Himmel, und ich dachte, vielleicht war alles gar nicht wirklich passiert, und ich stand auf und ging im Nachthemd ins Wohnzimmer, und alles war sauber und ordentlich, der Tisch stand braun und gleichgültig wie immer in der Eßecke, als ob gestern kein festliches Abendessen gewesen wäre, und Otek hatte den Fernseher schon eingesteckt und die Antenne ausgerichtet und drehte an den Knöpfen, obwohl es noch kein Programm gab, und ich ging in die Küche, wo du beim Frühstück saßest und das ganze Huhn, das Vater von gestern übriggelassen hatte, in kalten Fetzen abgerissen und mit den Händen gegessen hast, mit großen Bissen, und an den Knochen saugtest, und Vater lehnte am Kühlschrank und flehte, genug, Ilona, genug, hör auf, aber du hast ihm nicht geantwortet und warst mit dem Huhn beschäftigt, und er verließ die Küche, ohne mich anzusehen und ohne guten Morgen zu mir zu sagen, und ich sah dir eine Zeitlang zu und fragte, Michael, und du hast deine Augen, hart und knochentrocken, zu mir erhoben und mit fett glänzendem Mund gesagt, Michael kommt nicht mehr zu uns. Und ich rief, das stimmt nicht, du lügst, rannte in mein Zimmer, knallte die Tür zu, verkroch mich unter der Decke und blieb den ganzen Tag dort. An jenem Sabbat gingen wir Hanna und Menachem nicht besuchen, denn du fühltest dich nicht gut und erbrachst dich den ganzen Nachmittag, und ich war richtig froh, denn so mußte ich nicht mit Menachem darüber reden, was am Donnerstag in seinem Laden passiert war.

Es ist unbequem auf dem Klappbett zwischen den kalten steifen Laken mit dem sterilen weißen Geruch. Die Nachtschwester hat ihr Bestes getan, fast als wäre ich krank, mit leichter Bitterkeit darüber, daß ich es nicht bin. Ich sollte versuchen, ein bißchen zu schlafen. Die Dunkelheit zählen. Wieviel Uhr es wohl ist. Zehn Minuten Differenz zwischen einem Reich und dem anderen. Es ist zwölf Uhr fünfundzwanzig. Wieviel Uhr ist es. Fünfundzwanzig vor eins. Wieviel Uhr. Viertel vor... Wieviel Uhr. Drei vor. Wieviel Uhr. Genau eins. Also können wir jetzt zu Mittag essen. Ja, können wir. Während des Essens hast du geschwiegen. Gekaut. Geschluckt. Gekaut. Geschluckt. Schweigend. Dann hast du wieder auf deine Uhr gesehen und mich nach der Zeit befragt, und ich schaute auf meiner kleinen Mickey Mouse nach, der zwei Zeiger aus der schwarzen Nase wuchsen – die mir Michael einmal mitgebracht hatte und die ich seitdem an einem weißen Plastikarmband am Handgelenk trug, und alle in der Klasse beneideten mich darum, bis sie eines Tages verlorening –, und ich sagte, zwanzig Minuten vor zwei. Und einmal im Jahr, ein paar Tage nach Schulbeginn, kam die Postkarte. Auf der einen Seite ein Farbbild, jedes Jahr aus einem anderen Land. Auf der anderen Seite rechts eine Briefmarke, aber eine israelische, ein Sonderdruck, und links stand immer das gleiche geschrieben – gutes neues Jahr, Glück und Gesundheit euch allen, Michael. Ich holte die Postkarte aus dem Briefkasten, wenn ich von der Schule heimkam, preßte sie, kühl und glatt, an meine Wange und roch den Duft des Auslands, steckte sie zwischen die übrigen Briefe und Rechnungen, die gekommen waren, und gab sie dir vor dem Mittagessen. Es war halb eins, aber du hast nicht gefragt. Danach verschwand die Postkarte, und ich sah sie nie wieder.

Nachdem wir die erste Postkarte erhalten hatten, aus der Schweiz, mit strahlend weißen Bergen, wie Vanilleeiskugeln, über dem Vierwaldstättersee, in dem die Schwäne wie Plastikenten in der Badewanne aussahen, starb Ben-Gurion.

und in der Schule sprachen sie die ganze Woche von nichts anderem, was für ein großer Mann er gewesen war, und Vater hörte auf, mit uns zusammen zu Abend zu essen, wir aßen still, während im Hintergrund das *Abendjournal* lief, das er sich anhörte und gleichzeitig die Zeitung las, und erst wenn wir fertig waren, ging er in die Küche, schnappte sich hastig, im Stehen, direkt aus der Pfanne ein Omelett, denn seit jenem Huhn hast du kein Fleisch mehr ins Haus gebracht, und in diesem Jahr hast du angefangen, in Hausschuhen von Zimmer zu Zimmer zu schlurfen, in einem alten Flanellmorgenmantel, zwischen den Fingern eine der Zigaretten, die du in letzter Zeit zu rauchen begonnen hattest, und draußen zogst du deine schönen Kleider an, die schon aus der Mode gekommen waren, doch zum Geschäft der Müller-Fräulein gingen wir kein einziges Mal hinunter. Und im Jahr darauf kam eine Postkarte mit einem weißen Flugzeug auf blauem Grund, die Fernsehserie *Hawaii Five-O* begann, an der ich besonders die Melodie liebte, mit den gewaltigen Wellenbergen, die mir immer wieder den Atem raubten, und nachdem du mich ein letztes Mal gefragt hattest, wieviel Uhr es war, und Mickey Mouse gesagt hatte, daß es zehn war, bist du schlafen gegangen, und Otek und ich zwangen uns wach zu bleiben, um *Steve McGarvett* zu sehen, den Vater nicht sah, denn er ging jetzt fast jeden Abend weg und kam sehr spät zurück, wenn alle schon schliefen, außer mir, denn ich konnte nicht eher einschlafen, bis ich ihn hereinkommen und das Sofa im Wohnzimmer herrichten gehört hatte, aber vielleicht hat er es woanders gesehen. Und einmal kam ich am Mittag von der Schule und holte die Post heraus, die nur aus der Stromrechnung bestand, und ging hinauf, und du lagst im Bett mit einem feuchten Geschirrtuch auf der Stirn und über den Augen und rauchtest eine Zigarette, und ich sagte, es ist Post da, und dann sah ich, daß Vaters Wäsche und Sockenschublade offenstand und völlig leer war, und nachher kamen die Nachbarszwillinge von unten herauf, um nachzuschauen, wie ein Mädchen aussieht, dessen Eltern sich gerade hatten scheiden lassen, standen da und durchbohrten mich mit ihren Augen wie winzige Reißnägel, aber ich weinte nicht für sie. Erst recht nicht. Und mein großer Bruder Otek, der schon im Gymnasium war, kam und sagte zu ihnen, unsere Mutter sagt, ihr sollt jetzt gehen, denn sie erlaubt niemandem, zwischen zwei und vier zu kommen, worauf sie gingen. Und in dem Jahr, in dem wir aus Amerika die Karte mit Popeye dem Seemann bekamen, den wir jetzt viel öfter als Mickey Mouse im Fernsehen sahen, verließ Otek das Haus und zog in einen Kibbuz im Galil, und Großvater verlegten sie aus einem Altersheim in ein Pflegekrankenhaus, wohin du mich nie mitnahmst, um ihn zu besuchen, und selbst kaum jemals hingegangen bist, aber ich hatte Sehnsucht nach ihm, und so fuhr ich eines Tages mit dem Autobus direkt nach der Schule dorthin, durchquerte den leeren, vernachlässigten Garten, öffnete die schwere Glastür und stand in einer warmen, stickig scharfen Wolke von Urin und Hühnersuppe, versuchte, so wenig wie möglich zu atmen, und suchte Großvater unter den Greisen, die am Tisch saßen und sich mühten, den zitternden Löffel zum Mund zu bringen, ohne etwas zu verschütten, denn es würde keine andere Suppe geben, doch mein Großvater befand sich nicht darunter. Ich stieg die Treppe ins erste Stockwerk hinauf, wo die Alten lagen, die nicht einmal mehr versuchen konnten, allein zu essen, braun und verschrumpelt wie zerknitterte Packpapiertüten, transparente Plastikschläuche wuchsen aus ihnen heraus, sie seufzten und murmelten sanfte, tröstliche Laute in einer Sprache ohne Worte, der Sprache der Seele, vor sich hin oder debattierten mit Gott über ihr Leben oder schwiegen und warteten geduldig, wissend, daß die hohe weiße Decke der letzte Anblick ihres Lebens sein würde, wie eine Kinoleinwand, wenn der Film zu Ende und der Projektor noch nicht ausgeschaltet ist. Ich wanderte von Bett zu Bett und versuchte, unter all den gleichen vogelartigen Gesichtern meinen Großvater auszumachen, und neben einem Bett blieb ich länger stehen, denn ich dachte, vielleicht ist er das, aber als der Greis die Augen öffnete, waren sie braun, und ich sah, daß es jemand anders war. Es gab keinen Namen an den Bettgestellen, also ging ich zu einer der Schwestern und fragte, bitte, wo ist Aharon Grün, und sie zeigte auf einen Greis im Rollstuhl und sagte, da, neben der Tür, und ich näherte mich ihm, und er sang mit kreischender Stimme –

> *Jomme, jomme, schpil mir a lidele,*
> *wos dos maidele wil.*
> *Dos maidele will a klaidele hobn,*
> *mus men gain zum schneider sogn.*
> *Nain, mameschi, nain,*
> *du kenst mir nischt farschtain.*

– und klopfte mit tattriger Hand wie ein blindes Tier im Takt dazu auf die Armstütze und erkannte mich nicht, denn er war es gar nicht. Ich ging zu der dicken Schwester mit der Brille, die hinter der braunen Theke stand, und sagte, bitte, wo ist Aharon Grün, und fügte stolz hinzu, er ist mein Großvater. Sie schlug ein dickes Heft mit schwarzem Kartondeckel auf und sagte, Aharon Grün, ach, der ist gestorben. Und ich fragte, wann, und sie sagte, sie glaube, gestern, sei aber nicht sicher, und blätterte in ihrem Heft, das absolut nicht ordentlich aussah, hielt inne und sagte, Aharon Grün, ja, nein, anscheinend ist er doch noch nicht tot. Er ist hier in unserem Sterbebuch nicht verzeichnet. Wo ist er dann, flüsterte ich im grellen Neonlicht in dem langen Gang zwischen den weißen, von Suppen und Urindämpfen verfleckten Wänden, zu der scharfen Linie hin, die mit zwei spitzen Enden wie die Ohren eines Tieres die weiße Haube der Schwester umriß, die ihren riesigen Busen, in der weißen Uniform eingekerkert, über das schwarze Buch auf der Theke legte und einer zweiten Schwester am anderen Ende des Korridors zurief, erinnerst du dich an Grün, der mit dem – und sie sagte ein paar komplizierte Wörter im Krankenhausjargon, die ich nicht verstand, und die Schwester schrie zurück, der, ja, den haben sie heute früh in kritischem Zustand ins Rambam verlegt, nicht mehr bei Bewußtsein, soll ich dir eine Tasse Tee machen, und die Schwester, die für das Buch der Toten zuständig war, rief, ja, danke, und zu mir sagte sie, er ist nicht da, versuch's mal im Rambam. Ich rannte die endlosen Stufen hinunter, bahnte mir einen Weg durch die fast greifbare Luft, flog mit keuchendem Atem den ganzen Hang hinauf bis nach Hause, ging nicht mehr ins Rambam-Krankenhaus und erzählte dir nichts davon, doch jetzt hattest du zwei Todestage im Jahr, und die Gedächtniskerzen brannten im Abstand von einem Monat auf dem Fernseher, und Hanna und Menachem, deine Tanten und Onkel aus Rechovot und Rischon Leziyon und Petach Tikva, die noch am Leben waren, kamen nach dem Besuch auf dem Friedhof nicht mehr zu uns, vielleicht, weil es kein Teeservice mehr gab.

Und in dem Jahr, in dem wir das prunkvolle Versailler Schloß bekamen, dessen Turmspitzen sich in den blassen Himmel bohrten, hast du mich in den Ferien zu Tante Naomi nach Tel Aviv geschickt, damit du dich erholen konntest, und ich freute mich, denn sie hatte auch Coca Cola im Kühlschrank und nicht nur Orangeade und auch ein paar Bücher, die ich noch nicht gelesen hatte, *Das doppelte Lottchen* und *Kleine Frauen* in einem roten Einband, bei dem ich vor allem Jo liebte, die am Schluß den deutschen Professor heiratet, und es gab auch kleine, ziemlich zerfledderte Taschenbücher, offenbar von dem Ehemann, den sie einmal gehabt hatte, mit Geschichten von dem Lagerkommandanten, der die schöne Gefangene auszog und zwang, auf allen vieren im Schnee zu kriechen, und sie mit der Peitsche schlug, und am Abend, vor dem Einschlafen, schlug ich *Kleine Frauen* auf, doch drinnen hatte ich einen dieser Groschenromane, die ich mit Grausen und brennender Neugier las, nur an Mittwochabenden las ich nicht, denn da kam im Fernsehen *Ironside*. Und am Morgen, wenn ich auf die breite Straße hinunterging, die mit großen Bäumen beschattet war, deren Kronen runde schwarze Früchte abwarfen, die den Gehsteig befleckten, erinnerte ich mich daran, wie ich früher, als ich klein war und noch Lackschuhe hatte und viele Dinge nicht wußte, immer sehr achtgab, um nicht auf die dunklen Spalten zwischen den großen grauen Gehsteigplatten zu treten, und immer froh war, nach Haifa zurückzukommen, bloß weil die Bürgersteige dort aus einem Stück bestehen und man sich nicht vor der Dunkelheit fürchten muß, die ruhelos darunter lauert, ständig auf der Suche nach Breschen, um aus ihrem Reich in unsere Welt, die Welt des Lichts, hinaufzukriechen.

Und in dem Jahr der goldgelben Löwenfamilie von der Safari in Nigeria fing ich an, die Zahlen auf den Autobusfahrkarten zusammenzuzählen und den Zahlenwert der Buchstaben plus die Autobusnummer abzuziehen, der Dreiundzwanziger zur Schule und der Neunzehner zu den Pfadfindern, und komplizierte Gematrie-Berechnungen anzustellen, um am Ende auf den ersten Buchstaben des Namens des Mannes zu kommen, den ich heiraten würde. Und eines Abends, als ich mit einem Zukünftigen, dessen Name mit M begann, von den Pfadfindern zurückkehrte, kamen Hanna und Menachem zu uns, denn wir besuchten sie fast überhaupt nicht mehr, weil du keine Kraft dazu hattest, und Menachem gab dir seine letzten Dächer-und-Himmel, und ein paar Tage später fiel er in seinem kleinen Laden in der

Herzlstraße um und starb dort zwischen der farbigen Wäsche, und Hanna begrub ihn und fuhr zu ihrem Sohn nach Amerika und nahm alle Kekse der Welt mit sich.

Und in dem Jahr, in dem die dunkelhäutige Brasilianerin mit den lachenden nackten Brüsten bei uns eintraf, auf deren Rücken eine gewöhnliche israelische Briefmarke klebte, standest du von deinem Nachmittagsschlaf auf und hast gefragt, wieviel Uhr ist es, worauf ich sagte, vier, und du aus der Schublade, in der früher Vaters Unterwäsche lag, zerknitterte braune Papiertüten zogst, in denen Packen alter Fotografien waren, dich ins Wohnzimmer gesetzt und sie nach Ereignissen und Daten in Alben eingeordnet hast, dann wieder nach den Personen auf den Bildern, wieder alles umgeworfen und neu geordnet hast, und Großvater und Großmutter, deine Eltern, Menachem und Hanna, Michael und Vater, Otek und ich und du selbst, alle gewahrten die schwarzen Ringe, die dir jemand unter die müden grünen Augen gemalt hatte, wie staubige Kiefern am Ende des Sommers, und deine Lippen zogen sich nach innen vom Saugen an der Zigarette, deren Rauch kräuselnd aufstieg und dein Haar ergrauen ließ, während wir dir alle zulächelten. Und Otek, der manchmal am Sabbat aus dem Kibbuz kam, drückte dich an seine breite Brust, und du legtest dein Gesicht an sein blaues Hemd, und er neigte seinen schweren Kopf, und seine Wange, auf der immer schwarze Bartstoppeln sprossen, berührte dein Haar, und er sagte mit seiner rostigen Stimme, die wie das Geräusch der Maschine klang, mit der er in der Schlosserei arbeitete, spielst du wieder Patience mit den Familienbildern. Und du hast den König und die Königin, den Joker und alle anderen in die braunen Papiertüten gepackt und bist gegangen, um ihm schwarzen Kaffee in der großen Porzellantasse zu machen, die wir dir einmal gemeinsam zum Geburtstag gekauft hatten und auf der geschrieben stand, Der besten Mutter, und Otek trank den Kaffee mit großen Schlucken, blieb bis abends, sah sich zusammen mit uns *Archie Bunker* an, und nach dem Spiel der Woche fuhr er in seinen Kibbuz zurück. Und eines Samstagabends, nachdem er gegangen war, schlug ich die Zeitung »Ma'ariv« auf, die ich noch nicht zu Ende gelesen hatte, und da stand, daß Eli Maisels im Alter von neunundzwanzig gestorben war.

Und vor zwei Jahren kam ich eines Tages direkt von der Arbeit zu dir und holte die Post heraus, und da war die Ansichtskarte, auf der eine kniende Japanerin in der traditionellen Kleidung einer Geisha abgebildet war, und wie mir scheint, auch ein Krug mit Kirschblütenzweigen, aber ich erinnere mich nicht mehr genau, denn auf der Rückseite stand anstatt »Ein glückliches und gesundes neues Jahr euch allen«, »Ein gesundes und glückliches neues Jahr«, und ich dachte, vielleicht sollte man sich Sorgen um Michael machen, und lachte in mich hinein, und damals hast du schon fast nichts mehr gegessen, und ich sagte immer, geh zum Arzt, und du, in Ordnung, aber du bist nicht gegangen, und in der Nacht schliefst du nicht, und während ich die Stufen hinaufstieg, dachte ich, wenn ich dir die Postkarten nicht all diese Jahre gegeben hätte, vielleicht wäre alles anders gewesen, und du lagst im Bett, und ich legte die Post neben dich, und du hast gefragt, wieviel Uhr ist es, und ich sagte drei Viertel drei, und danach kamen keine Karten mehr von Michael.

Und in einer von jenen Nächten, als Alexis Krystle vom Pferd warf und Blake außer sich vor Sorge war, hast du das Bewußtsein verloren. Gleich werden sie hier den offiziellen Morgenbeginn verkünden, lange bevor der Morgen draußen zu erwachen beschließt, und eine Parade von Metallwägelchen wird auffahren, unter Geratter von Geschirr, Flüssigkeiten und Fieberthermometern in den kalten Gängen, nackt und bloß im ewigen Neonlicht. Und ich werde still das Zimmer betreten und mit angstvoller Sehnsucht dein Gesicht suchen, das in meiner Erinnerung immer so lächelt wie auf dem Foto am Strand von Bati-Galim, und da bist du, aus weiter Ferne zu mir zurückgekehrt, und ich werde das neue grüne Hemd und die Mozartkugeln, die in der roten Schachtel übriggeblieben sind, und die Bilder auf den Nachttisch neben dein Bett legen, und ich werde deine Hand nehmen, die warm sein wird oder kühl wie damals im Winter, als wir die Herzlstraße entlangrannten, und ich werde dich küssen, wann habe ich dich je geküßt, und ich werde sagen, Mama, und du wirst mich fragen, wieviel Uhr ist es, und ich werde dir antworten, Viertel nach sechs in der Früh, und vielleicht werden wir den zerfallenden Donner und den sanften Regen hören können, der wie zum Trost auf die Welt niedergehen wird.

Das Meer wird geschlossen

Der Autobus nach Tel Aviv hielt auf dem Carmel im oberen Zentrum von Haifa, nahm Ilana und drei weitere Fahrgäste in sich auf und setzte seine Fahrt fort. Nur das Mädchen im rosa Bikini blieb an der Haltestelle zurück, für immer schön und lächelnd. Oder so lange, bis es jemandem einfallen würde, ihm einen schwarzen Zahn oder einen Schnurrbart anzumalen, dachte Ilana. Sie zahlte beim Fahrer und sah sich im Businneren um, in der Befürchtung, jemanden zu treffen, der sie kannte. Nachdem sie ihr Wechselgeld erhalten hatte, bahnte sie sich einen Weg durch die Pakete und Taschen und setzte sich auf den vorletzten Platz von rechts, ans Fenster, so daß sie, wenn sie vom Berg herunterkommen und abbiegen würden, das Meer sehen könnte. Wie üblich legte sie ihre alte braune Handtasche auf den Sitz links neben sich, um die Chance zu verringern, daß sich jemand dort hinsetzen wollte, doch sofort besann sie sich und legte sie auf ihre Knie, aber keiner der Fahrgäste, die nach ihr einstiegen, suchte sich den Platz neben ihr aus. Trotzdem hielt sie die Tasche weiterhin eng an ihren Bauch gedrückt und blickte hinaus, und ihre dünnen blassen Finger mit den kurzgeschnittenen Nägeln öffneten und schlossen den Reißverschluß, ohne es zu merken. Der Autobus ratterte den Abhang zum Meer hinunter, passierte das Erholungsheim mit seinen ausgedehnten Rasenflächen und bunten Liegestühlen zwischen den Kiefern, und am Ben-Jehuda-Hotel, vor der Kurve, von der aus man auf einmal das ganze Meer zu Füßen des Berges ausgebreitet sehen konnte, als wäre es nicht schon die ganze Zeit über dagewesen, erkannte sie den gelben Haarturm von Ronits Mutter drei Sitze vor ihr und sagte sich, oje, wie konnte ich sie nur bis jetzt übersehen. Sie hat mich bestimmt bemerkt und wird mich beim Direktor anschwärzen. Der Direktor, mit dem sie etwa eine Stunde zuvor am Telefon gesprochen hatte, hatte skeptisch geklungen, obwohl es das erste Mal in ihren sieben Arbeitsjahren an seiner Schule war, daß sie einen Tag fehlte, vielleicht aber auch gerade deswegen. Grippe? Zwei Wochen vor den Sommerferien? hatte Abraham verächtlich und mißtrauisch gefragt, und sie verstand selbst nicht, woher sie die Frechheit nahm, in der Schule anzurufen, die plötzlich nicht mehr ihre Schule war, sondern sich in eine Art terroristisches Ermittlungsinstitut verwandelt hatte, dem die ausgeklügeltsten Mittel zur Verfügung standen, um sogar per Telefon herauszufinden, daß sie log, obschon ihr in ihren ganzen dreißig, im nächsten Monat einunddreißig Jahren niemals eine Unwahrheit über die Lippen gekommen war. Dennoch hatte sie mit tauben Fingern und Mühlsteinen im Bauch gewählt und mit Schoschana, der Sekretärin, gesprochen, die ihr mit gereizter Ungeduld gute Besserung gewünscht hatte, und mit Abraham, der murrte, daß er keinen Ersatzlehrer habe, und ihr streng mitteilte, daß sie den Vortrag des stellvertretenden Leiters des Schulamtes der Stadtverwaltung über das Integrationsproblem versäume, der nach der fünften Stunde im Turnsaal stattfinden würde, und am Schluß nahm seine Stimme einen unangenehm intimen Tonfall an, als er sagte, nu, dann leg dich ins Bett, Ilana, und werd gesund. Damit war sie frei, so empfand sie es, als sie den goldenen Staub betrachtete, der schräg durch die Schlitze der Fensterläden rieselte und auf dem Fußboden zu einer riesigen Münze verschmolz, und dann zog sie sich die leichte Decke über den Kopf, wie sie es an den Ferienmorgen in ihrer Kindheit immer getan hatte, und rollte sich zu einem blinden Knäuel Wohlbehagen zusammen, bis sie es nicht mehr aushielt und aufstand, um aufs Klo zu gehen und sich zu waschen, und dann zog sie das weite geblümte Kleid mit den dünnen Trägern an und blickte in den Spiegel. Sie versuchte, sich vorzustellen, wie sie in Tamis Augen aussehen würde, die sie über zweieinhalb Jahre nicht gesehen hatte, weil Tami mit ihrem Mann Joel in Los Angeles gewesen war und sofort nach ihrer Rückkehr mit der Arbeit an einer Werbespotserie und danach mit Proben zu einem neuen Theaterstück begonnen hatte, und Ilana hatte ihre Stimme immer in Hebräisch und Englisch auf dem automatischen Anrufbeantworter hören können und fast flüsternd gesagt, hier ist Ilana, oder, Ilana hat angerufen, aber nach ein paar Wochen hörte sie auf, Nachrichten zu hinterlassen, denn sie begriff, daß Tami in letzter Zeit so beschäftigt war, daß sie sie nicht zurückrufen konnte. Und heute morgen, als sie früh anrief, noch bevor sie mit der Schule telefonierte, hatte sie sie aus dem Schlaf geholt, aber es schien trotzdem, als freute sich Tami sie zu hören, denn sie sagte mit verschlafener Stimme zu ihr, sie sei tagsüber im Theater, aber Ilana könnte am Nachmittag zu ihr kommen, und sie vereinbarten um fünf. Ilana lächelte ihrem Gesicht im Spiegel zu und sagte zu sich selbst, du hast dich überhaupt nicht verändert all die Jahre, und sie bemerkte ein neues Blitzen in ihren großen braunen Augen, die hinter den dicken Brillengläsern glänzten, und die Röte, die ihre für gewöhnlich blassen Wangen überzog, und ihre Lippen waren heute nicht rissig, und ihr dünnes, fahlbraunes Haar schien ihr voller und glänzender, und plötzlich war sie sogar mit ihrem mageren Körper zufrieden, an dem kaum Brüste wahrnehmbar waren, und mit ihren Streichholzbeinen, denn sie erinnerte sich, wie Tami sie neidisch angeschaut hatte, als sie zwölfjährige Mädchen gewesen waren und in rosa Helanca-Anzügen mit hochgebundenen Haaren vor dem großen Spiegel in Frau Valentina Archipova-Grossmans Ballettstudio standen, die in den dreißiger Jahren eine berühmte Primaballerina in Moskau gewesen war, bis sie einen Juden heiratete, mit ihm nach Haifa ging und das Studio in der Massadastraße 37 aufmachte, von dem man sagte, daß es nur zur Tarnung diente, denn sie und ihr Mann wären in Wirklichkeit russische Spione. Einmal hatten Tami und sie sogar versucht, sie zu verfolgen, als sie zu ihrem regelmäßigen Freitagnachmittag-Spaziergang aufbrachen. Die Archipova, aufrecht und vornehm in einem langen schwarzen Satinkleid, trug einen hohen Hut, von dem kokett eine grüne Traubendolde über ihren dunklen Haarknoten herabbaumelte. In ihrer einen Hand, die in einem weißen Spitzenhandschuh steckte, hielt sie einen orangen Sonnenschirm, und ihr zweiter Arm war bei ihrem hochgewachsenen Mann in schwarzem Anzug und Zylinder eingehakt, der einen schwarzen Stock mit einem in Form eines Teufelskopfes geschnitzten Knauf in der Hand hielt. Sie gingen gemächlichen Schritts, als kutschierten sie mit einer Droschke, von ihrem Haus in der Hillelstraße zum UN-Boulevard, wo sie einbogen und an den verschlossenen Toren des stillen Bahaigartens entlanggingen, und nur ihre rhythmischen Schritte waren am steilen Hang zu hören, der zu dieser Stunde von Silberhimmel und erregender Farbenpracht über dem Meer menschenleer war, und dann schloß die Archipova ihren Sonnenschirm, und sie wurden von einem der Seitentore des persischen Gartens verschluckt, und im gleichen Augenblick verdunkelte sich das Gold der Tempelkuppel, wurde düster und schwarz, und Tami und Ilana zogen ihre Köpfe zwischen den schwarzen Gitterstäben der Einfriedung heraus und rannten bis zum Hangende, und als sie sich auf die grüne Bank an der Autobushaltestelle setzten, sagte Tami keuchend, das war's, jetzt ist es sicher. Und sie beschlossen, es niemandem zu erzählen, denn man würde ihnen sowieso nicht glauben. Und am Sonntag nachmittag tauschten sie während der Stunde zwischen dem plié, glissé und port-debras Blicke aus, und die Archipova schrie sie in ihrem komischen Hebräisch zu den Klavierklängen an, fuchtelte drohend mit dem schwarzen Teufelskopfstock, den sie sich immer von ihrem Mann, dem Spion, auslieh, um damit auf nicht durchgedrückte Knie oder Zehen zu schlagen, die sich nicht spitzen wollten. Ilana hatte plötzlich der Gedanke entsetzt, daß die Archipova vielleicht wußte, daß sie ihnen auf die Schliche gekommen waren, aber auf dem Heimweg, in der alten Carmelbahn, beruhigte Tami sie und sagte, woher denn, das kann gar nicht sein, und dann streckte sie sich und betrachtete ihr Bild, das sich in der großen Fensterscheibe des Waggons widerspiegelte, der schnell durch den dunklen Tunnel sauste, und sagte seufzend, ich werde nie eine Tänzerin sein, ich bin viel zu fett, was für ein Glück für dich, daß du so dünn bist. Und Ilana betrachtete verstohlen Tamis Brüste, die mit ihren dunklen Nippeln wie zwei kleine Pflaumen schon gut durch den rosa Balletttanzug zu sehen waren, und ihre Hüften, die sich zu runden begannen, und sagte nichts. Sie lächelte jener Tami, Tami, dem Mädchen, im Spiegel zu, den frechen blauen Augen, den lachenden schwarzen Locken und den Lippen, die immer rot waren, als hätte sie Himbeersaft getrunken, und beschloß, sich ihr zu Ehren ein bißchen zu schminken, obwohl sie glaubte, daß ihr Schminke nicht stand, und wußte, daß die Farben bis fünf verblaßt sein würden und sie sie erneuern müßte, aber seit dem Augenblick, in dem sie das Treffen vereinbart hatten, machte sie alles, als stünde Tami schon im Zimmer neben ihr und beobachtete sie. Danach öffnete sie den Fensterladen und stand barfuß auf dem Balkon, um den Sommer zu riechen, der durch die Zweige der großen Kiefer, zwischen den reifen Zapfen, klebrig von Harz, auf sie einströmte, eine unsichtbare Turteltaube sandte ihr rhythmisches, sehnsuchtsvolles Gurren durch die klare Luft über dem Wadi, und ein Meer von Zeit lag vor ihr. Ilana wußte, wie sie diesen gestohlenen Ferientag nutzen würde, keine Minute davon durfte sie vergeuden. Zuerst das Frühstück. Heute würde sie auf dem Balkon essen, sich nicht mit einem Marmeladebrot und einer Tasse Nescafé begnügen, woraus normalerweise ihr Frühstück bestand, bevor sie in die erste Unterrichtsstunde hetzte, sondern sie würde sich ein Spiegelei machen, einen Salat mit Hüttenkäse, ein Käsebrot und sich am Schluß, zum Kaffee, ein Stück von dem Honigkuchen genehmigen, den ihre Mutter ihr am Sabbat trotz ihrer Proteste mitgegeben hatte. Dann würde sie mit dem Expreßbus nach Tel Aviv fahren, der um neun vom Carmel-Center abfuhr, dann ein wenig spazierengehen, sich in ein Café setzen und die Leute betrachten, denn an einem Ferientag mußte man nicht alles so genau planen und konnte Platz für Überraschungen lassen. Danach würde sie sich etwas Schönes zum Anziehen kaufen gehen für das Treffen, vielleicht im Diezengoff-Center, wo sie noch nie gewesen war und von dem alle sagten, es sei phantastisch, genau wie in Amerika. Sie war zwar vor ungefähr einem Jahr in Tel Aviv gewesen, zur Hochzeit ihrer dreiundzwanzigjährigen Cousine, obwohl sie nicht hingehen wollte, weil sie befürchtete, daß alle sagen würden, nu, wann ist es bei dir soweit, doch ihre Eltern baten sie inständig darum, also fuhr sie mit, und niemand sagte irgendwas zu ihr. Auch vor zweieinhalb Jahren war sie in Tel Aviv gewesen und hatte eigens geplant, sich das Center anzuschauen, aber am Ende hatte es geregnet, und sie verbrachten den Abend bei Tami. Sie aßen ein gutes Abendessen, das Joel gekocht hatte, und tranken viel Wein, und Tami redete mit ihrer üblichen atemlosen Begeisterung von dem neuen Stück, in dem sie mitspielte, *Die Möwe*, von Tschechow, den Ilana liebte und von dem sie in der Schule einige seiner Erzählungen durchgenommen hatte. Tami sagte, sie habe eine zu kleine Rolle bekommen, ihrer Meinung nach gebühre ihr die Hauptrolle, die der Nina, und dann, erinnerte sich Ilana, stand sie abrupt auf und verließ das Zimmer. Ilana spähte hinaus und stellte fest, daß der Autobus die öffentlichen Badestrände, die vor Sonnenschirmen, Menschen, den Pfiffen der Strandwächter und bunten Surfbrettern wimmelten, hinter sich gelassen hatte und nun den öden Küstenstreifen entlangpreschte, der der Aufsicht trauriger Warnschilder und kreischender, scharfäugiger Möwen überlassen war. Der gelbe Haarturm vor Ilana wippte leicht mit den schlingernden Fahrtbewegungen, bis er auf die rechte Seite kippte, und Ilana sah die Ansichtskarte vor sich, die ihr Tami, auf dem Weg nach Amerika, aus Pisa geschickt hatte, und sie lächelte und sagte sich, wovor hast du denn eigentlich Angst. Sie richtete ihren Blick auf die Tür, und Tami stürzte ins Zimmer, mit einem langen blauen Krinolinenkleid, ihre Locken zu einer altmodischen Frisur hochgesteckt, mit blitzenden Augen und geröteten Wangen, und sie war Nina, die gerade mit einer Droschke, im schnellen Galopp durch den Schnee, angekommen war und in Kostjas Zimmer stürzte. Die Worte schwebten schmerzhaft aus ihrem Mund wie verwundete Möwen, und am Schluß vergoß sie sogar echte Tränen. Ilana hatte das Gefühl, daß sich etwas höchst Magisches vor ihren Augen abspielte, wie in den Schulaufführungen, wenn Tami auf der Bühne erschien und plötzlich jemand anders war und Ilana in der ersten Reihe zwischen den Eltern und Gästen saß, den Blick auf die Freundin gerichtet, deren glasklare Stimme und leuchtendes Gesicht den großen Raum der Turnhalle erfüllten, und tiefe Bewegung in ihr aufwallte. Seit jenen Schulaufführungen und seit Tami in ihrer blauen Schultracht in der großen Pause auf das Pult geklettert war und ihr kindliches Gesicht zu einer Grimasse verzogen hatte, bis sie wie Miss Moses, die bösartige Englischlehrerin, aussah, ihre kreischende Stimme imitiert und mit spitzem Finger auf einen Schüler gedeutet hatte, um ihn an die Tafel zu beordern, und alle gelacht und geklatscht hatten – seitdem hatte sie ihre Freundin nicht mehr auf der Bühne gesehen. Joel umarmte sie und sagte, sie hätte wunderbar gespielt, und natürlich verdiente sie die Hauptrolle, und Ilana wollte sie bitten, vielleicht lädst du mich einmal ein, um das Stück zu sehen, aber Tami wischte sich ihre Tränen am Hemdsärmel ihres Mannes ab und sagte, ich bin jetzt müde, gehen wir schlafen, und sie sagte doch nichts. Tami richtete ihr das Sofa im Wohnzimmer her, sagte gute Nacht, betrat hinter Joel das andere Zimmer und schloß die Tür, und Ilana zog das Flanellnachthemd an, das in dem kleinen blauen Koffer mit dem El-Al-Anhänger gefaltet lag, legte sich hin und zog die dicke Decke über den Kopf, um keine Geräusche aus dem Schlafzimmer zu hören, aber sie konnte trotzdem lange nicht einschlafen, wegen des Regens, der in die Regenrinne trommelte, und wegen des Katzengeplärrs, das vom Hof aufstieg wie das Geschrei kleiner Kinder im Pausenhof. Anat und Nurit schwingen das Seil an beiden Enden, und sie, die Lehrerin, steht in der langen Reihe mit den Mädchen, mit einem sehr kurzen Faltenrock und der blauen Bluse der Schultracht, die ihr viel zu eng ist, und gleich ist sie mit Springen an der Reihe. I-la-na, I-la-na, schreien ihre Schülerinnen, und sie hört das rhythmische Aufklatschen des Seils auf dem kochendheißen Asphalt und weiß, daß ihr die Brille von der Nase rutschen wird und ihre dünnen Beine sie wieder im Stich lassen werden, und wie immer wird sie die ganze Pause hindurch das Seil schwingen müssen, bis ihre Handflächen brennen. Und da ist auch Tami, Tami, das Mädchen, lacht und hüpft, hüpft und lacht der erwachsenen Ilana zu, die das Seil schwingt und für sie bis hundert zählt. Und dann kommt das Klingeln zum Hineingehen, und Ilana setzt sich in ihre Bank, die vorletzte von rechts am Fenster, beugt sich über den viel zu niedrigen Tisch, und Miss Moses kommt mit schnellem Klappern ihrer dünnen Absätze herein und stellt sich hinter das Pult vor die Klasse, hebt ihren Arm, wobei sie krauses, schweißverklebtes schwarzes Achselhaar entblößt, und deutet mit einem langen, rotlackierten Fingernagel auf Ilana und sagt zu ihr »du«. Und Ilana steht auf und geht an die Tafel, hält das Textbuch mit Joyces *Eveline*, die sie daheim gelesen, einstudiert und gut vorbereitet hat, fest umklammert und steht vor ihren Schülern, die sie mit unschuldigen Augen und einem bösartigen Lächeln um die Mundwinkel anblicken, und sie blättert panisch, mit feuchten Fingern, und beginnt mit lauter Stimme zu lesen, doch auf einmal sind ihr die englischen Worte fremd und sie versucht sie Buchstabe für Buchstabe zu artikulieren, aber nur dumpfes Geblöke entringt sich ihrer Kehle.

In der Früh kam Tami in einer Männerpyjamajacke aus dem Schlafzimmer, deren drei offene oberste Knöpfe den weichen Spalt zwischen ihren schweren Brüsten entblößten und die die vollen weißen Schenkel nicht bedeckte, auf denen, wie Ilana sich einbildete, rote Fingerabdrücke zu sehen waren. Und so, schlampig und gelassen, eine undefinierbare Melodie vor sich hin summend und den Geruch nach reifem Käse verströmend, briet ihnen Tami die Eier und deckte den Tisch für ein großes Frühstück. Während sie aßen, die Brotkruste in den Eidotter eintauchten, dachte sie daran, Tami ihren Traum zu erzählen, wie früher, als sie klein waren und in dem Häuschen saßen, das sie sich aus Brettern in der Krone der großen Kiefer in Tamis Hof gebaut hatten, sich wie zwei Katzen in der Sonne wärmten und einander alle Träume offenbarten, an die sie sich extra immer zu erinnern bemühten, damit sie etwas zum Erzählen hatten, bis Tamis Mutter von der Arbeit kam und schrie, kommt runter da, das ist ja lebensgefährlich. Aber Tami fing von ihren Reiseplänen in die USA an, und Ilana genierte sich plötzlich für ihren Traum und erzählte nichts davon. Und wenn sie dann in Tamis Haus gegangen waren, stellten sie sich immer vor den großen Spiegel im Bad, den Ilana liebte, denn bei ihnen gab es nur einen kleinen Spiegel hoch oben in der Tür des Arzneimittelschranks, in dem sie sich nur mit Mühe, auf den Zehenspitzen, sehen konnte, und sie schnitten Grimassen und bemalten sich mit allen Lippen- und Augenstiften von Tamis Mutter. Tami malte sich dünne schwarze Linien unter die Augen und zwei lange von Nase zu Mund, sie sogen die Wangen ein und runzelten die Stirn und versuchten sich vorzustellen, wie sie aussehen würden, wenn sie alt wären, und Tami sagte, wenn wir alt sind, werden wir uns vor den Spiegel im Altersheim stellen und uns erinnern, daß wir, als wir Kinder waren, darüber nachgedacht haben, wie wir ausschauen, wenn wir alt sind. Und Ilana war plötzlich sehr froh, als hätte man ihr etwas Wunderbares versprochen, und sie lächelte Tami zu, die sich mit rotem Lippenstift beschmierte und gewichtig sagte, wenn ich groß bin, werde ich eine Schauspielerin im Theater. Ilana hätte Tami gerne gefragt, ob sie sich an all das erinnere, und wartete nur auf eine passende Gelegenheit in der Unterhaltung, vielleicht wenn Tami aufs Theater zu sprechen käme, aber Tami redete von einem verfügten Ausreiseaufschub, den Joels Exfrau veranlaßt hatte, weil er ihren überzogenen finanziellen Forderungen, die sie an ihn stellte, nicht nachkommen konnte und weil sie ihn haßte und Tami noch viel mehr, die ihr und ihrer kleinen Tochter Joel gestohlen hatte, und Tami nannte sie eine Hexe und eine Giftspinne, und Ilana dachte an die Frau von Schmuel, der ihr Dozent war, als sie an der Universität studierte, in dessen Vorlesungen sie immer in der vordersten Reihe saß, unter der Obhut seines guten Blickes, in dem sie Klugheit und Schmerz zu lesen vermeinte, bittere

Ironie und die Fähigkeit zu lieben, und sie ließ seine warme Stimme, mit der er Agnons Verse las, langsam in ihrer Brust und ihrem Bauch wie in einer Tonne voll süßen Regenwassers widerhallen, und gegen Abend, wenn die herbstliche Luft auf den Höhen des Carmel klar und kühl wurde und die Studentinnen aus ihren Taschen bunte Pullover zogen, die sie für alle Fälle dabeihatten, sich genüßlich darin einwickelten und sich beeilten, fleißig die bedeutungsschweren Worte des Dozenten mitzuschreiben, der seinen Kopf neigte und in sich hineinlächelte wie jemand, der seine eigene Art hat, die Dinge zu sehen, und bisher niemanden gefunden hat, um sie zu teilen, und Ilana das Gefühl hatte, nur sie kenne seine Gedanken, obwohl sie sie nicht in Worte kleiden konnte, und sich auch die Sonne ins Gewand einer wolligen Wolke hüllte, nur die gelbe kahle Scheibe noch hervorschaute, und sich darin versuchte, den gesamten Silberhimmel mit zarten Aquarellfarben aus ihrer kapriziösen Farbpalette zu überziehen, da erfuhr Ilana ein großes, atemberaubendes Glücksgefühl, das mit ungeheurer Geschwindigkeit in ihr pulsierte und keinen Raum für anderes in ihr ließ.

Und eines Abends, nachdem die Vorlesung zu Ende war und alle die Klasse verlassen hatten – das war schon zu Beginn ihres dritten Studienjahres –, trat Ilana an seinen Tisch. Er packte gerade die Bücher in seine alte braune Aktentasche, und sie stand vor ihm, mit erstarrten Fingern und dem Flattern scharfschnäbliger Vögel im Bauch, das sie so häufig im Laufe dieser zwei Jahre erlebt hatte, wenn sie sich während der Vorlesung ihre Beichte vor ihm ausmalte, ihr Blick auf ihm weilte und sie vergaß, seine Worte zu notieren, und wieder im Autobus, der sich durch die Dunkelheit den Weg zum Haus ihrer Eltern tastete, und danach, stundenlang, wenn sie nicht einschlafen konnte und sich, wie in den Wiederholungen der Sportszenen im Fernsehen, immer wieder sah, wie sie an seinen Tisch tritt, während er mit gesenktem

Kopf die Bücher einpackt, und sagt, Schmuel, und er seinen Kopf hebt, und sein Blick, bereits nach innen gewandt, sie langsam erkennt und ein Lächeln für sie entzündet, und sie seinen Namen, der zwei Jahre lang wispernd in ihr darbte, noch einmal laut ausspricht, Schmuel, ich möchte mit dir reden, vielleicht können wir einmal zusammen Kaffee trinken oder spazierengehen, wenn du Zeit hast.

Er blickte sie an, als hätte er es die ganze Zeit über gewußt, und sagte, ja Ilana, und dann fragte er sie, wo sie hin mußte, und schlug ihr vor, sie mitzunehmen, und noch am gleichen Abend saßen sie in einer kleinen Konditorei im Zentrum, und sie trank heiße Schokolade und hielt die Tasse mit beiden Händen, um sie zu wärmen, lehnte es trotz seines Drängens ab, Kuchen zu essen, und sah, wie er seinen breiten Körper in dem grauen Pullover beugte und geräuschvoll den Tee mit Zitrone aus dem dünnen Glas schlürfte, das er zart zwischen seinen großen Fingern hielt, und sie hatte ja gewußt während der zwei Jahre, erahnt aus Tausenden winzigkleiner Bewegungen, genau so würde er den Tee trinken. Draußen begann der erste Regen mit leichten, zögernden Tropfen, wie das Trippeln blutjunger Tänzerinnen, deren Zehenspitzen auf der Bühne ihre Premiere haben. Sie sagte, es regnet, und er betrachtete sie liebevoll und sagte, er habe heute ein wenig Zeit, da seine Frau länger in der Bibliothek arbeite, aber er müsse bald in die Universität zurück, um sie abzuholen. Und Ilana schluckte die viel zu süße Schokolade, die sich schnell zwischen ihren Fingern abkühlte, und sagte nichts. Er setzte sie am Haus ihrer Eltern ab und strich ihr übers Haar, und seitdem hielt sie während seiner freien Stunden in seinem Zimmer oder in der Cafeteria nach ihm Ausschau, und sie gingen im Wäldchen nahe der Universität spazieren und sprachen hauptsächlich über die Bücher, die er ihr lieh, und eines schönen Tages zu Anfang des Winters fuhren sie mit seinem alten Auto spazieren, passierten Daliat el-Carmel und Usafiya und hielten unterwegs bei einer großen Kiefer, und Schmuel holte eine Militärwolldecke aus dem Kofferraum und breitete sie zwischen den Felsen auf dem feuchten, jungen Gras aus, das mit erregtem Summen die Sonne trank, und Ilana legte sich auf die Decke, und er legte sich mit seinem ganzen Gewicht auf sie, bewegte sich über ihr und grunzte wie ein Bär, wand sich, grunzte und seufzte, während sie mit ihren Armen seinen Rücken in dem grauen Pullover umarmte, der warm und schweißfeucht war, und der Himmel war hoch und blau, der Baum dunkelgrün und dicht und die Sonne weiß und starr und tat den Lidern mit Tausenden bunten Nadeln weh, und er grunzte und seufzte weiter, und sie hätte so gerne alle seine Seufzer in sich aufgenommen. Das war ihr erstes Mal, und sie war damals dreiundzwanzig und Schmuel fast zwanzig Jahre älter als sie.

Und die zerstreute, lächelnde Bibliothekarin, die ständig Ilanas Lesekarte verlor, sich entschuldigte, lachte und sie wieder nach ihrem Namen fragte, um ihr eine neue Karte auszustellen, war seine Frau, mit der er zwei Söhne hatte, einer im Gymnasium und einer in der Volksschule, und von jenem Tag an ging Ilana häufig in die Bibliothek und setzte sich so hin, daß sie sie sehen und betrachten konnte, ihr kurzgeschnittenes Haar, das einen zarten, verletzlichen Nacken entblößte, das Grübchen, das in ihrer linken Backe auftauchte, wenn sie lächelte, die Art, wie sie die Zigarette hielt, und ihre festen Waden, wenn sie auf die Leiter kletterte, und nach einigen Tagen konnte sie sie in der Phantasie bereits mit dem jüngeren Sohn, der seine Hausaufgaben machte, am Küchentisch sitzen sehen, ihre gerade, langfingerige Hand auf seiner Schulter, oder wie sie auf dem Sofa im Wohnzimmer liegt und fernsieht, ihre Füße in transparenten Nylonstrümpfen aneinanderreibt, auf Schmuels Oberschenkeln, der neben ihr sitzt, oder wie sie ihm ein

Glas Tee ins Arbeitszimmer bringt, sein breiter Rücken in dem grauen Pullover ist über seine große Forschungsarbeit gebeugt, die hebräische Literatur der Haskala-Epoche, und er hebt seinen müden Blick zu ihr auf und dankt ihr mit seinem guten Lächeln, und sie geht ins Bett in ihrem Schlafzimmer, raucht und liest eines der Bücher, die er nachher ihr, Ilana, leihen wird, und sie wird darin ein paar Aschestäubchen finden und einen Hauch von Handcreme, und spät in der Nacht, wenn er wie ein müder Bär neben ihr niedersinkt, reden sie von den alltäglichen Dingen – über die kaputte Waschmaschine, das Halbjahreszeugnis der Söhne und über das Geschenk, das für die goldene Hochzeit ihrer Eltern gekauft werden muß, und er wird ihr den neuesten Klatsch über den Dekan erzählen, und beide werden furchtbar unter der Decke lachen, so wie sie schon hunderte Male zusammen gelacht haben und wie sie noch hundert weitere Male lachen werden. Und abends um halb acht Uhr, wenn die Bibliothek schloß, ging Ilana, ohne es zu wollen, von allen Bibliothekarinnen ausgerechnet zu ihr, und während sie die Lesekarte heraussuchte, atmete Ilana den leichten Geruch nach Zigarettenrauch und Handcreme ein, und sie nahm das Buch, das ihr seine Frau reichte, entgegen, flüsterte danke und floh vor ihrem blinden Lächeln mit Schmerz und Scham.

Und nach ihrem Studienabschluß, als sie an der Schule anfing, in der sie selbst Schülerin gewesen war, als Lehrerin für die Mittelstufe, half ihr Schmuel bei der Stoffauswahl aus den Lehrplänen des Ministeriums, empfahl ihr Lehrmaterial, und in ihren Unterhaltungen in Cafés und bei den Spaziergängen auf dem Carmel versuchten sie gemeinsam zu überlegen, wie man die Kinder dazu bringen konnte, Literatur zu lieben, und manchmal holte er die Militärwolldecke aus dem Kofferraum und breitete sie auf dem Gras aus. Im Jahr darauf verließ Ilana ihr Elternhaus, mietete sich eine kleine Wohnung in der Bikurim-Straße, richtete sie behaglich ein, nähte Kissen und weiße Tüllvorhänge, füllte den Balkon mit Blumentöpfen und lud ihn zu sich ein. Und er kam eines Nachmittags mit einem großen Blumenstrauß, den er für sie gekauft hatte, und war von der Wohnung, die zu dieser Stunde voll des sanften Lichtes eines Sommerabends war, beeindruckt, setzte sich mit ihr auf den Balkon über der grünen Schlucht, aß die schmackhaften Kekse, die sie für ihn gebacken hatte, trank ein Glas Tee mit Zitrone und erzählte ihr, daß er mit seiner Familie für sein Forschungsjahr nach England reise, wo er seine Forschungsarbeit über die Literatur der Haskala zu vervollständigen hoffe. Und Tami, die zu jener Zeit gerade ihre Studien an der Schauspielschule in Tel Aviv abschloß und Ilana nur alle paar Monate einmal treffen konnte, tröstete sie am Telefon, es sei doch nicht so schlimm, sie würde jemand anderen, jung und ledig, finden. Aber es gab keinen anderen für sie. Und am Ende jenes Jahres schien ihr manchmal, als sähe sie ihn auf der Straße, aber bis sie näherkam, mit verkrampftem Bauch und stockendem Atem, hatte sich das Gesicht zu dem eines anderen gewandelt. Und eines Nachmittags, zu Anfang des Sommers, erschreckte sie in der Innenstadt der Anblick seiner Frau in ausländischer Kleidung, und sie wartete auf einen Anruf, der nie kam. Und zwei Wochen vor den großen Ferien begann der Krieg, und Ilana sah in der Zeitung, daß sein älterer Sohn, auf den er so stolz war und den sie nie getroffen hatte, im Libanon gefallen war, und sie legte sich auf das Doppelbett in ihrem Zimmer und weinte, die Zeitung über ihren Füßen verstreut, die Arme ohnmächtig zu beiden Seiten ausgestreckt, und es gab keinen Trost. Sie wollte ihn anrufen, aber sie hatte Angst, nicht er würde ans Telefon gehen, und sie wußte auch nicht, was sie zu ihm sagen sollte. Und drei Monate danach sah sie ihn mit seiner Frau in einem Café im Zentrum, in der grünen Strickjacke, die sie ihm einmal zum Geburtstag gestrickt hatte, wegen der er gezwungen gewesen war, seine Frau anzulügen und ihr zu sagen, seine Schwester in Amerika hätte sie geschickt, und sie wechselte schnell auf die andere Straßenseite und spürte, wie sich ihre Brillengläser auf der Innenseite beschlugen, wie an Regentagen die Klassenzimmerfenster, auf die ihre Schüler mit den Fingern ihre Namen schrieben und durchbohrte Herzen malten.

An was denkst du, fragte Tami, während sie die Zeitung durchblätterte und ihre Augenbrauen hob und senkte. Entspannungsübungen für die Gesichtsmuskulatur, hatte sie ihr einmal erklärt. An nichts, sagte Ilana, und Tami sagte, daß in den Kritiken wieder nichts über sie stand und daß sie sich anziehen müßte, denn sie würden sie umbringen, wenn sie zu spät zur Probe käme, und sie verschwand in der Dusche, und als sie zurückkam, war sie frisch und duftend mit naß glänzenden Löckchen und trug Schichten von roten, schwarzen und gelben Baumwollsachen übereinander. Sie verließen gemeinsam das Haus, und Tami brachte ihre kühle glatte Wange an Ilanas Wange und küßte sie mit ihrem Himbeermund, und Ilana schrak ein wenig zurück, und Tami lachte ihr helles Lachen und sagte, auf Wiedersehen, Ilantschuk, keep in touch. Und auf der Heimfahrt, im Autobus, fiel der große Winterregen der Chanukkaferien, und Ilana sagte sich, daß sie eigentlich überhaupt nicht miteinander geredet hatten, wo es doch so viel zum Reden gegeben hätte und das vielleicht ihr letztes Treffen vor Tamis Abreise gewesen war.

Sie sah hinaus und bemerkte, daß sie bereits Netanja passiert hatten, und der Fahrer drehte das Radio lauter, damit alle Passagiere die Zehn-Uhr-Nachrichten hören konnten, und im Wetterbericht sagten sie, die Temperatur und die Feuchtigkeit würden ansteigen, in Tel Aviv bis dreiunddreißig Grad, und alle hoben die Hände, um zu überprüfen, ob die Klimaanlage über ihnen arbeitete, als wäre ihnen mit einem Mal heiß, obwohl die Fahrt schon bald zu Ende war. Und in Herzlija erhob sich der gelbe Turm drei Sitze vor ihr, und Ronits Mutter ging zur Tür, doch als sie ausstieg, warf sie Ilana einen scharfen und hinterlistigen Blick zu, und die magischen Stunden vor ihr verpufften und schrumpelten in ihr zusammen wie bunte Geburtstagsluftballons. Sie ging noch einmal ihren Tagesplan durch und beschloß, daß es nichts und niemandem gelingen sollte, ihn ihr kaputtzumachen. Sie würde ins Diezengoff-Center gehen und sich ein phantastisches Kleid kaufen, wie es sie nur in Tel Aviv gab, sich in ein Café oder ein Restaurant setzen, und bis fünf standen alle Möglichkeiten offen. Und danach – eine duftende Umarmung und ein Himbeerkuß, ein helles Lachen, Kaffee und aufregende Geschichten bis in die Nacht hinein, wie im Pfadfinderlager in der achten Klasse, in den Schlafsäcken im Zelt, mit geräuschvollem Flüstern und unterdrücktem Gelächter im Dunkeln, wo sie am nächsten Tag aufgewacht war und mit verschämtem Stolz das Blut ihrer ersten Periode entdeckt hatte.

Der Autobus fuhr ermüdet in den zentralen Busbahnhof von Tel Aviv ein und öffnete seine Türen mit einem erleichterten Zischen. Ilana stieg aus, und schwere heiße Luft umhüllte sie in klebriger Umarmung mit Gerüchen nach Urin, Nüssen und Bratfett, den Rufen der Obst- und Kassettenhändler und blumig übersättigten Klängen, wie die orientalischen Süßigkeiten, die zu mögen sie nie gelernt hatte. Zu Füßen der schmutzig grünen Säulen saßen blinde oder amputierte alte Männer, die ihr für einen Augenblick wie antike Wächter vorkamen, denen keiner Beachtung schenkte, die in ihrer Listigkeit jedoch wußten, daß sie eines Tages aufstehen, ihre Gebrechen mit sich tragen und die Tore der Stadt verriegeln würden, und jeder, der drinnen gefangen saß – dessen Schicksal war besiegelt. Sie ging schnell zwischen ihnen hindurch, bemüht, die nackten Frauen nicht anzuschauen, deren riesige Brüste wie zusammengesackte Fallschirme an ihren Körpern herabbaumelten und die ihre Beine an den Zeitungsständen neben der Information spreizten. Auf dem Weg zur Haltestelle des Fünfers, von dem man ihr in der Information gesagt hatte, daß er ins Zentrum fuhr, fühlte sie sich plötzlich sehr durstig, aber sie sah keinen Kiosk, der wirklich in der Nähe war, und so beschloß sie, das Trinken auf nachher zu verschieben. Sie stieg in den Bus, zahlte und stellte sich nach hinten, denn es waren keine Sitzplätze mehr frei, spähte durchs Fenster und versuchte, die Straßen zu erkennen oder wenigstens ihre Namen zu lesen, Bahnhofstraße, Allenby-Straße, Rothschild-Allee. Ihr Gesicht war heiß und naß, die Brille rutschte ihr auf den Nasenrücken, und sie mußte sie immer wieder hinaufschieben. Als sie ausstieg, spürte sie, daß ihre Stirn schweißüberströmt war und ihre Lippen rissig vor Durst waren, aber sie beschloß, das Trinken aufzuschieben, bis sie im Center wäre und sich gemütlich in ein Café setzen könnte. Sie warf einen Blick auf ihre Uhr. Fünf vor elf. Die vierte Stunde hatte begonnen. Jetzt hätte sie in der 9b unterrichten müssen. Aber sie war hier, in Tel Aviv, hatte noch sechs Stunden voller Überraschungen bis zu dem Treffen, und ihr Ferientag fing nun wirklich und wahrhaftig an. Als sie an der Fußgängerampel wartete, sah sie einen Jungen, der am Straßenrand stand, seine Arme in Richtung der vorbeibrausenden Autos schwenkte und mit abgerissener, verstörter Stimme schrie, das Meer wird geschlossen, alles raus aus dem Wasser, sie machen das Meer zu, alles raus aus dem Wasser. Plötzlich platzte ein trübes, bitteres Lachen aus seinem Mund, und die Leute rückten vorsichtig von ihm ab, starrten ernsthaft auf irgendeinen persönlichen, verborgenen Punkt auf der anderen Straßenseite und gingen eilends hinüber, wenn es Grün wurde. Der Junge blieb auf seinem Posten und fuhr fort, die Arme zu schwenken und zu schreien, das Meer wird geschlossen, und Ilana sah, daß sein Mund schief, seine Augen blind und seine Fingernägel schwarz waren, und sie überquerte mit schnellen Schritten die Straße und sagte sich im Inneren, ein verrückter Junge, ein Verrückter, aber etwas in ihr zitterte angeekelt, als ob er sie berührt und ihr Kleid befleckt hätte.

Das große Diezengoff-Center räkelte sich in der Sonne wie ein faules weißes Betontier, das Hinterteil auf der einen, die Vorderläufe auf der anderen Straßenseite, der überlange Hals und der Kopf im Himmel, und Ilana trat durch einen der Eingänge und wurde mit einem Schwall kühler Luft empfangen, die ihren Schweiß trocknete und die sie sich um vieles frischer fühlen ließ. Obwohl sie immer noch sehr durstig war, dachte sie, das erste, was sie besser hinter sich bringen sollte, war die Sache mit dem Kleid, damit sie wüßte, daß sie das bereits erledigt hätte und sich gleich in dem neuen Kleid ins Café setzen könnte. Sie begann, die Schaufenster entlangzugehen. Ihre Augen, die, angezogen von dieser oder jener Kleinigkeit, ein Plüschbär, ein geblümter Keramikkrug oder ein Kleid, das sie sich vielleicht kaufen würde, verweilen wollten, hinkten ihren Füßen hinterher, die das saubere gefliese Gefälle voranzuschreiten zwangen, als wäre es ein mit Lichtern, Gerüchen und Musik geschmücktes Labyrinth, in dem man nicht anhalten durfte, immer in Bewegung bleiben mußte, doch sie sagte sich, beim nächsten Kleidergeschäft würde sie stehenbleiben. Im Schaufenster waren nur zwei Kleidungsstücke, ein Rock und eine passende Bluse, cremefarben mit Goldknöpfen, aufgespannt auf durchsichtigen Drähten, als schwebten sie in der Luft, und Ilana begriff, daß sie wohl hineingehen mußte, um die restliche Auswahl zu sehen. An der Kasse saß eine elegante Blondine in einem türkisen Baumwollkleid mit sahnefarbenem Jackett, umweht vom lieblichen Duft eines Narzissenparfüms. Ihre blauen Augen, wie durchsichtige Plastikknöpfe, musterten Ilana mit leicht hochgezogenen Brauen, was Ilana sehr verlegen machte, und sie wollte gleich wieder gehen, aber die Frau lächelte höflich und fragte, kann ich Ihnen helfen. Kann ich mich umschauen? fragte Ilana erschrocken, und ihre Stimme kreischte ihr in den Ohren wie neue Kreide auf der Tafel. Ja, natürlich, erwiderte die Ladenbesitzerin und verzog ihren Mund, als hätte sie etwas Schlechtes gegessen. Sie sog an der Zigarette, die sie zwischen ihren dünnen, ringbesetzten Fingern hielt, und beachtete Ilana nicht mehr weiter, die an die Ständer mit den Kleidern trat und anfing, sie schnell durchzublättern, ohne sie wirklich anzuschauen, und sich damit beruhigte, daß sie gleich auf Wiedersehen und Danke sagen und hinausgehen könnte. Kann ich Ihnen helfen, meine Dame, sagte plötzlich eine heisere Stimme über ihre Schulter hinweg, und sie wandte erschrocken den Kopf und sah eine fette Frau im schwarzen Minirock mit glänzenden spitzen Stöckelschuhen, das kurze Haar karottengelb gefärbt, das Rot auf ihren Lippen verschmiert wie Überreste von Tomatensauce. Ilana warf einen Blick zur Kasse, aber der Stuhl war leer, und sie fragte sich, wie es der Ladeninhaberin gelungen war zu verschwinden. Nein danke, ich schaue mich nur um, flüsterte sie, und die fette Verkäuferin schrie, was?! Ich habe gesagt, daß ich mich nur umschaue, wiederholte Ilana lauter. Die Verkäuferin streckte ihre Hand nach dem Kleiderständer aus, zerrte, ohne hinzusehen, einen der Bügel herunter, und befahl, probieren Sie das. Auf dem Kleiderbügel hing ein enges schwarzes Satinkleid, das in einem großen, vielfach gefälteten Ballon in der Farbe des Lippenstifts der Verkäuferin endete. Ilana nahm das Kleid und ging hinter den Vorhang, sagte sich, sie würde es nur anprobieren, um ihre Pflicht zu erfüllen, und dann gehen. Sie zog sich aus und versuchte das Kleid anzuziehen, ohne die Öffnungen durcheinanderzubringen. Es gelang ihren feuchten Fingern nicht, die Knöpfe an der Schulter zu schließen, und die fette Verkäuferin öffnete den Vorhang und sagte, nu? Kommen Sie, ich helf' Ihnen. Sie machte mit ungeduldigen Fingern, deren splitternde, abgekaute Fingernägel wie ins Fleisch eingewachsen wirkten, die Knöpfe zu, und dann zerrte sie Ilana vor den großen Spiegel und sagte, schauen Sie, nu, ist das nicht fabelhaft? Ilana betrachtete ihre dünnen weißen Beine, die in den offenen Sandalen wie Hühnerbeine unter dem roten Stoffballon herausragten, und sagte, ich glaube nicht, aber die Verkäuferin hatte offenbar nichts gehört, denn sie sagte, schauen Sie, wie hübsch das mit Gürtel sein wird. Und sofort tauchten in ihrer Hand fünf oder sechs Gürtel auf, als hielte sie eine bunte, mehrschwänzige Peitsche, und sie begann, einen nach dem anderen auszuprobieren, zurrte sie fest um Ilanas Taille, die im Spiegel die Ladeninhaberin wahrnahm, die zurückgekommen war und hinter ihr stand. Die elegante Blondine musterte sie einen Augenblick, verzog ihren Mund zu einem Lächeln und sagte, außergewöhnlich. Nicht wahr? begeisterte sich die fette Verkäuferin, ich hab's ihr gesagt. Mit einer Figur wie Ihrer würde an Ihnen alles irre aussehen, und Schwarz ist genau die Farbe für Sie. Sie müssen bloß noch schwarze Stöckelschuhe anziehen, wie meine, sie streckte ihren dicken Fuß nach vorne und sagte, also Sie bleiben dabei, ja, und bückte sich sofort, um mit der Schere die Pappschilder mit der Pflegeanleitung und dem Preis abzuschneiden, und Ilana erinnerte sich, daß Tami ihr schon vor langer Zeit gesagt hatte, warum ziehst du nie Schwarz an. Wieviel kostet es, fragte sie flüsternd. Nicht viel, sagte die Fette, auf den Gürtel kriegen Sie zehn Prozent. Und dann nannte sie eine Summe, die sich für Ilana enorm anhörte, fast ein halbes Monatsgehalt, und sie zögerte einen Moment, sagte sich aber sofort, in Tel Aviv sei es schwierig, etwas Schönes für weniger zu kriegen. Während sie den Scheck ausschrieb, versuchte, alle Einzelheiten richtig einzutragen, läutete das Telefon, und die elegante Blondine nahm ab. Sie möchten die Besitzerin der Boutique, sagte sie zu der Fetten und reichte ihr den Hörer. Ilana sah sie erstaunt an und begriff, daß sie sich geirrt hatte, die Fette war die Besitzerin. Sie nahm die Plastiktüte, in die sie ihr Blümchenkleid eingepackt hatten, die auf beiden Seiten den Namen der Boutique in Hebräisch und Englisch trug, sagte auf Wiedersehen und vielen Dank, aber die Boutiquebesitzerin war am Telefon beschäftigt und hörte es nicht, und nur die blonde Verkäuferin verzog ihren Mund zu einem Lächeln und sagte zu ihr, viel Spaß damit.

Ilana verließ den Laden mit so kleinen und vorsichtigen Schritten, wie es ihr die Säume des engen Kleids erlaubten. Leute eilten an ihr vorüber, Männer in Anzügen, ältere Frauen mit bis zum Hals hochgeschlossenen, mit einem Band zugebundenen Blusen und junge Mädchen in Jeans und Turnschuhen. Sie erstarrte. Alle sahen sie an, ganz deutlich. Niemand hier war angezogen wie sie, und alle warfen ihr Blicke wie splitterndes Spiegelglas zu. Ihr Körper ein überlanger schwarzer Schlauch, ihre dünnen weißen Beine ein Knochengestell, und darüber ein roter Ball, schlingernd wie ein Clownspopo, der ihrem höhnischen Lächeln als Zielscheibe in einem Wettbewerb diente, den niemand verlor. Ilana spürte, wie ihre Augen blind wurden vor Tränen, wie im Schulhof in der Turnstunde, in der dritten oder vierten Klasse, als sie um den Platz herumliefen und irgendein gemeines Mädchen ihr hinterherrannte und die blaue Turnhose mit dem Gummizug herunterzog, so daß alle ihre Unterhose sahen. Du bist dumm, schrie sie sich selbst flüsternd an, während sie sich den Weg zur Damentoilette entlang tastete, um das Kleid auszuziehen, dumm, dumm, dumm. Auf dem Klo war eine Schlange, und währenddessen wusch sie sich ihr Gesicht, aus dem die Schminke fast gänzlich verschwunden war, wischte es sich mit einem Papierhandtuch ab, trocknete ihre Hände unter dem warmen Luftstrom des Handtrockners und beruhigte sich, daß sie gleich in den Laden gehen, ihnen das häßliche Kleid zurückgeben und ihr Geld zurückbekommen würde, und dann würde sie sich ins Café setzen und endlich etwas trinken, und danach würde sie darüber nachdenken, ob sie vielleicht nach einem anderen Kleid suchen oder auf die Idee ganz verzichten sollte. Sie betrat die Klokabine, nahm den Gürtel ab, zog das Kleid aus, legte es zusammen und zog ihr geblümtes an, freute sich an der einfachen, tröstlichen Berührung mit der Baumwolle, machte Pipi, ohne sich auf die Klobrille zu setzen, und als sie ihre Hand nach dem Toilettenpapier ausstreckte, sah sie darüber zwei kleine Zeilen mit schwarzem Filzstift, in ordentlicher runder Handschrift geschrieben, wenn du willst, daß ich dich lutsche, dann ruf mich an, und darunter stand ihr Name, Ilana, und daneben eine fremde siebenstellige Telefonnummer. Ilana erschauerte, zog an der Spülung und ging schnell hinaus, und draußen, am Waschbecken, wusch sie sich wieder die Hände, sehr sehr lange, und starrte ihr weißes Gesicht im Spiegel an. Dann kehrte sie zu der Stelle mit dem Laden zurück, in dem sie das Kleid gekauft hatte, aber der Laden war nicht da. Sie ging ein paar Mal die Auslagen auf und ab, in abgrundtiefem Erstaunen befangen. Sie war doch erst vor wenigen Minuten in diesem Laden gewesen, soviel war sicher, und da waren zwei Verkäuferinnen, eine fett und eine schlank und blond, und sie hatte dort das Kleid gekauft, das sich in der Tüte in ihrer Hand befand, es konnte nicht sein, daß Geschäfte einfach so verschwanden. Sie nahm ihren Mut zusammen und fragte ein paar Leute, aber niemand konnte ihr sagen, wo sich die Boutique befand, die sie suchte. Und dann begriff sie plötzlich, daß sie sich in der Ebene geirrt hatte. Während sie von der Rolltreppe hinaufgetragen wurde, sah sie sich die Leute an, die, leise vor sich hin summend, die schönen Schaufenster entlangschlenderten, und hatte ein bißchen das Gefühl, sie sei in einem Film. Aber kein Herr im feinen Anzug wartete am Ende der Treppe auf sie, und die fette Boutiquebesitzerin, die gerade das Telefonat beendet hatte, sagte mißtrauisch zu ihr, sind Sie sicher, daß Sie das bei uns gekauft haben, und als Ilana ihr die Plastiktüte mit dem Namen der Boutique auf beiden Seiten in Hebräisch und Englisch zeigte, sagte die Frau verärgert, aber Sie haben es schon getragen, meine Dame, Sie können es jetzt nicht zurückgeben. Ilana versuchte zu erklären, daß sie das Kleid nur zehn Minuten angehabt und daß sie einen Fehler gemacht hatte, es überhaupt zu kaufen, denn sie sei aus Haifa, eine Lehrerin, und könne so ein teures Abendkleid nirgends tragen. Aber die Frau in Schwarz schrieb etwas in ein Notizbuch und hörte ihr nicht zu, und die blonde Verkäuferin mit den Plastikknopfaugen drehte bloß ihren Kopf wie eine automatische Aufziehpuppe nach rechts und nach links.

Ilana stützte ihre Arme auf das kühle gelbe Eisengeländer und sagte sich, daß sie sich mit Tami beraten würde, was sie mit dem Kleid machen sollte. Sie würde sicher irgendeine Lösung haben, vielleicht würde sie sogar vorschlagen, es ihr abzukaufen. Plötzlich fühlte sie sich sehr müde. Sie warf einen Blick auf ihre Uhr und konnte kaum glauben, daß es erst zwanzig vor zwölf war und sie noch über fünf Stunden bis zu der Verabredung hatte. Was sollte sie mit soviel freier Zeit anfangen. Sie ging langsam, musterte aufmerksam die Cafés unterwegs, um sich den Platz auszusuchen, der ihr am besten zum Hinsetzen gefiel. Im Café würde sie wenigstens eine halbe oder dreiviertel Stunde sitzen können, und nachdem sie etwas getrunken und sich erfrischt hätte, würde sie mit klarem Kopf darüber nachdenken, was sie als nächstes tun sollte. Aber alle Plätze, an denen sie vorbeikam, sahen zu vornehm aus, und die Leuten saßen paarweise oder in Gruppen dort, und außerdem konnte sie es sich nicht leisten, noch viel Geld auszugeben, nachdem sie ein derart teures Kleid gekauft hatte. Am Ende fand sie sich in der Schlange vor der Theke eines Schnellimbisses wieder. Für fünf Schekel kaufte sie sich ein Hot dog und ein großes Glas Orangensaft aus dem Automaten und setzte sich zum Essen auf einen der Plastikstühle neben einer künstlichen Pflanze, die Handtasche und die Plastiktüte auf ihrem Schoß. Sie kaute langsam, appetitlos und ohne etwas zu schmecken. Ihr Blick ging ins Leere, und die Leute glitten wie ausgelaugte Farbkleckse an ihr vorüber. Drei schwarze Flecken näherten sich ihr, und sie erkannte drei schwergewichtige Frauen in dunklen Kleidern, die sich mit einem Seufzer neben ihr niederließen, ihre überquellenden Körbe, aus denen grüne Blätter ragten, an die Stuhlbeine lehnten. Sie stopften sich Semmeln in die Münder, beugten sich nach vorn über ihre dicken braunen Beine, die von blauen Adern durchzogen waren, spreizten sie, damit ihnen das Ketchup nicht auf die Kleider tropfte. Mein Mann führt mich jeden Sabbat ins Restaurant aus, nach dem Kino, brüstete sich die direkt neben Ilana mit einer würstchenerstickten Stimme. Ich und mein Mann gehen nur zu seinem Bruder und der Schwägerin zum Essen, murrte die zweite. Meiner geht nie weg. Rührt sich nicht. Sagte die dritte mit hohler Stimme. Sie verstummten einen Moment, dann sagte die erste, möge er in Frieden ruhen, er ist am Abend vor Pessach dahingeschieden. Ilana hörte auf zu kauen und warf einen verblüfften Blick auf sie. Ihr Haar war hennarot gefärbt, und ihre Füße quollen wie Teig aus beiden Seiten der gelben Pantoffel. Am Abend vor Pessach? erregte sich die zweite, deren Wangen kreuz und quer von tiefen Falten gekerbt waren, meiner, der Arme, starb am Abend vor Jom Kippur, und sie holte ein riesiges kariertes Taschentuch aus der Tasche ihres Kleides und schneuzte sich die Nase. So ein guter Mann war der meine, heulte die dritte, die dünnste unter ihnen, deren Nase so krumm war, daß sie fast ihre Oberlippe berührte, allen hat er Geld geliehen. Vielleicht vier-, vielleicht fünftausend Lira. Als er tot war, selig sei sein Andenken, ist keiner gekommen, um es zurückzugeben. Mein Mann hat zehntausend Lira hergeliehen, erhob die zweite ihre Stimme, einer ist gekommen und hat ungefähr zehn Schekel zurückgegeben. Beraubung von Witwen und Waisen, spuckte die erste dreimal aus, und die beiden anderen sagten mit großer Andacht, tfu tfu tfu, und dann standen sie auf, um zu gehen, hantierten schwerfällig mit ihren Körben, bis sie zu einem einzigen Fleck von Witwenschaft verschmolzen, der langsam zu einem schwarzen Punkt zusammenschrumpfte. Als Ilana hochschreckte, hielt sie einen zerdrückten Pappbecher und eine zusammengerollte Serviette mit Ketchupflecken in ihren Händen, und sie stand auf, um sie in den Abfalleimer zu werfen, und dann stellte sie sich wieder in der Schlange an, denn sie hatte noch Lust auf ein Eis. Die Uhr zeigte zehn vor zwölf. Während sie das Vanille- und Himbeereis schleckte, sagte sie sich, daß sie unbedingt das Diezengoff-Center hatte besichtigen wollen, aber eigentlich noch fast nichts davon gesehen hatte, bis jetzt, und sie beschloß, durch die Untergrundpassage zu gehen und ein bißchen auf der anderen Seite herumzuschlendern. Auf der anderen Seite entdeckte sie einen Brunnen, in dem sich zahlreiche Wasserströme auf unterschiedlichem Niveau schlängelten, während die Farben von Rosa zu Blau und zu Gold wechselten, entsprechend den Lichtern, die auf dem Grund des Beckens aufleuchteten, genau wie bei einer Ballettinszenierung. Sie stand da und lächelte bei dem zauberhaften Anblick, und für einen Augenblick erfüllte sie große Freude darüber, daß sie hier war, im sagenhaften Bauch des weißen Ungeheuers, in dem es alles zu geben schien, statt in der Schule, in der Aufsatzstunde der 8b, einer besonders schwierigen Klasse, die sie dazu brachte, manchmal bis an den Rand der Tränen zu schreien, und nachher bei irgendeinem langweiligen Vortrag in der Turnhalle, in der die Gerüche nach Matten, Staub und Gummi und dem Schweiß heranwachsender Jugendlicher zum Schneiden waren, und deren Leitern, Seile und Ringe, die von der Decke baumelten, immer wieder als Folterinstrumente in ihren Träumen auftauchten.

Sie dachte einen Moment an Abraham, den Direktor, an die voraussichtliche Denunziation und an das, was sie morgen erwartete, aber sie sagte sich, daran darfst du jetzt nicht denken, mach dir nicht die Ferien und das Treffen kaputt, und dann stieg das Wasser tänzelnd in perfekter Koordination hoch und höher, und Ilana hob ihren Blick und hielt den Atem an, bis es wohlbehalten wieder landete und mit kicherndem Geplätscher weiterfloß. Ringsherum waren Cafés, Geschäfte mit Kleidern, Schuhen, Schmuck und Delikatessen, genau wie auf der anderen Seite, und sie wollte eigentlich schon gehen, aber sie fürchtete die große Hitze draußen, hier war es wenigstens klimatisiert, und sie wußte auch nicht, was sie draußen tun sollte, denn es war erst fünf nach zwölf. Das einzige, was ihr bis fünf noch zu tun blieb, war, ein Geschenk für Tami zu kaufen, und sie hatte schon beschlossen, einen hübschen Blumenstrauß zu kaufen. Ilana erinnerte sich dunkel, daß es in Tamis Straße einen kleinen Blumenladen gab, und dachte, daß sie den Strauß dort kaufen sollte, um ihn nicht mit sich herumzuschleppen und damit die Blumen nicht welk würden, bis sie bei ihr ankam. Sie begann, ziellos die Läden entlangzuwandern. Der Durst rankte sich wie ein Klettergewächs in ihr empor, und sie mußte sich daran erinnern, daß sie erst vor kurzem ein großes Glas Orangensaft getrunken und ein Eis gegessen hatte. Die Schaufenster strichen an ihr vorüber wie die Landschaft an einem gedankenverlorenen Reisenden, und sie war sich bewußt, daß sie nichts sah. Dennoch trugen ihre Füße sie weiter durch die Windungen des endlosen Labyrinths, bis ihr schien, daß sie schon sehr oft an den gleichen Läden vorbeigegangen war. Hier war wieder der Geruch nach den Würstchen, dann nach dem Kaffee, dem Parfüm und den amerikanischen Cookies, und sie wußte wieder nicht, auf welcher Seite des Ungeheuers sie sich befand, auf der Seite der Vorderläufe oder des Hinterteils, sie spürte nur, daß ihre Füße schmerzten, ihr Magen sich zusammenkrampfte, ihr Kopf schwindelte und ihre Augen am liebsten zugefallen wären. Das Meer wird geschlossen, kicherte eine vergessene Stimme in ihr durch den Schleier ihrer lastenden Müdigkeit, das Meer wird geschlossen. Und da dachte sie plötzlich, vielleicht war der Strand nicht weit von hier und sie könnte hingehen und dort ein bißchen auf einem Liegestuhl im Schatten dösen, und gestärkt wandte sie sich in Richtung einer der schweren Glastüren und trat hinaus.

Kochendheißer gelber Mittag lappte ihr ins Gesicht, als hätte er die ganze Zeit draußen auf sie gelauert. Der alte Wächter, der am Eingang die Taschen kontrollierte, erklärte ihr unter Zuhilfenahme seiner Hände, daß sie bis zum Platz und geradeaus weitergehen mußte, an der Frischmann links und wieder geradeaus, bis zum Strand. Am Diezengoff-Platz versuchte sie, den rotierenden und klingenden Springbrunnen zu bewundern, von dem im Fernsehen so viel geredet worden war, der wie eine Art moderner Drache Feuer und Wasser spie, aber ihr Blick wurde von den Grüppchen der alten Leute angezogen, die ringsherum auf den harten Betonbänken saßen, und die Sonne, die wie ein rundes Zitronenbonbon über ihnen in der dampfigen Luft hing, saugte die Reste der Feuchtigkeit, die ihnen noch verblieben war, aus ihnen heraus und ließ sie granitfarben und stumm zurück, wie bis aufs Kerngehäuse abgenagte Äpfel, die jemand auf dem Platz zum Verdörren weggeworfen hatte.

Als sie in die Frischmann einbog, sah sie auf die Uhr und entdeckte zu ihrer großen Freude, daß es schon fast eins war.

Sie hörte das vertraute Lächeln einer Schulglocke und erwartete, eine Horde Kinder, wie eine blaue Welle in ihren Schuluniformen, vorbeistürmen zu sehen, aber niemand kam aus dem offenen Tor mit den rostbraunen Eisengitterstäben, und keine Jungen in verschwitzten Baumwollhemden spielten Basketball auf dem leeren Platz. Ilana stand am Tor und musterte verwundert diese Schule, die trotz der Leere und Stille haargenau der Schule glich, in der sie ihre Mädchenjahre verbracht hatte und jetzt als Lehrerin arbeitete – drei Stockwerke in L-Form, schmutzig braun gekalkt, die Eingangstüren grün und die Fensterstöcke weiß. Und dann, in einem plötzlichen Impuls, ging sie hinein und durchquerte den verlassenen Hof. Ihre Schritte hämmerten auf dem glühendheißen Asphalt, auf dem nicht einmal Katzen in der Sonne lagen oder Spatzen herumhüpften, um Sandwichkrümel aufzupicken, die von der Zehn-Uhr-Pause übriggeblieben waren. Sie stieg vorsichtig die Stufen hinauf, bemüht, keinen Lärm zu machen. Ein paar der grünen Türen entlang des Ganges waren geschlossen, die meisten aber standen sperrangelweit offen. Sie betrat eines der Klassenzimmer, und ihr Blick erkannte die grüne Tafel, die Formica-Tische, die mit blauer Tinte mit mathematischen Formeln und unregelmäßigen englischen Verben verziert waren, den grauen Stahlschrank in der rechten Ecke und das niedrige Holzpodest, auf dem der abgeschrägte Lehrertisch stand. Sie stieg auf das Podest, stand den leeren Stuhlreihen gegenüber und hob den Deckel vom Tisch auf. Ein verstaubter Lappen lag in einer Ecke zusammengerollt und darunter ein englisches Textbuch. Sie blätterte darin, bis zur Geschichte *Eveline*. Bedrückung schnürte ihr die Kehle zu, als sie die Geschichte zu lesen begann, die sie so gut aus Miss Moses' Englischunterricht kannte, von dem einfachen jungen Mädchen, das sich in einen Seemann verliebte und am Schluß, tatsächlich in letzter Sekunde, an Land zurückblieb und sich nicht mit ihm zu dem glücklichen Leben einschiffte, das er ihr versprach. Nach wenigen Zeilen begannen die schwarzen Buchstaben vor ihren Augen zu verschwimmen, und sie schloß das Buch und legte es an seinen früheren Platz unter den Lappen zurück. Der Deckel des Tisches rutschte ihr mit einem Knall aus der Hand. Sie ging und setzte sich auf ihren angestammten Platz, am vorletzten Tisch rechts neben dem Fenster, und las alle Namen neben den durchbohrten Herzen, die mit einer Zirkelspitze ins Furnier eingeritzt waren. Dann spähte sie hinaus, aber da war keine grüne Schlucht, nur ein paar graue Häuser und ein großer Ficus, und sie konnte Rachel Margolis' Stimme hören, die sie in der fünften und sechsten Klasse in Literatur unterrichtete und in Pension ging, nachdem Ilana als Lehrerin in die Schule zurückgekommen war, die nun wieder, sehr liebevoll, zu ihr sagte, Ilana, du bist unkonzentriert, du träumst wie immer. Plötzlich kam Professor Sturm in die Klasse, der ihr Mathematiklehrer gewesen war. Er hielt die Kreide wie einen Dirigentenstab zwischen seinen Fingerspitzen, und seine weiße Mähne wehte erregt, wenn er an der Tafel ellenlange Gleichungen mit unzähligen Unbekannten löste, die kein Schüler mehr bewältigen konnte. Am Schluß schrieb er mit seinem Taktstock die endgültige Lösung hin, drehte sich zu den leeren Stuhlreihen um, sein Gesicht gerötet vor Vergnügen, und machte eine tiefe Verbeugung. Ilana lächelte in sich hinein, und dann sah sie Abraham, den Direktor, in der Tür stehen. Er erdolchte sie mit seinen kleinen Augen, trat auf sie zu, das Gesicht weiß vor Wut, und sagte mit seiner tiefen Stimme, jedes Wort einzeln betonend, warum – hast – du – gestern – in – der – Schule – gefehlt. Ich war krank, flüsterte Ilana, senkte ihren Kopf über den Tisch. Er sah sie mißtrauisch an, hielt ihr eine riesige offene Hand hin und sagte, Entschuldigung von den Eltern. Hab' ich nicht, flüsterte Ilana. Lügnerin! brüllte der Direktor. Sein Gesicht lief rot an, und die Adern an seinem kurzen Hals schwollen. Hinaus! Er deutete mit seinem dicken Finger auf die Tür. Ilana erhob sich und verließ schnell das leere Klassenzimmer. An der nächsten Tür war ein Schild, »Lehrerzimmer«, und Ilana dachte, daß sie nie darauf geachtet hatte, ob sich bei ihnen irgendwer jemals so einen Spaß gemacht hatte. Sie bückte sich und linste durchs Schlüsselloch. Das Zimmer war menschenleer. Sie richtete sich auf, drückte die Türklinke herunter und trat ein. In der Mitte des Zimmers stand ein langer Tisch, der sich aus einigen kleinen Tischen zusammensetzte, bedeckt von einer dunkelgrünen Filzauflage, darauf schmutzige Glastassen mit Tee- und Kaffeeresten und Aschenbecher, die von Zigarettenstummeln überquollen. So sah ihr Lehrerzimmer nach den Sitzungen aus, die immer Mittwoch nachmittags abgehalten wurden. Plötzlich versetzte sie der Gedanke in Unruhe, daß ihre Uhr vielleicht nachging und es schon viel später war, daß sie zu spät zu ihrer Verabredung käme, aber die alte Wanduhr ihr gegenüber zeigte genau ein Uhr fünfundzwanzig. Sie trat näher an die Wand heran und betrachtete die Fotos der Abschlußjahrgänge. Ihre Augen wanderten über die oberste Reihe der Lehrerfotos, als suchten sie unbewußt nach ihrem eigenen Gesicht. Plötzlich hörte sie ein Geräusch hinter sich und drehte sich erschrocken um. Auf der Türschwelle stand eine alte Frau, braun und schrumplig, mit einem blauen Kittel und einem geblümten Tuch fest um den Kopf gebunden, in der einen Hand einen Schrubber, in der anderen einen orangen Plastikeimer. Ilana wollte die Putzfrau fragen, ob in Tel Aviv heute Ferien waren oder ein Streik oder ob der Unterricht früh aus war oder ob es irgendein besonderes Ereignis gab, vielleicht einen Vortrag in der Turnhalle, aber die Alte richtete sich zu ihrer vollen Höhe auf und warf ihr einen haßerfüllten Blick aus ihren braunen Augen zu, und Ilana hastete an ihr vorbei, die Treppe hinunter, überquerte im Laufschritt den Hof, passierte das Tor und rannte weiter an den hohen Gitterstäben entlang, bis dieses Schulhaus, das aussah, als hätte sich zwischen seinen Mauern vor kurzem ein mysteriöses Unglück ereignet, weit hinter ihr lag.

Von weitem schon konnte sie das Meer sehen, wie ein blaues, zum Trocknen aufgehängtes Kopftuch zwischen zwei weißen Häusern. Links war ein Kino namens »Paris«, und ein großes Plakat kündigte die romantische, preisgekrönte Komödie *The Lady Eve* an. Die Frau auf den Bildern hinter der Glasscheibe, offensichtlich Lady Eve, war sehr schön, große Augen und schwarzes Haar, langes glitzerndes Abendkleid, und sie streckte ein ellenlanges Bein in dunklem Nylonstrumpf und Stöckelschuh vor und sandte ihr verführerisches Lächeln in die Welt hinaus, auf die Jarkon und Ilana entgegen, die sich sagte, diesen Film sollte ich mir anschauen. Sie entdeckte erfreut, daß es eine Zwei-Uhr-Vorstellung gab, noch zwanzig Minuten, und kaufte sich an der Kasse eine Karte, wobei sie sich sagte, daß es nach Filmende schon vier sein würde und sie dann Tamis Straße suchen müßte, denn obwohl sie vor zweieinhalb Jahren einmal dort gewesen war, erinnerte sie sich nicht mehr genau, wie man dort hingelangte. Sie bedauerte es ein bißchen, daß sie nun nicht mehr dazu kam, auf der Promenade spazierenzugehen und das Meer anzuschauen, aber sie dachte, wenn sie jetzt ginge, würde sie sich möglicherweise für den Film verspäten, und so blieb sie neben dem Kino stehen. In der Ferne sah sie den Eisverkäufer in seiner weißen Uniform mit einer weißen Schirmmütze auf dem Kopf, und ein schwerer Kasten hing an einem Gewehrriemen von seiner Schulter, und sie konnte seine Rufe hören, wer will Schoko-, Vanille-, Bananeneis am Stiel, Eis in Waffeln, Bechern, Muscheln, Tüten, wer will Aprikose, Zitrone am Stiel, wer will Eis am Stiel... Ilana verspürte schon wieder großen Durst und schwankte, ob sie zur Promenade hinuntergehen und sich ein Zitroneneis am

Stiel kaufen sollte, aber bis sie sich entschlossen hatte, hatte sich der Händler entfernt, und seine Rufe schmolzen dahin wie Eis in der Hitze, und sie sagte sich, daß sie heute ja schon ein Eis gegessen hatte, und Zitroneneis machte sowieso bloß Durst. Das Kino war angenehm kühl und roch nach Reinigungsmitteln. Sie warf einen Blick auf die gepolsterten Sitzreihen und stellte fest, daß sie die erste war. Es war zehn vor zwei, und sie ging noch auf die Toilette, frischte ihre Schminke auf und sagte sich, daß sie jetzt sicher bis fünf halten würde. Dann kehrte sie in den Saal zurück, der noch immer leer war, setzte sich rechts vom Durchgang ungefähr in die Mitte und legte ihre Handtasche und die Tüte auf den Sitz links neben sich. Es war schon fünf vor zwei, und sie erschrak bei dem Gedanken, daß keine weiteren Leute mehr kämen und sie die einzige Zuschauerin bliebe, allein in dem dunklen, leeren Saal, und der Kassierer, der Mann am Buffet, der Kartenabreißer, der Mann am Projektor, der Platzanweiser und der Mann vom Sicherheitsdienst, sie alle wären gezwungen, nur ihretwegen hierzusein, und sie sagte sich, daß die Leute zu so einer Zeit eben arbeiteten und nicht ins Kino gingen, und sie schämte sich. Dann dachte sie, wenn innerhalb der nächsten Minuten keine Leute mehr kämen, würden sie die Vorstellung sicher ausfallen lassen und ihr das Geld zurückgeben, was sie sehr bedauern würde, denn sie wollte diesen Film, der ihr interessant zu sein schien, ungern versäumen, und außerdem wußte sie nicht, was sie jetzt noch zwei Stunden machen sollte. Punkt zwei verdunkelte sich der Saal, und es begann die Werbung, und Ilana war der Gedanke peinlich, daß die ganzen Überzeugungskünste, Kleider, Badeanzüge, Autos, Kosmetika, Windeln, Reinigungsgeräte, Kühlschränke, Fast food, Betten und Hundefutter zu kaufen, ganz allein auf sie gerichtet waren, wo sie nichts von alldem speziell brauchte und auch kein Geld hatte, und sie hoffte immer noch, daß bis zu Filmbeginn wenigstens noch zwei, drei Leute kämen. Und da öffnete sich die Tür, und in den Saal fiel ein weißer Lichtstrahl, in dem Ilana die hochgewachsene Gestalt eines Mannes gewahrte. Der Mann schloß leise die Tür, stand im Durchgang, musterte die leeren Sitzreihen und setzte sich schließlich neben sie, mit einem Sitz Abstand zu ihr, und legte seine James-Bond-Tasche auf den Sitz vor ihm. Ilana wußte nicht, ob sie erschrecken sollte, was wollte er von ihr, aber der Mann blickte sie an und lächelte, und sie sah, daß er ein offenes, sympathisches Lächeln hatte, dunkle, tiefliegende Augen, sehr helle Haut, eine kleine gerade Nase und dünnes braunes Haar, eine glatte Ponyfrisur. Er wandte sein Gesicht der Leinwand zu, und sie atmete den scharfen, guten Geruch ein, der von ihm ausging, der vertraut und nahe war, aber sie wußte nicht, woher, und dann begann eine Bierreklame, und Ilana erkannte Tamis Gesicht zwischen den ganzen Leuten, die um die Holztische herumsaßen, Bier tranken und sangen, und es war ihre Tami, überhaupt nicht verändert, die lachenden Locken, die blauen Augen und die Lippen, und sie hielt ein großes Glas in der Hand und sang zusammen mit allen anderen, und Ilana spürte, wie das Lied in ihrer Brust wogte und widerhallte, und sie wollte auf die Leinwand zeigen und dem Mann neben ihr sagen, siehst du, das ist meine Freundin, und heute nachmittag um fünf haben wir eine Verabredung. Nach der Werbung gingen die Lichter an, und es gab eine Pause, und der Mann blickte sie wieder an, aufmerksam, mit nachdenklichem Lächeln, stand dann auf, groß und dünn in Jeans und blütenweißem Hemd mit aufgekrempelten Ärmeln, und ging aus dem Saal, hinterließ seine Tasche und den guten Geruch und kam ein paar Minuten später mit zwei Coca-Cola-Dosen in der Hand zurück. Das Licht erlosch, und er setzte sich auf seinen Platz und streckte ihr im Dunkeln eine Dose hin. Nein danke, flüsterte Ilana, aber die weiße Hand mit den langen Fingern wurde nicht zurückgezogen, und so nahm sie die Dose, flüsterte danke, und erst, als sie einen Schluck von dem Cola nahm, merkte sie, wie durstig sie war.

Ilana liebte die alten Schwarzweißfilme, die immer mit dem Bild eines brüllenden Löwen eröffnet wurden, mit feierlicher Musik und vielen Namen auf englisch, die sie nicht alle so schnell lesen konnte. Wenn im Fernsehen ein alter Film kam, normalerweise Mittwoch oder Freitag abends, legte sie sich eine Tafel Mandelschokolade bereit, machte sich eine Tasse Kaffee und streckte sich mit der Steppdecke auf dem Sofa im Wohnzimmer aus. Die altmodischen Büros, die eingeschossigen Häuser mit den großen Gästezimmern und dem offenen Feuer im Kamin, die Restaurants und Theater, die prunkvollen Autos aus den vierziger Jahren, all das war eine herrliche Kulisse für die schönen Männer und Frauen, die immer leicht unwirklich aussahen, deren leichtes Geplauder und elegante Bewegungen ihr jedoch ein ganz eigenes Vergnügen verschafften, und manchmal, wenn gefühlvolle Begegnungen oder Abschiede vorkamen, mußte sie ihre Brille abnehmen, um sich die Tränen abzuwischen. Dieser Film spielte auf einem Luxusdampfer und war sogar sehr lustig. Eine glanzvolle Spielerin versuchte, mit ihrem Charme den reichen und schüchternen Schlangenforscher zu erobern. Der Mann neben ihr warf seinen Kopf nach hinten und lachte mit tiefer Stimme, und sie spürte, daß er hin und wieder im Dunkeln einen Blick zu ihr warf, um zu sehen, ob sie sich auch amüsierte. Ilana trank von der Cola, und die Süße breitete sich in ihrem Bauch aus. Sie versuchte, sich auf den Film zu konzentrieren, sich zu überlegen, wie alt die Schauspieler heute sein müßten und ob sie noch lebten, und fragte sich, ob sie sich manchmal die alten Filme ansahen und sich sehnsüchtig daran erinnerten, wie sie aussahen, als sie jung waren, und da entdeckte sie, daß die Spielerin mit ihrer schlauen Taktik erfolgreich gewesen war, und jetzt küßten sich die beiden an Deck im Mondschein. Der Mann betrachtete Ilana lange Zeit im fahlen Leinwandlicht, was sie sehr verlegen machte, und ihre Finger krampften sich ganz fest um die leere Dose. Danach wurde die Handlung verwickelt. Jemand enthüllte dem Schlangenforscher die wahre Identität der Spielerin und löste eine Kette von Irrtümern und Mißverständnissen aus, doch Ilana konnte nicht mehr ganz folgen. Die Blicke des Mannes verweilten länger auf ihr und wurden ernsthafter, und sie hatte das Gefühl, als legte er den Arm um sie und streichelte ihren Nacken. Am Ende heirateten die beiden und fuhren in die Flitterwochen, und die Lichter gingen an. Ilana beeilte sich, mit gesenktem Kopf ihre Tasche und Plastiktüte an sich zu nehmen, um zu gehen, aber der Mann versperrte ihr mit seinem Körper den Durchgang, hielt ihr seine Hand hin und sagte, Boris. Ilana, sie reichte ihm ihre Hand, die kalt von der Coladose war, und wollte sie schleunigst wieder zurückziehen, aber der Mann legte seine zweite Hand auf die ihre, hielt sie wie ein Küken zwischen seinen Handflächen, lächelte sie mit glänzenden braunen Augen an und sagte mit weichem Akzent, ich gehe jetzt ins Café, vielleicht möchtest du mitkommen. Ich kann nicht, sagte Ilana panisch und zog ihre Hand weg, ich bin in Eile, ich habe eine Verabredung. Ich verstehe, sagte der Mann. Kummer mischte sich in sein Lächeln, und der Glanz in seinen Augen erlosch. Trotzdem, es war nett, den Film mit dir zu sehen. Und er drehte ihr seinen weißen Hemdrücken zu und verließ mit schnellen Schritten das Kino. Sie wollte ihm nachlaufen, ihn rufen, Boris, Boris, aber ihre Stimme gehorchte ihr nicht, und ihre Füße schienen eingeschlafen zu sein, und sie sank auf dem Polstersitz zusammen, zitternd vor Aufregung und Erleichterung, und warf einen Blick auf ihre Uhr. Halb vier, sagte sie sich. Gerade noch genügend Zeit, um Tamis Straße zu finden und einen Blumenstrauß zu kaufen. Der Platzanweiser saß am Eingang, ein altes braunes

Transistorradio an sein Ohr gepreßt, seine Brille beschlagen von dem Tee, in den er Kekse eintunkte, die er langsam und genüßlich mümmelte. Krümel fielen auf sein Khakihemd. Wie kommt man von hier bitte zur Balfourstraße, fragte Ilana, und er sagte, was, und setzte das Radio auf seinen Knien ab. Nachdem sie ihre Frage wiederholt hatte, erklärte er es ihr ausführlich und zeichnete ihr sogar einen Miniplan auf die Rückseite ihrer Kinokarte. Sie ging gemäß den Instruktionen zur Ben-Jehuda und nahm den Bus Nummer vier die belebte Allenby hinunter. An einigen Stellen wurden die großen grauen Gehsteigplatten gegen kleine rote Ziegel ausgetauscht, und sie dachte an die Kinder, die nun nicht mehr dazwischen hüpfen könnten, ohne auf die Spalten zu treten. Wer wollte Balfour, fragte der Fahrer und hielt an, und Ilana stieg aus. Hier war sie in Tamis Straße, das Herz schlug ihr bis zum Hals, und es war erst zehn vor vier. Den Blumenladen, an den sie sich erinnerte, fand sie nicht. An seiner Stelle war jetzt ein Geschäft mit Umstandsmode. Aber weiter oben an der Straße gewahrte sie in einem der Hauseingänge einen alten Kinderwagen, in dem ein oranger Plastikeimer mit farbenfrohen Blumensträußen stand. Ein kleiner, schmutzig weißer Hund war mit einem Strick an einen rostigen Pfosten gebunden, und darüber war ein ausgebleichter zerlöcherter Sonnenschirm aufgespannt. Als sie näherkam, sah sie hinter dem Wagen im Treppenhauseingang einen verhutzelten Alten, der ein spitzes Vogelgesicht und eine graue Wollmütze auf dem Kopf hatte, im Sitzen vor sich hindösen. Die Blumen erschienen ihr frisch, und sie wählte einen Strauß weißer und rosafarbener Gartenwicken, trat auf den Alten zu und fragte, wieviel. Finf, spuckte er zornig in ihre Richtung, und sie drückte ihm eine zerknitterte Fünf-Schekel-Note in die Hand und entfernte sich eilig. Es war Punkt vier. Sie setzte sich auf eine grüne Bank im Schatten der großen Ficusbäume und leckte, ohne es zu merken, die Wassertropfen ab, die auf den farbenfrohen Blütenblättern glitzerten. Auf dem Gehsteig gegenüber spielten drei Kinder Himmel und Hölle. Ein schwarzhaariges Paar eineiiger Zwillingsschwestern in langen Jeansröcken und gelben Strümpfen und ein Junge, jünger als sie, mager, mit kurzen Stoffhosen, Pullover und blassem Gesicht, dessen rötliche Korkenzieherlocken an den Schläfen unter der schwarzen Samtkippa golden in der Sonne glänzten. Der Junge hüpfte auf einem Bein zwischen den Kreidelinien, strauchelte plötzlich und schlug auf den Gehsteig. Als er aufstand, waren seine weißen Knie aufgeschürft und seine Wangen rot vor Scham. Seine Augen suchten nach der Kippa, die ihm vom Kopf gefallen war, aber eine der Zwillingsschwestern kam ihm zuvor, hob die Kippa auf und schüttelte sie aus, und die zwei Mädchen befestigten sie mit einer Spange, die sie sich aus dem Haar zogen, an seinem Kopf und schalten ihn auf jiddisch. Der Junge schielte verlegen zu Ilana hin, und sie wurde von Mitleid erfaßt. Ein entferntes Radio spielte Luschinka, Luschinka, oh, wo bist du, Luschinka, er kam zurück zu dir, Luschinka, warum hast du nicht auf ihn gewartet, und sie sah sich als Vierzehnjährige mit kurzen Hosen und Zöpfen am Freitag spät nachmittag auf dem Teppich neben dem großen Radio im Wohnzimmer sitzen, ihre Arme um die mageren Knie geschlungen, und sich mit den schönen Sabbatliedern treiben lassen, die in ihr eine Sehnsucht nach etwas erstehen ließen, das ihr abhanden gekommen war, während die Nadeln der großen Kiefer am Fenster bebten und die Sonne sie mit letzter Kraft in Goldsplitter verwandelte.

Ihr fiel ein, daß sie gestern nachmittag, ungefähr zur gleichen Zeit, auf dem Weg zu ihren Eltern am Carmel-Center vorbeigegangen war und drei ihrer Schülerinnen unterwegs zur Ballettstunde getroffen hatte, aufrecht und frisch in ihren rosa Stretchanzügen und mit ihren hochgebundenen Frisuren. Sie hatten ihr zugelächelt und ihre Lehrerin schüchtern gegrüßt, und sie hätte so gerne die glatte Stirn und das helle feine Haar einer jeden von ihnen gestreichelt, und als sie sich entfernten, die Köpfe leise tuschelnd zusammengesteckt wie drei Veilchen im Wald, schien ihr, als hätte die Zeit all die Jahre in irgendeinem geheimnisvollen Palast im Zauberschlaf verharrt, und nur in ihr waren die Gesetze der Veränderung am Werk gewesen. Danach hatte sie den Weg fortgesetzt, den sie fast täglich ging, hatte die Straße beim Rothschild-Haus überquert und war am Eingang zum Auditorium stehengeblieben, um den Aushang über den Auftritt des Stuttgarter Balletts im nächsten Monat zu lesen, und hatte sich befohlen, es Tami zu sagen, denn auch wenn vierzehn oder fünfzehn Jahre vergangen waren, seit sie zu tanzen aufgehört hatten, das alte Studio in der Massada-Straße zugemacht hatte und Valentina Archipova, ihr Mann, der Spion, und der schwarze Stock mit dem Teufelskopf mit der gleichen Plötzlichkeit verschwunden waren, liebten sie und Tami Ballettaufführungen immer noch über alles, und sie zumindest versäumte kein Gastspiel, das in die Stadt kam. Sie warf einen Blick auf den gepflasterten Platz unter den Kiefern neben dem alten Steingebäude. Früher einmal hatte es hier das Rothschild-Haus-Café mit runden Gartentischen und Stühlen mit weißen ziselierten Metallehnen gegeben, und die Carmel-Jeckes, wie ihre Mutter die Gesellschaft der alten deutschen Juden nannte, kamen in den Nachmittagsstunden in ihren guten Kleidern hierher, um Wiener Kaffee zu trinken und auf deutsch, schwer wie die Sachertorte, die sie langsam und gesittet aßen, über ihre Welt von vor dem Kriege zu reden, bis die Kiefern durch das klotzige Auditorium ersetzt worden waren, der steinerne Platz durch ein Betonpflaster, die weißen Gartenmöbel durch bunte Plastiktische und -stühle und der Wiener Kaffee durch Nescafé oder schwarzen aufgebrühten Kaffee, doch sie saßen trotzdem weiter hier, wie in einem Naturschutzreservat, älter, aber nicht minder großartig, und beharrten darauf, Sachertorte zu essen und klassische Musik zu hören und für immer und ewig am Leben zu bleiben, um sich auf deutsch der Welt von gestern zu erinnern.

Dann war sie am Orly-Kino vorbeigegangen, in das Tami sie in den Ferien immer zu den Matinees von Walt-Disney-Filmen geschleppt hatte, wo die harten Holzstühle knarzten und die Luft von erregtem Raunen und dem Geruch nach Milcheis am Stiel und Bubblegum erfüllt war. Und neben dem Kino war eine gute kleine Konditorei, in der sie bei ihrer ersten Verabredung mit Schmuel gesessen hatte und in die sie danach häufig gegangen waren, und er hatte immer Käsekuchen bestellt und sie – Schokoladenkuchen. Und einmal, nach seiner Abreise, überfiel sie auf dem Heimweg von der Schule die Sehnsucht nach ihm, und sie ging hinein, bestellte heiße Schokolade und Käsekuchen und ertappte sich plötzlich dabei, daß sie auf ein liniertes Blatt Papier, das sie unbedacht aus einem der Schüleraufgabenhefte herausgerissen hatte, ein Gedicht an ihn schrieb. Und hier war der Laden der alten Hutmacherin, in dem man nie jemanden ein oder aus gehen sah, mit den ewig gleichen hohen Hüten im Schaufenster, verziert mit Bändern und Plastikblumen und -früchten, von einer dünnen Staubschicht überzogen, Wollhüte, Filzhüte, weiße Hutschleier aus Tüll und sogar ein schwarzer Zylinder, der im Zentrum des Fensters über allen anderen thronte. Und dann das Wollgeschäft, in das Ilana im Winter mit ihrer Mutter ging, die ihr alle zwei Jahre, wenn ihr der alte zu eng geworden war, einen blauen Pullover für die Schule strickte, und einmal hatte Ilana hier grüne Wolle gekauft, um Schmuel zum Geburtstag eine Jacke zu stricken. Und da war das Café Par, wo sich Samstag abends, wenn sie von den Pfadfindern heimging, Dutzende dunkler, magerer Jugendlicher zusammenscharten, die wegen ihrer Plateausohlenschuhe sehr groß wirkten, die sich unter den langen schwarzen Gabardinehosen, oben eng und unten weit, verbargen, und ihre offenen bunten Hemden entblößten glitzernde Goldanhänger auf der arroganten braunen Brust, und sie hatten langes toupiertes Haar, rauchten, lachten mit lauter, dunkler Stimme und schrien ihr nach, hei, Brillenschlange, was gehst du denn weg, komm her, laß uns mal was sehen, und sie flüsterte mit zusammengepreßten Lippen, Gauner, Lumpen, Pack, und bemühte sich, zwischen ihnen durchzugehen, ohne mit ihrer Khakibluse die schweißigen Körper zu streifen, ohne ihren Zigarettenrauch einzuatmen und ohne das Lachen des fetten Mädchens zu hören, das ihren Körper im enganliegenden schwarzen Minirock an einen der Jungen preßte und sich auf ihren hohen Absätzen wiegte, ihr vor Schminke triefendes Gesicht auf seiner Schulter, Augen und Mund weit aufgerissen, während ihre rotlackierten Fingernägel mit dem goldenen Davidstern auf seiner Brust spielten. Erst wenn sie die Straße überquert hatte, fing sie an zu rennen, damit sie nicht dachten, sie hätte Angst, rannte bis zu Tamis Haus, die schon längst nicht mehr bei den Pfadfindern war, aber sie war nicht zu Hause, denn sie war an den Strand hinuntergegangen, um Beatles-Lieder zu singen, mit dem Freund, den sie jetzt hatte, ein langer Gitarrist, der immer schmutzige Jeans, vollgekritzelt mit Blumen und Sprüchen von Frieden und Liebe, und ein Lederband um seine Stirn trug, und bei den Pfadfindern sagten alle, er sei ein Hippie und rauche Drogen, aber Tami sagte zu ihr, das sei Quatsch, und sah geheimnisumwoben und wunderschön in ihrem langen bestickten Kleid aus, das sie in der Jerusalemer Altstadt gekauft hatte, mit einem Goldkettchen um ihren nackten Knöchel und einem roten Stirnband unter ihren Löckchen. Sie betrat den Hof in der Hoffnung, Tamis Mutter bei einem Ruhestündchen im Garten anzutreffen, um von ihr mehr darüber zu erfahren, wie es ihrer Tochter ging und was sie trieb, seit sie aus Amerika zurückgekommen war, aber der Liegestuhl war leer, und Ilana stand einen Moment da und betrachtete die zerbröselnden, mit Träumen und Geheimnissen durchtränkten Balken, die einst ihr Baumhaus gewesen waren, und die große Blechtonne, die sich im Winter mit süßem Regenwasser füllte, braune Kiefernnadeln trieben darin, und Unmengen von Veilchen blühten ringsherum am Grund, und sie erinnerte sich, wie sie sich ausgemalt hatten, sie könnten für immer in diesem Hof leben und bloß Kiefernzapfen und Sauerklee essen, und sie dachte, wie sich hier doch überhaupt nichts verändert hatte, nur schien alles viel kleiner geworden zu sein. Als sie bei ihren Eltern eintraf und sich mit ihrer Mutter an den Küchentisch setzte, fragte sie ihre Mutter wie üblich, nu, was hört man von Tami, und sie war gezwungen, ein bißchen von dem zu erzählen, was sie in den Gesellschaftsspalten der Zeitungen gelesen hatte, daß Tami in Israel war, mit den Proben zu einem neuen Theaterstück beschäftigt, und ihre Mutter unterbrach sich für einen Moment beim Aufschneiden der Bohnenhülsen, seufzte und sagte, sie war immer so nett, deine Freundin, und so begabt. Lad sie einmal zu uns ein. Ja, sagte Ilana und lauschte dem großen Radio im Wohnzimmer, das nach ein paar Piepsern die Fünf-Uhr-Nachrichten brachte.

Ilana war froh, daß diese Stunde dank der schönen Sabbatlieder so schnell vorbeigegangen war, und zwang sich dazu, noch ein wenig auf der Bank sitzenzubleiben, denn sie wollte nicht Punkt fünf eintreffen, vielleicht war Tami gerade aus dem Theater zurückgekehrt und duschte sich. Erst als sich eines der Fenster über ihr öffnete und die Stimme einer Frau herausschallte, jaulend wie eine Alarmsirene, Moischele Rochele Leale, und die Zwillingsschwestern und ihr kleiner rothaariger Bruder wie drei aufgeschreckte Vögel aufstoben und verschwanden, erst dann stand sie auf, glättete ihr Kleid, bückte sich, um ihr Gesicht im Spiegel eines parkenden Autos zu betrachten, trug schnell ein wenig Lippenstift auf die vor Durst schon wieder aufgesprungenen Lippen, sammelte ihre Tasche, die Plastiktüte und die Blumen ein, die schon nicht mehr ganz so frisch wie vor einer Stunde aussahen, und ihr Blick begann nach dem Haus mit der Nummer siebenunddreißig zu suchen. Luschinka, Luschinka, spielte das Lied in ihr, als sie schnaufend die Treppen in den dritten Stock hinaufeilte und an der Klingel läutete. Die Tür öffnete sich nicht, und Ilana läutete wieder, wartete ein bißchen und klingelte noch einmal. Ihr Herzschlag beruhigte sich, und ihr Atem kehrte zu seinem normalen Rhythmus zurück. Sie ist noch nicht aus dem Theater zurück, sagte sie sich enttäuscht und ging hinunter, um draußen, vor dem Haus, zu warten. Es war zehn nach fünf, und sie setzte sich auf die niedrige Steinumrandung und schaute einmal nach rechts, einmal nach links, in der Erwartung, die geliebte Gestalt in ihrer farbenprächtigen Kleidung von einem der beiden Straßenenden ihr entgegeneilen zu sehen, und dann würden sie sich umarmen und unter Freudenrufen küssen, und dann würden sie in die Wohnung hinaufgehen, und sie würde ihr alles erzählen, auch von dem Mann im Kino.

Aber Tami tauchte nicht auf. Vereinzelte Autos fuhren an ihr vorüber, eine leichte Brise erhob sich, trug die Düfte des Meeres in die vor Hitze bewußtlosen Straßen, um sie aus ihrem Nachmittagsschlaf aufzuwecken. Ein schrecklicher Durst plagte sie, und sie hoffte, daß Tami bald käme und sie sie um ein Glas Wasser oder Saft bitten könnte. Ich hätte mit ihm Kaffeetrinken gehen können, schnitt ihr der Gedanke ins Herz, aber sofort sagte sie sich, nein, die Zeit hätte nicht ausgereicht. Tami mußte jeden Moment kommen. Sie schloß die Augen und barg ihr Gesicht in dem durchdringenden Duft der Blumen, deren Blütenblätter an den Rändern braun zu werden begannen, und dann blickte sie auf die Uhr, siebzehn Minuten nach fünf, und wieder die Straße auf und ab.

Dumpfe Furcht nagte an ihr, doch gleich beruhigte sie sich selbst, Tami würde kommen. Sie verspätete sich nur ein wenig. Die Probe war bestimmt später zu Ende gewesen, als sie erwartet hatte, aber dann würde sie kommen. Um halb sechs beschloß sie, hinaufzugehen und nochmals zu klingeln, vielleicht schlief sie ja fest und hörte nichts, aber auch diesmal blieb die Tür geschlossen, und nur das Zyklopenauge in der Mitte blickte sie an, ernst und stumm. Als sie hinunterging, sah sie eine Gestalt in Rot die Straße entlang rennen. Sie kniff angespannt die Augen zu und stellte fest, daß es ein Mann war. Er passierte sie keuchend, in Trainingsanzug und Turnschuhen. Sie hatten fünf ausgemacht. Da war sie sich sicher. Tami hatte ihr ausdrücklich gesagt, daß sie am Vormittag zu tun hatte, aber um fünf daheim sein würde, und sie hatten fünf ausgemacht. Und jetzt zeigte ihre Uhr zehn vor sechs. Der Himmel verfärbte sich, und die Sonne warf an den Rändern bereits ihre rosa Schleier aus und machte sich bereit, im Meer zu versinken. Ein aufgeschreckter Zwitscherchor stieg aus den Baumkronen auf. Ein heißer Dunstschleier von Traurigkeit und Erschöpfung stahl sich hinter ihre Brillengläser, und durch ihn hindurch sah sie plötzlich Tami in der Ferne. Sie lächelte ihr zu und fühlte sich wie in einem Film, wo die Heldin ganz langsam auf den Helden zuläuft, der am Strand auf sie wartet, in den Sonnenuntergang hinein, und der Kameramann läßt das Bild absichtlich verschwimmen. Die vertraute Gestalt wurde immer größer, kam auf sie zu, und ihr Bauch verkrampfte sich vor Aufregung, doch dann sah sie, daß es jemand anders war, überhaupt nicht hübsch, gar keine Ähnlichkeit mit Tami. Die fremde Frau ging an ihr vorbei und warf ihr einen erstaunten Blick zu. Ilana saß mit gesenktem Kopf auf dem Steinmäuerchen, die Brille lag in ihrem Schoß, und die Erniedrigung ließ ihre mageren Schultern zucken und zeichnete rote Flecken zwischen die verbliebene Schminke. Dann schneuzte sie sich mit einem alten rosafarbenen Papiertaschentuch, das sie in der Handtasche fand, die Nase und versuchte, sich damit zu beruhigen, daß sicher etwas Unvorhergesehenes passiert war. Ja, das war's, etwas Unvorhergesehenes, und Tami hatte keine Möglichkeit gehabt, sie zu erreichen, sie war ja den ganzen Tag unterwegs gewesen. Sie beschloß, noch eine Viertelstunde zu warten, bis halb sieben, bevor sie sich auf den Rückweg nach Haifa machen würde. Die Straße hüllte sich in angenehmes Dämmerlicht, und der Geruch nach Omelettes zum Abendessen stieg aus den Fenstern der Häuser auf. Ein hartnäckiger Hund bellte zornbebend die warme Luft an, bis er ermüdete und sein Gebell in heiseres Winseln umschlug. Um halb sieben, kaum konnte sie die Zeiger im Dunkeln erkennen, sagte sie sich, daß sie nur noch ein bißchen warten würde, bis dreiviertel sieben. Die Blumen waren verwelkt, die weißen und rosa Blütenblätter mit häßlichen dunklen Flecken überzogen, und sie warf sie angeekelt in einen Abfalleimer, zusammen mit dem gebrauchten Papiertaschentuch. Um zehn vor sieben wußte sie, daß es keinen Sinn mehr hatte zu warten. Tami würde nicht kommen. Bleischwere Müdigkeit breitete sich in ihrem Inneren aus und lähmte ihre Glieder. Alle Wünsche waren erloschen und tot, sie wollte nur noch zu Hause sein, in ihrem Bett, und lange, lange Zeit schlafen. Aber das Haus in der Bikurim war weit weg. Sie mußte den Autobus zum zentralen Busbahnhof in Tel Aviv nehmen, und von dort waren es noch eineinhalb Stunden Fahrt nach Haifa, und von Hadar Hacarmel mußte sie einen dritten Autobus ins Zentrum nehmen und dann noch zwanzig Minuten zu Fuß gehen, bis sie nach Hause käme. Plötzlich spürte sie, wie ihre Lippen sich lautlos zu ihren Gedanken bewegten. Wie eine Verrückte, die auf der Straße mit sich selbst redet, schrak sie zusammen, doch sie blieb auf dem Mäuerchen sitzen und starrte in die Dunkelheit. Die Straßenlaterne über ihr flammte plötzlich mit weißem Licht auf, und der Hund brach in eine erneute Bellserie aus. Vielleicht meint er, das sei der Mond, trudelte die Überlegung langsam durch ihren Kopf. Ilantschuk! rief plötzlich eine scharfe Stimme über ihr, und sie hob mühsam ihren schweren Kopf und sagte, Tami.

Tami brachte ihre kühle Wange mit einem leisen Schmatzer an Ilanas Wange. Bist du schon lange hier, fragte sie, und sofort prasselte eine Flut von Worten wie bunte Murmeln auf ihren Kopf nieder, und sie bekam zu hören, daß Tami total vergessen hatte, daß sie kommen sollte, denn eigentlich hatte sie noch so gut wie geschlafen, als sie miteinander redeten, und außerdem hatte sie einen schrecklichen Tag im Theater. Dann erklärte sie, daß Joel noch nicht zurück in Israel war, und sie haßte es, alleine zu Hause zu sein, also saß sie den ganzen Nachmittag mit einer Freundin in einem Café, ganz in der Nähe, schrecklich schade, daß Ilana nicht dort vorbeigekommen war, und sie fügte hinzu, daß sie nur zufällig nach Hause gekommen war, um sich umzuziehen, denn sie hatte um acht irgendeine Ausstellungseröffnung. Gräßlich langweilig, aber man muß hingehen, du weißt ja, wie das ist, sagte sie bedauernd und versprach, sie auf dem Weg am zentralen Busbahnhof abzusetzen, aber vorher würden sie hinaufgehen, und sie würde Ilana Kaffee machen. Also hast du dir einen schönen Tag in Tel Aviv gemacht? fragte sie, als sie sich zum Haus wandten. Ja, sagte Ilana schwerfällig. Ihr Kopf schmerzte, und ihre Füße trugen sie kaum die Treppen ins dritte Stockwerk hinauf. Tami wühlte nervös in ihrer großen Tasche, die aus buntem Patchwork gemacht war, zog eine Donald-Duck-Figur, an der ein Schlüsselbund hing, heraus und sperrte die Tür auf. Sie betraten die Küche, und Tami setzte Wasser auf, sagte, setz dich hierhin, ich komm gleich wieder, und verschwand in der Dusche. Ilana musterte die Küche, die sich nicht verändert hatte, es waren nur neue Elektrogeräte aus Amerika dazugekommen, und dann warf sie einen Blick ins Wohnzimmer, erkannte das Sofa wieder, auf dem sie einmal, vor zweieinhalb Jahren, geschlafen hatte. Das Telefon läutete, und sie erschrak und wußte nicht, ob sie abnehmen sollte, doch schließlich hörte sie Tamis Stimme auf hebräisch und englisch auf dem Anrufbeantworter, und für einen Augenblick freute sie sich darüber, daß sie jetzt hier war, bei Tami zu Hause, und nicht am anderen Ende der Leitung. Das Wasser kochte, und sie drehte das Gas ab, fand im Schrank Kaffee und Zucker, holte Milch aus dem Kühlschrank und goß zwei Tassen Kaffee auf. Tami kam nicht zurück, und Ilana ging ins Bad und fand sie vor dem Spiegel stehen, in einen schwarzen Frotteebademantel eingewickelt, wie sie sich mit der Pinzette die Augenbrauen zupfte. Ilana stellte sich hinter sie und nahm die müden Tränensäcke unter den Augen ihrer Freundin wahr und die Lippen, die wie eingeschrumpft wirkten und deren Himbeerfarbe verblaßt war. Und dann hörte sie sich selbst mit einer belegten Stimme, die nicht die ihre war, fragen, erinnerst du dich, daß wir einmal, als wir klein waren, vor dem Spiegel gestanden sind und versucht haben, uns auszumalen, wie wir ausschauen werden, wenn wir alt sind? Nein, sagte Tami. Und du hast gesagt, fuhr sie eigensinnig fort, daß wir, wenn wir alt sind, uns vor den Spiegel im Altersheim stellen und versuchen werden, uns zu erinnern, wie wir als kleine Mädchen ausgeschaut haben. Ich erinnere mich nicht, sagte Tami ungeduldig, rupfte sich gewaltsam ein widerspenstiges Augenbrauenhaar aus, und dann fuhr sie sich mit der Hand über ihre feuchten Locken und sagte bekümmert, schau, lauter graue Haare, mein ganzer Kopf ist voller Grau. Als sie aus dem Bad kamen, hörte Tami die Nachrichten auf dem Anrufbeantworter ab, und dann rief sie jemanden an, mit dem sie lange sprach, wobei sie mit schriller Stimme lachte. Schließlich kam sie in die Küche zurück, setzte sich Ilana gegenüber, trank von dem

Kaffee, verzog das Gesicht und sagte, er ist kalt. Ich habe ein Kleid gekauft, sagte Ilana, die Worte kullerten wie schwere Steine aus ihrem Mund, aber es paßt nicht zu mir. Ich dachte, vielleicht willst du es. Zeig, sagte Tami, und ihre blauen Augen leuchteten neugierig auf. Ilana öffnete mit feuchten Fingern die Plastiktüte und breitete das Kleid aus. Furchtbar schön, sagte Tami begeistert, ich würde es nehmen, aber es ist mir zu eng, ich kann jetzt bloß weite Kleider tragen. Ilana starrte sie verständnislos an, und Tami legte ihre weißen Hände mit den rosa Fingernägeln unter den Gürtel ihres Bademantels und lächelte vor sich hin. Ilana begriff plötzlich, und alles Blut wich aus ihr. Vierter Monat, sagte Tami stolz. Hier, fühl mal. Und sie stand auf, öffnete ihren Mantel und legte Ilanas gefrorene Hand auf ihren warmen Bauch, der sich sanft über dem durchsichtigen Spitzenhöschen rundete. Ilana wurde plötzlich von einer Tränenwoge erschüttert. Ihre Arme schlossen sich wie von selbst um die Hüften ihrer Freundin, und sie barg ihr nasses Gesicht in dem duftenden weißen Fleisch unter den schweren Brüsten. Hör auf, hör auf, was machst du da, schalt sie Tami erschrocken und versuchte, sich aus ihrem Griff zu befreien. Aber Ilana hielt ihren Körper fest umarmt, und abgerissene Schluchzer drangen aus ihrer Kehle, bis ihr die Luft ausging. Nu, genug, ist ja gut, was ist denn los mit dir, sagte Tami angewidert und befreite sich gewaltsam aus Ilanas Armen, die hilflos zu beiden Seiten des Stuhles herunterfielen. Du bist müde, sagte Tami energisch und band sich den Bademantelgürtel zu, und ich bin schon spät dran. Du weißt, daß ich es hasse, zu spät zu kommen. Nimm das Kleid, es ist schön. Vielleicht hast du ja trotzdem mal Lust, es anzuziehen. Und sie faltete das Kleid zusammen, legte es in die Tüte zurück und stellte sie neben die Handtasche. Ilana schluchzte immer noch still vor sich hin, den Blick auf die rotweißen Karos der Tischdecke geheftet. Tami ging, um sich anzuziehen, und Ilana versuchte, den Nebel aus ihrem Kopf zu vertreiben und zu begreifen, was mit ihr geschah. Sie wußte nur, daß sie etwas Schreckliches getan hatte, das nie wieder gutzumachen war.

Auf dem Weg zum Busbahnhof fuhr Tami schweigend, wechselte hart die Gänge, und Ilana schaute mit stumpfem Blick aus dem Fenster. Erst kurz bevor sie ankamen, fiel ihr plötzlich das Gastspiel des Stuttgarter Balletts ein, und sie dachte daran, es ihr zu sagen, aber dann sagte sie nichts. Tami hielt das Auto an, und sie stieg aus, flüsterte Schalom und danke und schloß leise die Tür hinter sich. Als sie sich in Bewegung setzte, hörte sie, daß sich die Autotür öffnete, und sie drehte sich um und sah, wie Tamis Hand sie wieder zuschlug, fest. Der gelbe Käfer entfernte sich und verschwand um die Ecke.

Bunte Lämpchen leuchteten nun über den Kassetten- und Felafelbuden und spiegelten sich in den nassen Bürgersteigen, von denen ein fauliger Geruch aufstieg. Ilana stand einen Augenblick auf der Straße, schwankend, ob sie sich in die lange Schlange einreihen sollte, die sich vor dem Autobus nach Haifa wand. Ein schwarzes Sammeltaxi hielt mit scharfem Hupen neben ihr, und der Fahrer steckte seinen Kopf aus dem Fenster und fragte, wohin müssen Sie. Nach Haifa, sagte Ilana und bemerkte das Schild im Fenster des Fahrers, auf dem handgeschrieben Hadera stand. Steig ein, sagte der Fahrer und machte die Tür für sie auf. Aber hier steht Hadera, sagte Ilana unsicher, doch der Fahrer sagte ungeduldig, Haifa, Haifa, steig ein. Sie setzte sich nach hinten, neben eine ältere Frau, die sie, zurechtgemacht und parfümiert in einem braunen Kleid, an die alten deutschen Jüdinnen vom Carmel erinnerte. Gleich nach ihr stieg ein Orthodoxer im langen schwarzen Satinmantel ins Taxi und setzte sich neben sie. Ilana war etwas verwundert, weil sie wußte, daß es den Orthodoxen verboten war, neben Frauen zu sitzen, und vor ihnen war noch ein weiterer Platz frei, neben dem breitnackigen schwarzhaarigen Mann. Der Orthodoxe beugte sich nach vorne und sagte mit einem ungeduldigen Murmeln zum Fahrer, fahr, fahr zu, ich zahl für zwei Plätze. Ilana sah ihn erstaunt an, aber es gelang ihr nicht, sein Gesicht zu sehen, das sich unter einem Hut, hinter einem schwarzen Bart und einer Stahlgestellbrille verbarg. Er ging in die Höhe, zog seinen Mantel aus und legte ihn auf seine Knie. Ein herber Geruch nach alten, schweißgetränkten Kleidern stieg von seinem dunklen Anzug auf. Sie wandte ihr Gesicht ab, versuchte, das duftende Parfüm der älteren Frau einzuatmen, aber der säuerliche Geruch stach ihr wellenartig in die Nase. Nachdem sie beim Fahrer bezahlt hatte, schloß sie ihre Augen und hoffte, einzuschlafen und bis nach Haifa durchzuschlafen, doch sie fürchtete immer noch, das Taxi würde nicht nach Haifa, sondern nur bis Hadera fahren, und sie wollte die Frau neben sich fragen, aber sie scheute sich davor. Das Taxi bahnte sich seinen Weg durch die Dunkelheit, und Ilana gelang es nicht einzuschlafen. Mit geschlossenen Augen sah sie Tamis gerundeten Körper vor sich, leuchtend in seiner hellhäutigen Nacktheit unter dem schwarzen Bademantel, und das beschämte Gesicht des rothaarigen kleinen Jungen mit den aufgeschürften Knien und die drei Ketchup spuckenden Witwen mit ihrem leeren Blick und die stolze Putzfrau auf der Schwelle des Lehrerzimmers der verlassenen Schule und den Jungen mit dem wirren Haar und dem wilden Blick, der schrie, das Meer wird geschlossen, alles raus aus dem Meer, und schließlich sah sie das Gesicht des Mannes aus dem Kino, das sie über dem Kragen seines weißen Baumwollhemds anlächelte, und sie wisperte lautlos, Boris, und er nahm ihre Hand zwischen seine warmen Handflächen und lud sie ein, mit ihm Kaffee zu trinken, und sie verließen zusammen das Kino und spazierten am Meer entlang, zwischen anderen schlendernden Paaren, und er sagte etwas zu ihr mit seinem weichen Akzent, und sie lachte laut und er mit ihr, und dann kamen sie zu einem netten Café an der Promenade und setzten sich so hin, daß sie das Meer sehen konnten, und bestellten Kaffee und Kuchen, Käsekuchen für ihn und Schokoladenkuchen für sie, und er streichelte und streichelte ihre Hand, die auf der rotweiß karierten Tischdecke lag, und sah ihr die ganze Zeit in die Augen, und sie achtete nicht auf die Zeit, und plötzlich sah sie, daß die Sonne schon bis zum Nabel im Wasser versunken war, aber sie sagte nichts und ließ zu, daß die Hand des Mannes unter den Tisch glitt und ihren Oberschenkel streichelte. Es lag wirklich etwas Warmes auf ihrem Oberschenkel, fühlte sie plötzlich und riß sich aus ihren Halbträumen. In der Dunkelheit wußte sie nicht, ob es die Plastiktüte war, die an ihrem verschwitzten Bein klebte, oder die Hand des Mannes neben ihr, dessen beide Arme bis zu den Ellbogen von dem schwarzen Mantel auf seinen Knien bedeckt waren, dessen Schöße auch über ihre Beine lappten. Sie bewegte sich ein wenig auf ihrem Sitz, verrückte Tasche und Plastiktüte, aber es war drängend eng, und sie war sich immer noch nicht sicher, ob der Mann sie tatsächlich berührte. Sie warf ihm einen vorsichtigen Seitenblick zu und sah, daß er schlief, vielleicht stellte er sich aber auch schlafend. Sie atmete tief, bemühte sich, die schlechte Luft um ihn herum nicht zu riechen. Das Taxi setzte seine Fahrt fort, und Ilana wartete mit versteiftem Körper angespannt auf jede verdächtige Bewegung von seiner Seite. Nach langen Minuten schien ihr, als gewahrte sie seine zweite Hand, wie sie sich schnell unter dem Mantel bewegte. Sie wollte schreien, etwas zum Fahrer, zu den anderen Passagieren sagen, bitten, das Taxi anzuhalten und ihn zum Aussteigen aufzufordern oder wenigstens, sie auf den Vordersitz wechseln zu lassen, aber sie fürchtete, sie würden nicht verstehen, wovon sie sprach, und sie als verrückt betrachten, und letztlich war sie sich selbst nicht ganz sicher, ob ihr ihre Phantasie nicht einen Streich spielte, und wollte die Gefühle des religiösen Mannes nicht verletzen. Schließlich gelang es ihr, die Handtasche zwischen ihr Knie und seines zu zwängen, und da zog er seine Hände unter dem Mantel hervor, streckte sich und verschränkte sie über seiner Brust, und dann schlief er weiter, doch mit dem Rütteln während der Fahrt berührten seine Finger ab und zu, wie unabsichtlich, ihre Brust. Ilana schloß die Augen und betete, diese grauenhafte Fahrt möge endlich zu Ende gehen und sie wäre schon zu Hause und könnte ein Bad nehmen – ihr fiel mit einem Mal auf, daß auch von ihr, von ihren Achselhöhlen, schlechter Geruch ausging. Im Radio beim Fahrer vorne kamen die Neun-Uhr-Nachrichten, die Unruhen in Judäa und Samaria hielten an, in Bat-Jam waren Reagenzglas-Drillinge wohlbehalten zur Welt gekommen, und auch morgen würde es heiß werden, und Ilana schlug die Augen auf und sah das Neonschild »Halbzeit-Station« und erkannte, daß sie Givat Olga, kurz vor Hadera, passiert hatten. Sie wartete angespannt bis Hadera, um zu sehen, ob der Fahrer hier anhalten würde und sie in der Finsternis an der Kreuzung stehen und auf einen Autobus oder ein Taxi nach Haifa warten müßte, aber das Taxi passierte Hadera und setzte seinen Weg fort, und sie beruhigte sich, versuchte in der Phantasie zum Kino zurückzukehren, um von dort aus wieder mit dem Spaziergang am Meer zu beginnen, das Café, die warmen Blicke, die untergehende Sonne. Ungefähr auf der Höhe von Zichron Jakov zündete sich der Mann vor ihr eine Zigarette an, und die Frau neben ihr sagte mit Jecke-Akzent, bitte nicht im Taxi rauchen, das stört. Es entwickelte sich ein Streit, der damit endete, daß der Fahrer dem Mann befahl, die Zigarette auszumachen. Der Mann öffnete das Fenster und warf wütend die brennende Zigarette hinaus, wobei er den Fahrer mit einer Reihe von Flüchen bedachte, von denen sie einige von ihren Schülern her kannte. Lump, Lump, sagte sie sich, und der Fahrer sagte ruhig zu dem Mann, red anständig mit mir, mein Lieber, damit du dir nicht das Maul verbrennst.

Sie warf einen Blick aus dem Fenster und war froh, endlich das Meer von Haifa zu sehen, das sich bis zum Horizont erstreckte und silbrig im Mondlicht glänzte, wie ein riesiger schwarzer Flügel, dessen Tasten von den weißen Fingern Tausender Pianistinnen bespielt wurden. Im unteren Stadtzentrum öffnete der Orthodoxe seine Augen und wollte aussteigen, und Ilana fielen plötzlich die Geschichten ein, die sie über die Prostituierten gehört hatte, die sich in der Nacht am Derech Azma'ut herumtrieben, doch es war ihr nie gelungen, eine von ihnen zu sehen. Das Taxi hielt in der Hechaluz-Straße, und Ilana stieg gegenüber den Felafelständen aus und schwankte, ob sie sich eine Flasche Sodawasser kaufen oder gleich bis zu Hause warten sollte, und schließlich ging sie hin und kaufte sich die Flasche. Im Linientaxi zum Carmel setzte sie sich neben die Jecke-Frau, die mit ihr aus Tel Aviv gekommen war. Ihr kam es vor, als ob sie angeekelt ihr Gesicht wegdrehte, und sie empfand wieder, wie dringend nötig sie eine Dusche hatte. Den ganzen Weg zum Carmel-Center saugte Ilana das süße Getränk durch den Strohhalm ein und genoß es, die tanzenden Lichter ihrer Stadt zu betrachten, die sie immer an die Schatztruhe voll Diamantenketten und Edelsteinen erinnerten, die Ali Baba in der Räuberhöhle entdeckte. Am Carmel-Center stieg sie aus dem Taxi und trat zu dem Abfalleimer neben einer Plakatwand, um die leere Flasche wegzuwerfen. Ihr Blick blieb plötzlich an einer schwarzumrandeten Anzeige, etwas unterhalb der Ankündigung des Stuttgarter Balletts, hängen, auf der mit fettgedruckten schwarzen Buchstaben stand, Rachel Margolis. Ein Schatten legte sich auf ihr Herz, und sie näherte sich furchtsam der Tafel und las, daß das Schulreferat der Stadt Haifa den Heimgang der getreuen Lehrerin, Rachel Margolis, betrauerte und am Schmerz der Familie teilnehme.

Unten auf der Anzeige stand kleingedruckt, der Trauerzug würde um elf Uhr morgens vom Friedhofstor am Carmelstrand aus losgehen, und die Busse zum Begräbnis würden um halb elf am Schultor abfahren. Lehrerin Rachel ist tot, Lehrerin Rachel ist tot, echoten ihre Schritte den Abhang der Bikurim hinunter, und sie sagte sich im Inneren, du bist nicht mehr jung, Ilana, nicht mehr jung. Sie sog die nächtliche Kiefernluft ein, und plötzlich freute sie sich bei dem Gedanken, daß morgen, in der Schule, alle mit der Lehrerin Rachel und dem Begräbnis beschäftigt sein würden, und niemand würde noch daran denken, daß sie heute aus unklaren Gründen gefehlt hatte und im Autobus nach Tel Aviv gesehen worden war, und gleich plagte sie das Gewissen über ihre Freude.

Ilana schloß die Türe auf und betrat die Wohnung. Der vertraute Geruch nach alten Möbeln und verstaubten Vorhängen, in den sich der Restgeruch ihres gebratenen Frühstücks mischte, hieß sie willkommen. Sie eilte ins Bad, drückte den Stöpsel in den Ausguß, stellte das Wasser auf den richtigen Wärmegrad ein und fügte ein paar grünliche Tropfen Kiefernschaumbad hinzu, das duftende Blasen warf. Dann schlüpfte sie aus ihren Sandalen, freute sich an der Kühle der Bodenfliesen unter ihren Fußsohlen, zog mit einer einzigen Bewegung das geblümte Kleid, an dem der Geruch des ganzen Tages klebte, über ihren Kopf, streifte dann die durchgeschwitzte Unterhose ab und warf die Kleider zusammengeknäuelt in eine Ecke des Zimmers. Dann holte sie, einem plötzlichen Impuls folgend, die große Schere aus dem Arzneischrank, öffnete die Plastiktüte, zog das neue Kleid heraus, kniete sich auf den harten Fußboden und begann, den glänzenden Stoff mit großer Andacht und Gründlichkeit der Länge und der Breite nach zu zerschneiden, machte als nächstes damit weiter, ihn zu zerreißen, mit zitternden Händen und glühendem Gesicht, bis sich die roten und schwarzen Streifen im Zimmer ringelten, sich um ihren nackten Körper wanden, ihn wie Zungen beleckten. Danach sammelte sie sie keuchend ein, öffnete das Fenster und warf sie dem Wind über dem dunklen Wadi zur Beute vor. Die Badewanne füllte sich, und sie nahm ihre Brille und die Uhr ab, versank in den transparenten, bunt schillernden Blasen und schloß die Augen. Auf der Leinwand ihrer Lider sah sie den Schulplatz und sich selbst, in ihrem geblümten Kleid und darunter blaue Turnhosen mit Gummizug, und sie rannte zwischen ihren Schülerinnen in der Turnstunde herum, und plötzlich spürte sie, daß sich ihre Fußsohlen vom Boden lösten, und sie hob ab und flog über die Köpfe der Kinder, hinauf zu den Fenstern des ersten und des zweiten Stocks, am Fenster des Zimmers des Direktors vorbei, dessen Augen und Mund in seinem leichenblassen Gesicht vor Erstaunen weit aufgerissen waren, über die Stromleitungen und die Kronen der Kiefern, an deren Ästen rote und schwarze Bänder spielten wie zu einem Fest, ihre Arme waren zu beiden Seiten ausgebreitet, und der Wind schlug ihr ins Gesicht und blähte ihr Kleid wie ein gestrafftes Segel, und sie konnte ihre Schüler sehen, wie sie mit emporgewandten Gesichtern staunend ihren Flug beobachteten, und trunkener Stolz erfüllte sie. Und immer noch mehr Menschen versammelten sich in dem großen Hof, Schüler, Lehrer, Angestellte, und sie begriff, daß sie alle dabei waren, zu Rachel Margolis' Begräbnis zu fahren, und auch Rachel Margolis selbst fährt zu ihrem eigenen Begräbnis, winkt ihr mit einem Finger und sagt etwas zu ihr, das Ilana nicht hören kann, und da ist auch Tami im rosa Ballettanzug, die sie mit aufwärts gewandtem Gesicht neidisch betrachtet, und ein kleiner Junge, blaß und rothaarig, zeigt mit seinem Finger auf sie und brüllt, schaut mal, die Lehrerin Ilana fliegt, die Lehrerin Ilana fliegt.

Inhalt

Schlafstunde 7

Fellinie Schuhe 43

Disneyel 97

Das Meer wird geschlossen . . 135

Thomas Hürlimann
Fräulein Stark

»Dies ist das listigste
Buch, das Hürlimann
je geschrieben hat.«
*Gunhild Kübler,
Die Weltwoche*

»... direkt in den
Bücherhimmel«
*Michael Braun,
Basler Zeitung*

»Ein wirklicher
Lesegenuß«
Gerd Scobel, WDR

»Eines der schönsten,
lesenswertesten Bücher
des diesjährigen
Herbstes«
*Hubert Spiegel, FAZ-
Büchertagebuch 2001*

192 Seiten. Schön gebunden. ISBN 3-250-60075-X

Ammann Verlag
http://www.ammann.ch